天津市作家协会
重点扶持项目

楼 村

杨伯良 / 著

天津出版传媒集团

百花文艺出版社

图书在版编目（ＣＩＰ）数据

楼村 / 杨伯良著. -- 天津：百花文艺出版社，
2020.8

ISBN 978-7-5306-7910-4

Ⅰ.①楼… Ⅱ.①杨… Ⅲ.①长篇小说–中国–当代
Ⅳ.①I247.5

中国版本图书馆 CIP 数据核字(2020)第 117015 号

楼村

LOUCUN

杨伯良 著

出 版 人：薛印胜
责任编辑：张　雪　　　　　　装帧设计：张振洪
出版发行：百花文艺出版社
地址：天津市和平区西康路 35 号　邮编：300051
电话传真：+86-22-23332651（发行部）
　　　　　+86-22-23332656（总编室）
　　　　　+86-22-23332478（邮购部）
网址：http://www.baihuawenyi.com
印刷：山东临沂新华印刷物流集团有限责任公司
开本：787×1092 毫米　　1/32
字数：212 千字
印张：9.625
版次：2020 年 8 月第 1 版
印次：2020 年 8 月第 1 次印刷
定价：58.00元

如有印装质量问题，请与山东临沂新华印刷物流集团有限
责任公司联系调换
地址：山东省临沂市高新技术产业开发区新华路 1 号
电话：(0539)2925659　邮编：276017

▎目录

引　子

　　楼村的牌坊高高耸立，楼村的胡同曲曲弯弯，楼村的老屋里演绎着一个个不同的幸福故事。楼村的老槐树收藏了几百年的欢声笑语，见证了楼村人生生死死来来往往的几多情愁，记载了数不尽的悲欢离合。古老的楼村，弥漫着历史悠长的韵味，吟唱着生活的委婉曲折……

第一章　喜中添堵

太阳升起来了，金光耀眼的东方现出一片淡淡的云霞。

二侉子悠闲地在村街上溜达，村街不算长，不一会儿就快走到头了。忽然见街边李家喜家人出人进，好像在办啥大事。他心里猜测，是李家喜死了？不对，出来进去的人都喜笑颜开。正纳闷的时候，有人拍他一巴掌："二侉子，干啥呢？探头探脑的。"

二侉子歪脸一看，是李家才，就一笑："哪里，我这不是看着李老爷子家出来进去的人多，不知是啥好事。"

李家才说："今天是我们老李家给我二哥过八十大寿。"

二侉子马上眼眉往上一挑："哦，好事好事。"

二侉子其实不是口音侉，本名叫小秋，因为他的眼窝凹陷，鼻子高挺，人们就送他外号"二侉子"。二侉子打小就坏水多，在楼村是出了名的。他手托腮帮子走开了，边走边琢磨：嗯，老李家历来跟老于家不腻乎，我四爷于世林跟李家才的二哥李家喜明争暗斗几十年，李家喜做寿，得提醒四爷给他添点儿腌臜，腻歪腻歪李家喜。但他又知道四爷是个沉稳人，肯定不会草率地给他这个老对手苍蝇吃，因为尽管俩老人互相争斗，都不轻易胡来。于是，他打算自己玩点儿小花活儿，让李家喜腌臜腌臜。嗯，就这么办。打定主意,他快速回家,找了张白报纸,仿着老座钟的样子画了个钟表,媳妇说他又吃多了没事找事。他冲媳妇做个鬼脸一笑:"我做的都是大事,你等着听新闻吧。"然后又快速来到村边站在树下,看着来往的车辆和行人。

这时,一个骑车的年轻人在他跟前停下:"这位老兄,请问去龙兴湖怎么走?"

二侉子用眼瞄了一下来人:"听口音你不是本地人吧?"

"对,我是河南人,来这里打工好几年了,今天休班,想看看龙兴湖。"

"嗯,好,龙兴湖太好找了,我可以领你去,但你需要帮我做件事。先说明一下啊,不是白做,给酬劳。"

那人问:"我能帮你做啥啊?"

"简单,太简单了。我们村有位老人今天做寿,我想给他送份礼物,可是他跟我曾经有过不愉快,我怕亲自送去人家不收,我这也是主动消除矛盾啊,老弟你就费心帮个忙,我给五十块钱,你送完礼,回到这里,我给你钱,领你去看龙兴湖。"说完,手指着一棵大槐树说:"你看,就是那大槐树左边第一个胡同第一家。"说着把一封信交给那人。

那人把信封翻来调过去看了看,冲二侉子一笑:"得嘞,你放心吧,我马上送过去。"

那人来到李家喜家院门前,大喊:"给老寿星拜寿啊!"

老寿星李家喜和李家才、李家山是亲兄弟,也是李姓家族长门。李家喜做寿,老李家来了不少人,大家喜气洋洋地忙这忙那,筹备寿宴。

见有生人来,有人以为是讨喜钱的要饭花子,可这些年要饭的早就绝迹了,但人家登门贺寿,说的吉祥话,哪能不欢迎。一大家子人就很客气地把陌生人迎进屋里,让座。那人从怀里掏出信封,高高举起:"我是受人之托,前来贺寿,寿礼就在信封里。"说着,把信封放在桌案上,转身就走。李家喜的孙子宝贵上前拦住:"别走啊,既然来送礼,吃碗寿面再走。"但那人还是走了。

这时候,李家喜的儿子玉田已经把信封打开,抖开一看,一张白报纸上歪歪斜斜画着一个钟表。人们大吃一惊,"送钟"就是"送终"啊,寿堂上一下子就炸了。

玉田"噌噌噌"几下把白报纸撕碎,大声叫喊:"啊,呸呸呸!这,这是哪个混账人送的?爹,我去把送信的人抓回来,问问他,是谁让他送来的,闹明白了我跟他没完!"

李家山猜测说:"可能是老于家人捣的鬼。"

李宝贵说:"老于家人也太没意思了,干这下作事!"

李家才心说,很可能是二侉子捣鬼,刚才就在门外瞎嘀咕,但他考虑如果说出来,就会惹毛了李家这些年轻人,喜事顺顺当当才好,所以就没说话。

人们都把目光投向老寿星李家喜。李家喜眯着眼,皱了皱眉,又点点头,抿嘴笑了。

玉田跳起来,要追出去找那陌生人问个究竟,被李家喜拦住:"算啦,除了自己本家来贺寿,还有外人送终也算是一桩好事。能给送终的人都是自己的至亲晚辈,有人自愿给送终,说明他愿意给我做晚辈,好事,好事。"

老爷子一番话,把气氛又调整过来了。

送信的那人回到路边,满心欢喜想领五十块钱酬劳,但二侉子却早已杳无踪迹。

二侉子根本没想给他酬劳,只是耍了个小心计,送信的人一拐进李家喜家胡同,他便哼着小调找四爷于世林邀功去了。他知道在楼村于世林和李家喜算是他们那个年龄段里有些文墨的人,在人们的概念中,有文化的人必定智商高,所以这两位都备受各自家族的敬重,二侉子也是最怕四爷找他毛病。见到于世林,就绘声绘色地跟老爷子说:"四爷,我今天办了一件让您开心的事,我先找点儿好吃的。"说着就打开冰箱,拿出一根冰棍,"今天这事啊,您听了肯定高兴。"

于世林问:"啥事,我就高兴啊?"

"李家喜今天过寿,我给他画了个钟表,花五十块钱在路边雇了个外地人送去的,估计那老头儿见了这份礼物得气个半死,哈哈哈。您跟李家喜斗了这些年,今天我替您出了口气,您得给我补偿,算作赏钱。"

于世林老人听后,先是一愣,继而就是一阵大笑,笑得双肩乱抖。二侉子也跟着笑,正笑得忘形时,于世林突然收住笑声,脸色突然就变了。二侉子也跟着止住笑声,正在纳闷,突然脑袋顶"啪"的一声被敲了一下,他一惊,见四爷绷着脸,手里还举着烟袋呢:"你小子从小不着调,不干正经事,娶了媳妇还不改。你说这人活八十容易吗,做个寿,你不送贺礼就算了,还给人家添堵添腌臜,人家肯定怀疑咱老于家,等我做八十寿的时候人家也来给我添腌臜,你觉得好吗?两大姓有疙瘩,多少年没解开,坐在一起都别扭,其实不好,这疙瘩在我心头压了好多年,压得我心尖疼。"

出了门,二侉子心说,五十块钱没损耗,但是我是真心想替四爷出口气,可老爷子却不买账,真是的,他有些百思不得其解。

他正思忖着,只顾低头走路,没想到和正打电话的村党支部书记、村主任李宝明撞个满怀,二侉子吓一跳,见是宝明,就一笑:"呦呵,大书记忙啊,你这是去哪儿?"

宝明没理他，接着打电话。二傻子跟着身后，待宝明打完电话，就转到宝明前面："我说宝明啊，咱哥俩的感情这么好，你当官，兄弟我多少也要沾点儿光，你吃肉我得喝点儿汤，村里有啥好事可别忘了我啊。"

宝明说："有啥好事啊，啥肉啊汤啊，只要全体村民能享受的，肯定少不了你的。"

"不是啊，宝明，以后咱村就去住楼房了，那小区里少不了保安啊，绿化啊，卫生啊，你别忘了给我谋个差事。"

"到时候看情况，不过，你养的那些狗可得抓紧处理，绝对不能带进新楼区。"

"我抓紧，抓紧，可是宝明啊，你知道我是真舍不得啊，那是我的生财之路啊。"

"那你只能到别处租房养狗，新楼区肯定不行。"

"行行行，我照办，我明天就办。"

"你就是不地道的人，说不地道的话，办不地道的事，说话历来就像天上刮风，根本没准稿子，这回你可得说话算话啊。"

"我知道你信不过我，人们对我评价不好，我小时候是坏，长大了娶媳妇了，我就不坏啦，不会再做让人戳脊梁骨的事啦。"

"真的吗？你会改？"

"哎呀，你看你把我看扁了吧？好了，不说了，估计你是去给你二爷祝寿去，你二爷有学问，有韬略，会做人会做事，那是咱楼村一等一的人，我特别尊敬你二爷，见面老远就喊二爷，你不信你问问你二爷，他对我评价很好呢。"

宝明说："真的吗，我二爷对你评价很好吗？"

"那还错得了，你快去吧，别晚了，记着替我说句吉祥话，祝贺老爷子福寿安康。"

宝明歪脸看看二侉子，心说这小子今天怎么会说仁义话了呢。就冲二侉子摆摆手，一笑，转身离去。

宝明是李家喜的堂孙，李家喜做寿，他必须来祝贺。宝明远远就看见李家喜家大门二门上贴着"寿"字。进到屋里一看，寿堂正在布置，箱子、柜子、衣橱等器物上也贴着"寿"字，窗户上贴着变体的"寿"字图案。祝寿仪式正在紧张筹备。寿堂的正面墙壁上挂一幅很大的百寿图，百寿图下摆一张方桌作为香案，香案上寿香两炷、寿山一座，寿山底座是一只特大号瓷碗，每一层的碗都比下一层的碗小一些，如此叠加，因为李家喜老爷子是八十大寿就叠加了八层。每个碗里装满大米，上缀一百多个寿桃，在寿桃山每层的正面和两侧，分别立着一百多个大小不同的面塑戏曲人物，以鸟兽、花卉等做装饰；山顶上还有一只大花篮，花篮里站着老寿星，既精致又惟妙惟肖。一个硕大的果盘盛满鲜寿桃，上面两个丝带上写着"福如东海""寿比南山"。两边各放一盆鲜花，三只酒杯，一瓶酒。

寿堂两边，摆着十多把椅子，靠西墙一张较大的桌子上摆放着前来贺寿的人们送的衣服、鞋帽、拐杖、寿面、寿桃、点心、生日蛋糕，还有肉、蛋、鱼、酒、苹果、石榴等。

四五个妇女擀面条，说是做寿必须人工擀面条，擀得越薄越好，因为薄的含义就是瘦，"瘦"与"寿"谐音，老人吃了取个吉祥长寿之意。李家喜老伴儿提醒女人们："别忘了长寿面条拐弯多啊。"女人们都明白这个意思，就是老人活到长寿的年龄再拐过一个弯儿，如活到八十拐弯儿，是八十多；活到九十拐弯儿，是九十多；一百拐弯儿是一百多，这就是祝愿寿星公长寿。

宝明走到二爷面前，拿出一个小方盒子说："二爷啊，您年纪大了,眼神肯定不太好了,手脚也不灵便了,我给您买了个适合老人用的手机,声音大、字体大、按键大,还有一键收音机、一键呼叫、语音播报功能,还超长待机,半个月二十天不用充电。"

李家喜接过去:"还是宝明最懂我,我早就想买个手机了。"

李家喜今天特意穿了一身大红唐装,新布鞋,头上戴一顶绅士帽,腰里用红色长布条做裤腰带。

在人们的簇拥下,李家喜把祖宗的牌位放在神案上,点燃香烛,鸣放鞭炮。寿诞老人脸上严肃起来,率全体在场人拜祭。李家喜喊道:"向祖上敬香!一上香!一炷清香烧堂前,祖宗保佑人增寿辰财添金!二上香!二炷清香神前插,庇佑全家人财发!三上香!三炷清香神案添,青烟缈缈升上天。"

然后李家喜端坐寿堂椅上,李家山、李家才等与李家喜同辈的人行抱拳作揖礼。然后,玉田眨了眨眼,极力叮嘱自己不要忘了词儿,为了给爹做寿,这几天他没干别的,天天背词儿了。他先是给祖宗三作揖,嘴里念叨着:"寿星增寿福满天。"然后起身重新下跪:"一拜,祝老寿星福如东海、寿比南山;二拜,祝老寿星日月昌明、松鹤长春;三拜,祝老寿星笑口常开、天伦永享。"

随后,李家晚辈们衣冠整齐,恭恭敬敬按辈分年龄依次磕头祝寿。

祝寿完毕,寿宴开始,众人给老爷子敬酒。李家喜高兴地把寿糕、寿蛋、寿果等吃食分给众人,让人们替他"嚼灾"。

开始吃寿面了,李家喜说:"玉田啊,多去几个人,给全村各家各户都送寿面。"

玉田问:"老于家也送吗?"

李家喜说:"当然要送啊。"

玉田又问:"那早晨他们送钟的事呢?"

李家喜摆摆手："让你安排送寿面，没让你干别的，快去安排吧。"

玉田说："早安排好了，一辆手推车，一副筐，还有一个大簸箩。"

玉田补了一句："宝贵啊，你们就送寿面吧。"说着，把自己碗里的面条给爹拨一些，"爹啊，给您添福添寿。"

宝明双手举着酒杯，给二爷祝寿："祝二爷，福如东海，日月昌明。松鹤长春，春秋不老。返老还童，欢乐远长……"正在这时，宝明口袋里的手机响了，他放下酒杯，拿起手机："哦，是刘镇长啊，哦，好，好的，我马上过去。"

说完，又一稽首："不好意思，二爷，刘镇长喊我去镇上，有事。"

李家喜挥挥手，说："你去忙，你去忙。"

第二章　重要消息

宝明兴冲冲赶到镇上，推开刘镇长办公室的门，兴奋地说："刘镇长，我来了。"

刘镇长说："楼村新楼区已经完工，昨天验收合格，这是好消息，楼村百姓可以搬迁啦。"刘镇长也很高兴。

"是啊，那人们何时可以搬家？"宝明脸上保持着笑容。

"那你搬迁方案做好了吗？村民的反应了解吗？还有没有没解决好的问题？"刘镇长一连串问了几个问题。

宝明说："据我了解，目前没啥问题，大多数年轻人早就着急住楼房了，只有少数老年人有故土难离的心情，但搬迁已经不可能改变，您放心吧。"

刘镇长说："千万不能掉以轻心,你们楼村,村不大,名气大;人不多,矛盾多。村民的心思和难事多着呢,你不可能全都了解。"

"您说得对,刘镇长,我马上回村排查。您放心,发现问题,马上制定对策和办法。"宝明起身就走。刘镇长一把拉住他："别急,你先说说搬迁的想法。"

宝明说："我们的搬迁方案是镇政府城建办帮我们制定的,您看过并修改过,也是经镇党委政府批准过的。"

刘镇长说："好事要办好,要以村民满意不满意,高兴不高兴为准则。你赶紧看看搬迁方案是不是还有啥缺陷和漏洞,当干部要有看问题的前瞻性和预见性,要过细,要把可能出现的问题和预料之外的困难想在前头,尤其是做好一些老人的思想疏导工作,村民的事再小也是大事,一定要有预案和应对措施。"

宝明点着头,应答着："嗯,嗯,一定过细思考,一定过细思考。"

刘镇长说："你忘了当初决定拆迁楼村那是费了多大的周折。"

宝明又点了点头。

离开镇政府,宝明把车开到龙兴湖岸边,他下了车,远远眺望着楼村。风很大,湖面上卷起的波涛和着刘镇长的话在宝明脑子里一起回响,他陷入了沉思……

楼村,繁衍生息了代代的庄户人。淳朴古老的乡风俚俗,憨态可掬的乡里乡亲,这些无不使楼村人引以为豪。环境多么优雅,村西不到一里就是龙兴湖,湖畔是依依杨柳,片片林带,村子四周纵横着阡陌;田野里更是郁郁葱葱……

他怎会忘得了,去年做出楼村拆迁这个艰难抉择,镇党委政府领导和他这个楼村党支部书记兼村主任付出了多大的心血,那份决心,那种痛苦,那股子勇气,那些想不到的能量,历历在目,仿佛就在昨天。

楼村,那可是龙兴镇出名的"老、大、难"村。楼村除了有小楼、牌坊、金丝枣这三宗宝之外,还有私搭乱建多、矛盾纠纷多、信访隐患多、村容村貌差、村内于姓和李姓两大家族势力争斗、历史恩怨难解。镇政府曾多次派出工作组,都没能从根本上解决楼村的问题。楼村得天独厚的地理位置与捉襟见肘的集体经济、落后破旧的窄街和曲曲弯弯的老胡同形成了强烈反差。村民居住条件非常差,民房布局混乱无序,设施不配套,安全隐患多,吃水难、排污难、取暖难、如厕难等问题十分突出,村民生活质量低下。在周边村庄日新月异的发展进程中,楼村依然按照自己一成不变的步调和节奏生存着,镇领导着急,楼村人也着急,他这个村党支部书记、村主任更着急。

镇党委、政府决定将楼村纳入拆迁改造计划。当刘镇长把这个决定告诉他的时候,他是既高兴又犯愁。高兴的是楼村终于有了改换容颜的机会,愁的是楼村拆迁改造谈何容易啊,人们观念陈旧,排斥新思维,统一思想肯定很难。到时候有没有"钉子户"也很难说,关键是没有经验,预想不到的问题可能会很多。眼前摆着的那些多年积累下来的违章建筑也很多,会让拆迁成本增高。他掐着手指头初步测算了一下,村内没有任何正规手续的各类违章建筑就有一百三十多处,那可是少数村民给多数村民带来出行麻烦和生活影响的问题,平时就有好多村民埋怨、发牢骚,说村支部、村委会不作为。如果在拆迁问题上把握不好,就更容易引起波澜。不给补偿,违章建筑户主不干;给补偿,那些听话的没有违章建筑的村民心里不平衡,很容易引发利益矛盾和激烈冲突。任何一个环节处置不当,都有可能激化群众情绪,甚至引发治安案件。

那些天,他作为村党支部书记、村主任,压力实在太大了,让他体验了啥叫吃不香、睡不着。

楼村要拆迁,镇党委、政府多次研究讨论,上报了县委、县政府,得到县领导的首肯,但县长嘱咐:楼村拆还是不拆,需要三思而后行。楼村,拆还是不拆,考验着镇党委、政府和村党支部的能力和胆量。

楼村,拆还是不拆,真不是一个能轻易做出的决定。

楼村人在焦虑不安的等待中,期待着镇党委、政府的最后决定。

宝明清楚地记得,那些日子,当时刘镇长亲自带领拆迁工作组深入楼村做调查问卷,多次召开村民代表会议、村委会、村支部会议,经过反复调研,摸清了楼村的基本情况,年轻人几乎是一致支持拆迁,老年人几乎是一致反对拆迁。老年人不愿改造,因为几百年打造的根基,不舍、不忍;住楼房后,上下楼不方便,不如平房,天天关在屋里,憋人。也有些有病的,担心上了楼怕就再也不能下楼。经济条件差的人家不愿意改造。因为住楼房装修、购置,水、暖、吃、用,处处都要花钱,而收入本来就不高,到时哪有那么多钱花,恐怕连饭也吃不上。还有一些人认为住楼房不如住平房进出方便,不像住在平房在院子里种点啥、养点啥也方便,各方面都不如住平房。另有,那些以种地和养殖为生的不愿改造,因为需要农具、储备、种植、养殖等等。因此,村民众说纷纭。镇党委、政府分析了这些情况后认为,年轻人追求新生活,想变、求变,很正常;老年人恋旧怕变,心理上接受程度不高,但相信当他们看到了新面貌,适应了新生活就会同意并支持拆迁的。于是,最后决定:楼村拆迁。这是一个在明知风险很大,明知困难很多,明知代价很高的情况下做出的一个艰难决策。

楼村要拆迁的消息一下子引发了楼村村民的激烈争论。宝明心里清楚,楼村拆与不拆的争论,实质上是变与不变的争论。如果不拆迁改造,楼村就永远变不了,永远落后下去。宝明没有过多解释,而是让人们尽情争论,越争论,拆迁的前景越清晰。下决心拆迁,是镇党委、政府义无反顾的决策,就是为了让楼村翻天覆地的"变"。尽管楼村人的争论依然继续,但楼村拆迁的步伐已经行进在路上了。

县长要求镇党委、政府举全镇之力,把目光向楼村聚焦,把力量向楼村汇集,打一场拆迁大会战。

宝明心里最明白,楼村拆迁,不仅能改变村民的衣食住行和生产生活问题,也检验他和村干部们处理矛盾解决问题的基本能力和素质。

紧锣密鼓确定了新楼区地址和承建新楼区的建筑公司之后,镇党委、政府班子成员全部深入楼村拆迁一线,包片入户,靠前指挥,全程督导。楼村大街、胡同、房前屋后,贴了大量的标语,挂了许多条幅,家家户户送了"明白纸",还有一辆流动广播车整天在村里巡回广播。

很快,由刘镇长亲自担任指挥长的楼村拆迁指挥部的牌子也挂在了村委会门前,指挥部负责接受村民上门咨询,收集并答复热点难点问题。紧接着,就张贴出《拆迁公告》和《致楼村村民的公开信》。刘镇长几乎每天早晨都到楼村来一趟,询问情况并做出部署,然后才去镇上处理其他事务。

宝明考虑到老年人思想工作不好做,就先从老年人入手,租了两辆公交车,带领村里六十五岁以上老人到拆迁成功的农村社区参观,让他们看看那些安享晚年的老人是怎样地生活。

虽然宝明知道拆迁工作肯定不会顺风顺水,尤其涉及村民利益诉求纷繁复杂,但没想到会这么复杂。有的人提的问题脱离政策标准的特殊条件,有的纠缠于历史遗留问题,还有一些人要求把与拆迁有关无关的各类问题一起解决;更有人怀有当"钉子户"的心理,故意拖延,甚至私下串通,订立所谓的"攻守同盟"。

针对这些情况,刘镇长召开指挥部会议,提出"促拆不逼拆"的思路,刘镇长说:"村民同意不同意拆迁,根源是思想问题,思想问题只能靠思想工作去解决,要给人们一个思考、商量的过程,不能急于求成,更不能用停水、停电、垃圾堵路、环境污染等手段影响村民正常生活。所有工作组成员要做到政策通、原则强。掌握好政策是做好拆迁工作的根本。只有学懂、学透相关政策,与村民交流沟通时才能有据可依、有规可循。同时,情况要明、工作要实。前期的调查摸底一定要耐心细致,对村民的诉求、家庭情况要一清二楚,建立详细的一户一档资料。待人要诚、方法要活。要学会换位思考,以情感人,针对每家每户的不同情况,制定不同工作方案精准施策。还要做到耐心足、毅力坚。工作要有恒心有毅力,用坚持和努力去解决问题。"刘镇长很严肃地强调:"楼村拆迁是一件大好事,我们一定要把好事办好,不能出现任何野蛮行为,《拆迁公告》具有很强的操作性,在具体实施过程中,一定要严格执行不走样,更要杜绝优亲厚友、借机谋私等违法违规行为,确保一个政策用到底、一把尺子量到底,保证公平、公正、公开。我今天把话放在这儿,遵守纪律,按规章按政策办事是楼村拆迁的一条红线,谁踩了红线处理谁,绝不留情!"

事情往往就是出乎意料,你越怕啥就越来啥,刘镇长讲话第二天就出了问题。

《拆迁公告》张贴出来后，整个楼村都炸开了锅，人们开始打自己的算盘，算计着如何提条件，提啥条件能多占点儿便宜。

于世林首先找到指挥部来了，老爷子很激动，一进门就嚷起来："李万才家闺女都嫁出去好多年了，俩孩子都上学了，凭啥还给她分房面积，我家儿媳妇梦花是跟人跑了，但她的户口还在我家，为啥说不给分房面积？"

宝明心想，于世林是于姓家族的权威，只要把于世林的工作做好了，于姓家族其他人再有啥问题也好解决。于世林曾经当过多年的生产队大队长和小队长，很有心智，处理矛盾纠纷有一套手段。宝明说："于四爷您别着急，先坐下，我跟您解释。"

于世林绷着脸，把烟袋点上，他要听听宝明怎么说。

宝明说："李万才没有儿子，他两个闺女，大闺女户口一结婚就迁出了，二闺女考虑到以后要照顾父母，就没把户口迁出，这也符合国家提倡的男女都一样的政策。您家儿媳妇梦花的情况是另一回事……"

于世林从嘴里拔出烟袋："怎么就是另一回事呢？到了我老于家的事上政策就不一样了吗？"

"不是的，于四爷，您听我解释。梦花跟人跑了，好几年了，到现在没有任何音信，按照国家有关规定，可以注销户口了。"

"你说啥？注销户口？"

"是的，按照相关规定是这样。"

于世林急了："宝明，你小子别跟我玩花活儿，别以为你李家掌权，就能一手遮天，欺负我姓于的。我不服！我也不怕！不给梦花分面积我就跟你打官司，哼！"

这时，于世林的儿子双庆来了，双庆是于世林老来得子，于世林虚岁都八十了，双庆才三十岁。双庆凑到跟前，低声说："爹，别闹了，我怕您伤了身子。"

宝明说："也好，老爷子，您先回家，我跟镇长把您的情况汇报一下，看看怎么处理更好。您放心，肯定让您满意。"

于世林临出门口时，使劲跺了几下脚，意思是警告宝明如果处理不好，他还要来闹。

当然后来还是三次登门，和风细雨地说服了老爷子，可是费了多少口舌只有宝明自己知道，现在想想，都怵头。

这时，一辆黑色小轿车停在他身边，是刘镇长。宝明赶紧收回思绪，迎过去，正要说话，刘镇长先说话了："宝明，你好悠闲啊，搬迁这么大的事你不犯愁，还有闲心观风景啊？"

宝明赶紧解释："不，不是啊，刘镇长，我是想起了去年动员拆迁以来的一些往事啊，想想那些难处，真想大哭一场。"

刘镇长点点头："是啊，真是不容易啊。"

是啊，过去一年的风风雨雨，刘镇长也是历历在目，但毕竟挺过来了。刘镇长说："走吧，别老想过去的事啦，我去楼村，咱们先开个临时会议。"

他们来到村委会，召集两委班子成员马上开会。刘镇长说："咱们开个短会，楼村拆迁指挥部成立以来，做了大量卓有成效的工作，取得阶段性成果。马上就转入正式拆迁阶段，也是非常重要的一环，我们必须打起万分精神，把拆迁工作顺利完成。今天参加会议的是指挥部全体成员。楼村一共三百多户拆迁，是龙兴镇规划中的最后一个拆迁村。楼村的顺利拆迁，对龙兴镇建设意义重大，影响深远，不容有失。从现在开始，新楼筹备建设，旧村搬迁动员等一系列工作正式开始，任务很艰巨。"

他扫视一下会场，接着说："楼村拆迁的意义和任务的艰巨性都说了,这是硬任务,不容打折扣,不容讨价还价,大家都议一议,准备采取啥措施?我这个楼村拆迁总指挥,带头表态,开初这二十天工作组的人要吃住在现场,二十四小时为村民服务。但我们不能只想为大家服务,不想与拆迁户接触,遇到矛盾不能绕着走,躲着走,谁回避矛盾,谁就离开拆迁办。"

宝明说:"我也表个态,我作为村党支部书记兼村主任,我带头往前冲,没有问题。"

刘镇长说:"你是楼村一把手,肯定要带头,那是必须的。我琢磨着,对于一些所谓的'钉子户'还是要各个击破。我建议大家分成十个组,每组三个人,承包三十户。"

见人们都不说话,刘镇长接着说:"好吧,就这样,每组明确一名组长,从今天晚上开始登门入户询问、核实登记,遇到问题可以解决的现场解决,一时不能解决的带到拆迁指挥部讨论。我还有一句不好听的话说给大家,如果出了乱子,区委、区政府拿我是问,你们在我这儿也不好交代。

第三章　各怀心机

散会后,宝明在广播里召集村民开会,人们三三两两来到村委会门前。

人们看到有人在到处刷写拆迁标语,心里都想听个准确消息,所以没一会儿工夫,村委会门前就来了一大群人,人们都认为这次会议不同寻常,每家不光来了一人,有来夫妻俩的,有来一家三口的。

人们有的带着小板凳,有的带着马扎来到会场,不自觉地分成了两排。东面一排是:于世林、于世发、于广路、于广清、于广海、于双庆、于双来、于双林等。

西面一排是：李家喜、李家才、李家旺、李玉荣、李玉春、李玉田、二侉子、李三驴子等。

就连半身不遂走路摇腿摆手的李玉华也拄着拐棍儿，一摇一晃地出来了。身后跟着他媳妇。

宝明干咳几声，清了清嗓子："各位长辈，各位叔叔伯伯，各位婶子大娘，各位兄弟媳妇们，今天的这次会议，不用说啦，相当的重要！咱们渴望已久的搬迁终于来啦！今天的会议也许就是咱们楼村最后一次村民大会会议了。楼村的搬迁工作能够顺利进行，是咱们大家共同努力的结果。在此，我代表我个人，向全村的老少爷们儿，婶子大娘，兄弟姐妹们表示谢意！谢谢你们对我当选村党支部书记、村主任以来，给我的支持和鼓励！搬家以后，咱们还是老街旧邻，还是乡里乡亲！有困难的，咱们还要互相帮助！咱们还要……"

宝明接着说："咱楼村新楼区已经建成，大家很快就可以搬家了，老楼村也就要拆迁了。这是个大好事，相信老少爷们儿，婶子、大娘、兄弟、姐妹，大家都很渴望这一天，相信大家也肯定支持搬迁，至于搬迁过程中或多或少地会出现一些矛盾甚至纠纷都是很正常的事情，也肯定能顺利解决。请大家放心，楼村的搬迁一定是阳光操作，只要大家发现有一丝一毫的违规操作，就拿我是问。今天晚上拆迁办包户小组就会深入各家各户面对面宣传，会把拆迁政策、拆迁补偿标准、拆迁费用结算方式等与大家进一步核实，希望大家好好配合，有啥问题和疑惑直接提出来。"

"哎，我说宝明啊，快拣关键的说！咱这儿拆迁，到底是个啥政策？"李玉田等得有些不耐烦了，高声喊道。

"具体政策嘛，上级有政策有要求，原则是不降低原有生活水平,短期生活有改善,长远生活有保证。咱楼村搬迁方案是经过县委、县政府批准同意的,咱们的分房标准是按原有住房面积1:1分房,再按现有人口每人三十平方米。这也是大家同意并选择的分房方式,当初大家都签了字的。一会儿发给每户一封公开信,大家回家仔细看,我这里把大家最关心的几项事先简要说明一下:除了正常的补偿之外,另外再给每户搬家补助费一千元。从动迁之日起,十日内,搬走腾房的,另给每户发奖励费五百元。如超过规定的搬迁奖励期限的,每逾期一天,扣除奖励费六十元!"宝明继续说着。

"说的啥呀这是,乱七八糟的!越听越糊涂了,怎么还扣钱啊?"二侉子嚷道。

"好啦,我不多说啦,现在发搬迁公开信,每家一封!回去慢慢看,有啥不明白的到村委会拆迁办公室咨询,也可直接找我。"

公开信有六七页,人们接过来,便各自低头看起来。

双庆沉着一张近乎麻木的脸,没有展开公开信,而是双手紧紧一攥,把公开信攥得皱皱巴巴了。

三驴子手里抓一把豆角,从村外园子里回来,见村委会聚集了一大帮子人,七嘴八舌在议论着。李家才的老伴儿也就是他三婶子看见他来了,就朝他招手。

三婶子说:"三驴子,咱楼村要搬家啦。"

三驴子说:"该拆了,一处房子一堆破烂,拆了好,拆了好。"

二侉子凑过来说:"只要拆迁补偿合理合法,新楼房让大家满意,那破房子拆了也好。咱也住一住楼房,尝尝城里人的滋味。"

三驴子说:"但是我告诉你,我家不希望拆,几间房子,破是破了些,但那是祖传的老宅。"

陈晓敏说:"是呀,我家小酒馆才装修还不到一年呢,能不能把装修费算上呀？"

三驴子说："只要合理合法补偿,咱就搬,咱也不做刁民！咱也不趁火打劫,也不敲竹杠,就要公平合理,你们说对不对？"

二侉子点着头说："三驴子说得对,谁也不想当'钉子户'。"

三驴子说："是呀,既然事已经闹真了,咱还是少睡会儿觉,认真仔细地估摸自己家的事吧。"

三婶子冲宝明高声说："宝明啊,其实我知道搬家是早晚的事,现在就是想多抠几个钱,反正那钱也不是宝明你们家的,多抠几个算几个。"

二侉子问："宝明,分房面积怎么计算啊？这才是我最关心的。"

宝明说："测绘站的人员进入各家各户测量,请大家支持。对照一九九五年航拍图和建房执照,有合法手续的,或在一九九五年航拍图上就已经有的房子,按照正常结算,其他的按照违章搭建对待……"

二侉子说："为啥从一九九五年算？要是从一九四九年开始算,你们是不是还要少花好多钱呢！"

于万江说："我家小二楼盖起来十多年了,手续一直没办下来,难道算违章建筑？"

李家才说："我不管你怎么算,反正我家八口人,儿子家三口,闺女家三口,还有我们老两口,至少一家有一套房子……"

宝明知道搬迁这件事不可能人人满意,但没想到一下子又冒出这么多问题,离国庆节还有二十多天时间,这些问题不可能全部解决好。他告诉人们安心等研究结果,并马上打电话告诉镇长,把村民提出的问题跟镇长一一汇报,要求暂缓搬家。不一会儿,镇长开车就过来了,一见面,就说:"宝明你干工作光凭热情不行,得用脑子,用脑子,懂吗?群众无小事,心粗大意,绝对不行!"

宝明用手胡噜着后脑勺说:"嗯,是粗了。"

镇长说:"你赶紧召集大家开会,拆迁办全体人员和所有村民代表参加。"在刘镇长的主持下,紧急召开了拆迁问题协调会,就新出现的一些问题提出解决办法和应对措施。

临走,镇长说:"搬迁工作一定要过细,不能出任何纰漏,如果需要,我派一名副镇长到工作组进村帮助你解决问题,国庆节前搬家的日期不能改。"

宝明说:"其他工作村里自己可以解决。"

双庆见爹舍脸找宝明,梦花分房面积的问题依然没有结果,他就又去找宝明理论。宝明正跟二侉子、三驴子等人复述研究结果。双庆上去就拦住话头,冲着宝明质问:"我媳妇梦花那问题为啥不解决?明摆着是你老李家安了心要跟我老于家作对,我看你是故意让两姓冤家的扣子越结越紧,仇怨越来越深啊!"口气里火药味很浓。

宝明没搭碴儿,三驴子抢先用讥讽的口吻对站在一旁看热闹的李广清说:"哎,听见了吗,媳妇跟人跑了,还一口一个媳妇地叫,脸真大啊。"

李广清也跟着起哄说:"可不,一个大男人让媳妇给甩了,要是我啊,早躲旁边藏着去了,还有脸在人前说话。"

这两人嘀咕着,双庆很敏感地觉察出他们是在议论自己,就大声说:"别站在背风的地方说硬话,没准你俩哪天也会被戴上绿帽子呢。"

李广清赶紧拉拉三驴子:"咱快走,没咱的事,别一会儿把双庆惹毛了。"

宝明很平静地说："双庆啊,你想错了,说错了,不是你想的那样,你的遭遇我很同情,但村民代表讨论决定的事,如果再改动,还得通过村民代表会才行。我已经记在本子上了,等有了结果第一时间告诉你。"

双庆还要争辩,见宝明无暇顾他,只好悻悻离开。

第四章　心乱嘴杂

人们陆续散了。

宝明来到大街上,见几个用白粉子刷标语的人正认真地刷着标语,就走过去。大街上到处写着有关拆迁的标语口号:"民本搬迁展和谐,优化环境促发展""恋恋不舍旧房老屋,高高兴兴乔迁新居""拆迁改造美家园,合理安置公开算""群众利益至高无上,干部责任重于泰山""拆迁补偿安置,政策为先,真心热心爱心,民心为重"……

会计李二奎按照分工,在村十字街口发放"明白纸"。

"你们发啥呢?"一个黑胖的中年妇女问李二奎。

"发'明白纸'呢。"李二奎答道,顺便递给她一张,"来,给你一张,好好看看吧。"

妇女接过"明白纸",扫了一眼,不明白地问道:"这'明白纸'发了好几回了,是干啥的?讲的啥呀?"

"是关于咱们村儿拆迁的一些政策,好好看看吧。"李二奎答道。

"哦!那可得好好研究研究啊!"说完,妇女把头埋进了"明白纸"中,慢慢地往回走。

"拆迁的宣传单,跟宝明在大会上说的一样,有啥看头啊?!

走,打麻将去!"一个骨瘦如柴的老太大步走到妇女跟前,一把抢过妇女手中的"明白纸",背在身后就要走。

"你给我拿来!"妇女一把将老太身后的"明白纸"抢了回来,有些愠怒地说:"想看'明白纸'自己去要!抢我的干啥?!房子都快要拆啦,还打啥麻将啊?!"

"来来,别抢,都有!'明白纸'就是让大家更心明眼亮的!大家看了'明白纸'就明白了。"李二奎一边给老太发"明白纸"一边沙哑地说着。

这时,宝明来了:"大家拿回家好好看啊,有啥想法及时跟村委会沟通。"

三驴子说:"我现在就有想法。"

宝明说:"那好啊,你说吧。"

三驴子说:"原先你们说拆迁会让咱们由穷变富,怎么个由穷变富法,说给我听听。我听了要是真有道理,我替你们宣传。"

宝明说:"这个是明摆着的,不用我说,让会计跟你说说。"

会计李二奎说:"是这样,拆迁也是楼村发展的需要,整个楼村经过拆迁,土地整合流转,大家可以参加流转后的农业开发生产,等于就近就业了,年底还分红。再说,拆迁,是按国家政策人均三十平方米再加老房子折合比例的住房面积进行补偿安置的,算下来咱们安置房的面积是要多于现有住房的使用面积。看事情要看长远些啊,算算吧,咱们都不吃亏,反而还很有赚头呢。"

一番对比算账,三驴子信服了,可他又动起了自己的小想法,虽然是一个老李家,可宝明是拆迁主要经办人,说了算,给他送点儿礼,说不定就能多给自己那老房子多折合点儿面积,给几间违章建筑多算俩钱。三驴子就偷偷地把装有一万元现金的信封塞进宝明的皮包,离开后,给宝明打电话:"宝明啊,我在你的皮包里给了点'意思',请你笑纳。看在咱是本家的分儿上,在拆迁算账上嘛,就请多关照关照哈。"

宝明一愣:"意思?啥意思啊?"他打开皮包看到了那个信封,明白是啥"意思"了,当即回电话给三驴子:"三驴子,赶紧过来,把你的'意思'拿回去,我怎么能要你的'意思'啊。"

三驴子咧着嘴笑着说:"嗨,宝明啊,你就别客气了,现在做事不都是这么'意思'的吗,就只希望你在算账的时候高抬一点点手、就那么一丁点儿,对本家有一点点偏心人们会理解的。我给你'意思',没人知道,多给我一些面积也不会有人攀比闹事。"

宝明很严肃地说:"那不行,拆迁补偿有统一标准。三驴子,你还是赶快来把你的'意思'拿回去!"

三驴子说:"是不是嫌少啊?"

宝明有些着急:"你别这么不懂事好不好,我面对的不是咱老李家一家,更不是你一个人,我面对的是整个楼村!"

虽然宝明一再催促,可三驴子就是不来拿他的"意思"。这"意思"装在宝明皮包里可是烫手的山芋。宝明一怕丢了自己要赔;二怕放久了自己也说不清楚。第二天,他又给三驴子打电话:"三驴子,如果现在你还不来拿你的'意思',我就只好把你的'意思'交到纪委的廉政账户上了!"

三驴子一看,宝明是真不收啊,只好赶过来拿回了他的"意思",笑着对宝明说:"完了,我没辙了,我是真服你了。好吧,拆迁,我算第一家!"

宝明心说,你不拿走,就是我的心病啦。三驴子走后,宝明也走出村委会,他想到村里转转。于是,他先来到十字街口。

十字街口,是全村老老少少都喜欢来的地方。这里比较开阔,是个乘凉避暑的好地方,愿意在这里凑堆儿的主要原因还有一个:就是这里还是个信息发布中心!全村一天所发生的大小事情,基本上会在这里进行交流,比如张三的儿子外出打工不到一年,就挣回五万元钱,而且领回一个俊媳妇啦;李四家养的老母猪产了二十只崽子啦;王五和媳妇干仗,被挠破了脸啦等等,都可以在这里得到最确切的认证,并且还能把一些只言片语丰富得有鼻子有眼。

十字街口就成了人们发布新闻,传播消息,交流情况的场所,人们在这里可以畅所欲言。无论早来的晚来的都相互打着招呼,在这段时间里人们都不谈啥具体的事情,无非是今晚吃的啥饭,喝没喝点小酒之类。但今晚的主题却是搬家以后的生活设想。

让人感到意外的是,二侉子也来了,身后跟着一只像牛犊似的狗!狗可不像人那么稳重,看到这么多的人似乎很兴奋,颠儿颠儿地窜到人群里,这里闻闻,那里闻闻。这样一来,不但小孩子被吓得哇哇乱叫,就是大人们也是趔趔趄趄地赶紧躲。这狗也太大了,不像是普通的家养狗,少说也有八九十斤!

"没事儿,没事儿,这是藏獒,不是土狗,很听话的,不随便咬人。它是逗你们玩呢!"二侉子并没有约束自己的狗,反而就像看到孩子给爹长脸了似的那种表情,呵呵笑着,又略带快意地安慰大家。话虽是这样说,但畜生毕竟是畜生,谁敢保证它不会突然地给你来一口?所以大家都很惊慌,纷纷躲避。

"二侉子,你还是管管你的狗吧。大家都在这里乘凉,你弄条狗来捣乱,你看,小孩子都被吓哭了。"于世林看不下去了,站出来说话。

于世林是长辈,二侉子不敢顶嘴,对着狗大声呵斥了一声:

"九饼！给我老老实实待着！"

原来二侉子家的狗叫九饼。

"九饼？嘿嘿，有意思，听起来跟你像是哥俩。"于世林呵呵一笑。

九饼果然很听话，听到二侉子呵斥后，乖乖地趴在了二侉子的脚跟前，虽然趴在那里，但除了身体不乱动了之外，还是摇着尾巴，左瞅瞅右望望，还是不那么安分。倒是有几个胆大的年轻人，一听说是藏獒，知道是名犬，忍不住好奇地往前凑。

二侉子得意地说："藏獒，最厉害、最听话、最忠于主人，我才训了几天，就很听我的话。我让它干啥它就干啥，不信你们看！"

为了证实自己说的话和狗的能力，二侉子拾起身边一块砖头甩出十多米远，叫了一声："九饼，去把砖头叼回来！"藏獒闻声"嗖"的一下就蹿出去了，迅速叼上砖头，回到二侉子脚边放下，摇着尾巴，抬头望着二侉子。

"嗯，表现不错！奖励你。"二侉子似乎很满意，笑呵呵地从上衣口袋里不知掏出了一点儿啥，朝狗的方向往高一抛，藏獒很漂亮的一个弹跳，迅速张口接住，嚼了嚼就咽了下去。估计是啥精致的狗粮之类的东西吧？

"这狗真好！真听话！"有人咂着嘴这样说。

"当然。"一听有人夸赞狗好，二侉子很高兴，"这只狗才五个月，还没有发育好，现在也就是八九十斤，如果发育好了能有一百多斤。我才训练了它不到一个月，如果训练好了，不比公安局的警犬差！"二侉子很是得意地显摆。

"二侉子，这狗是母狗吧？等下了崽给我一只呗！"有个小伙子央求着。

"给你一只？你知道这狗值多少钱？"

"还能值多少钱？不就是一只狗吗？"

"我这只还不是纯种的，少说现在也能值三万元，等长大了起码也要十几万元！纯种的还要贵，听说有卖到一百多万元的。"

"啊？这么贵啊！"

于世林又说："二侉子是茅坑里面供佛堂，臭肉熬油假清香，拿筷子当笛子吹，拿好歌给疯子唱，都是糊弄人的。你们别信他。"

"二侉子，这只狗你从哪里买来的？"说这话的是宝明，人们没注意宝明何时也来到了这里。

"哪里买来的？我养狗不得有业务户啊？就跟大企业的对口单位一样。"

"哦，不错不错，但你得看好了，不能伤了人，更不能吓着小孩子。"

"肯定肯定，我养的狗，都是高级狗，都特别听话，你放心。"

"那就好！二侉子，等你下了崽，卖给我一只。"

"你说啥？我下崽？你这是骂我啊？"

"不是，二侉子，你想歪了，我是说话简练，省略了字，是说你家狗下崽。"

二侉子心想，这几天闹腾搬家，天天动员我卖狗，我正好跟宝明套套近乎。二侉子嘻嘻地笑了："真是当官就比草民聪明啊，拐弯儿多快，不愧你当书记。宝明啊，怎么还用你买啊，真下了崽，我送你一只藏獒。你当书记，难免得罪人，送你一只狗，可以看家护院，起码夜里有人砸黑砖能提个醒，如果有人进来你家院子，还能抵挡一阵儿。"

"不是我要，我是给一家养鱼户买，他家的养鱼池老被人偷抢，养的土狗总让偷鱼的给毒死，买只精明的狗，不吃毒药，就行了。"

二傍子说:"那肯定是你好朋友,我冲你的面子,送给他。"

宝明嘿嘿一笑:"到时候你养不养狗还不一定呢,刚才说着玩的,赶明儿去你家狗舍看看。"

第五章 强制卖狗

第二天早晨,宝明果然来看二傍子的狗舍了。

从外围看,这是一块三百多平方米的场地,有几间简陋的屋子。宝明喊一声:"二傍子,在吗?"喊声惊动了这些狗,引起一阵强烈的狗叫声。

二傍子脸颊被太阳晒得黝黑,一边吆喝着:"二饼,八万,去,别闹了。"宝明听着就觉得很滑稽,二傍子喜欢玩麻将,他给他养的这些狗起的名字都是麻将牌。此刻,二傍子呵斥着身后那群狗,迎了出来。

"其实这些狗都是很听话的,就像养的孩子差不多。"二傍子笑笑,露出一口白牙。

二傍子养狗十多年,他第一次养狗是一个偶然的机会,在电视上看了一场狗类比赛。其中一只西伯利亚哈士奇给二傍子强烈的震撼,那狗看着就秀气华贵,毛发在阳光下闪闪发亮。尤其是那狗的眼神,有些冷,又带一些妩媚、妖冶,就像情人一样让人捉摸不定。就在那一刻,二傍子喜欢上了狗,他决定要逞摸一只哈士奇养养。不久,他真的得到一只三个月的纯种西伯利亚哈士奇,尽管花了他多少年的积蓄,但他感觉得到的是个宝贝。那一阵子,哈士奇成了他的最爱,比媳妇还重要,每天都陪着哈士奇吃,睡,遛弯,洗澡,用语言和眼神与哈士奇交流,他一挑眼,哈士奇就明白,就顺着他的意思去做。哈士奇一眨巴眼,他就知道哈士奇是想进屋还是想遛弯,真的很默契。不久,哈士奇被侍养得膘儿肥毛儿亮,二侉子看在眼里,喜在心头。惹得媳妇老讥讽他,让他跟哈士奇去过日子。多少个日日夜夜,他日夜不离狗舍,与哈士奇同喜同怒共哀共乐,媳妇只好把饭菜送到狗舍来。

有一回,他病了,结果哈士奇被偷狗贼偷走了。哈士奇丢了,让他伤心至极,那天夜里他做梦,梦里看见哈士奇回家来了,见了他就哭,他没听说过狗还会哭,但他梦中真的见到哈士奇在哭,还嗷叫着带着他去偷狗贼的家,他惊奇地发现原来那个偷狗贼就在邻村。天亮后,他相信狗是通灵的,他就真的去看了,令他头皮发麻的是结果还真就发现了偷狗贼的窝点里面关着很多狗,条件非常差,后来他就报警,派出所警察把那个窝点一锅端了。可惜的是,他的哈士奇不知道哪里去了。他不死心,又买了一只哈士奇,依然像宝贝似的伺候。

二侉子养哈士奇的消息被邻县一家养狗户知道了,就前来访问打探,后来那人要出高价买走这只哈士奇。二侉子可舍不得,不出几天,那人又来,还是要收购这只哈士奇。二侉子和媳妇商量,说人家给的价够高了,已经是翻倍赚了。但他看看那只狗,想想如果卖了就再也见不到了,心里还真是舍不得。

二侉子不答应,那人也不死心,就像犯了魔障一样,三天两头来看哈士奇。还请二侉子喝酒,就开导二侉子:"这只哈士奇你卖给我,你接着养啊,养得越多赚钱越多啊。"

最终二侉子在那人的开导和价格的引诱下,最终把哈士奇卖了,那人心满意足地把二侉子心爱的哈士奇带走了。二侉子看着远去的汽车,还搂着媳妇抽泣了几声,媳妇一个劲儿地拍打着他的后背和肩膀安慰他。

不久,二侉子就用那钱又买了几只哈士奇。

再不久,那几只哈士奇又被人买走,他又接着买,接着卖。渐渐地,他的养狗经验越来越丰富,越来越成熟,他就成了养狗专业户。再后来,他就不仅仅养哈士奇了,阿拉斯加雪橇犬、德国牧羊犬、罗威那犬、苏格兰牧羊犬、秋田犬、藏獒等世界名狗都养,一拨一拨地买进来,卖出去,从中确实赚了不少钱。

眼看就要搬家住楼房了,他的狗舍也要拆掉,二侉子哪里舍得,这是断了他的财路啊。他三番五次找宝明诉苦,非要宝明搬家后给他安排一个地方养狗。宝明说:"你没有养狗执照,也没有《动物防疫合格证》等有关部门的许可手续,楼房小区是绝对不允许养的。"

"那你在小区外面给我弄块地场,我也不会干别的呀,就会养狗。"

"那你等搬家后,办好执照啥的,再说再论。"

"别呀,这个时候不说好,等搬好家,你就有很多的词儿拒绝我,不让我养狗了。"

宝明很郑重其事地问:"你怎么知道我会变着法拒绝你?"

二侉子咧着嘴嘻嘻地笑着说:"不是啊,书记你是咱村的诸葛亮,眼珠一转就有招儿整治整治我。呃,书记,你不愁吃不愁喝的,给我留个饭碗行吗?你当书记的吃大肉我这当百姓的喝稀汤就行。"

宝明说:"你说啥?二侉子,你别猫尿灌多了胡呲啊,我吃啥肉,你喝啥汤?打小儿你这张嘴就缺把门儿的,不是跑火车就是闹肚子拉稀,你自己想想,因为这张破嘴惹事还少吗?"

宝明说:"现在搬迁的事千头万绪,你也算是个难题,哥们儿,能不能让我省点儿心,算你够哥们儿意思。"

二侉子嘻嘻地笑着说:"那当然啦,你当书记主任,我能不给你做劲吗,咱俩谁跟谁啊,对不对?"

宝明说:"这样吧,你答应我,把狗卖了,买狗的人来了我请客。"

二侉子说:"行,一言为定。"

买狗人来了,还是那个老主顾。宝明说到做到,带着买狗人和二侉子去镇上吃饭,还从家里带了一瓶古井贡。倒上酒,宝明对买狗人说:"我这兄弟养狗有经验,确实会养,对养狗情有独钟,这要不是赶上拆迁,他是舍不得卖啊。"

买狗人一边吃菜,一边笑呵呵地说:"对对对,是是是。"

二侉子举起酒杯:"我跟书记是发小,感情特别深,这不是他几次要跟我拜盟兄弟,以前我没答应,我想近期找个机会,搞个仪式,正式结拜,书记今天百忙之中,亲自请酒陪酒,让我这小小老百姓很感动啊,谢谢父母官儿,来,我敬你一杯。"

宝明放下酒杯:"二侉子,你又犯老毛病了,当着客人胡说啥,往后说话讲究点儿,别胡吣,不着边儿的话少说。"

二侉子嬉皮笑脸地说:"书记啊,当着外人的面你就别夸我啦。"

买狗人听了哈哈大笑。

二侉子冲买狗人挑挑眼儿,说:"也得谢谢你啊,能接手买走这些狗,也是对我的支持,对楼村的支持,对宝明书记的支持啊,来敬你一杯。"喝完,又冲买狗人挤挤眼。然后,又煞有介事地说:"这些狗都有一个好听的名字,你最好别给他们改名了。"

买狗人说:"那好,你把他们的名字都告诉我。"

二侉子找服务员要来纸笔,一笔一画地写着:阿拉斯加叫二饼,大藏獒叫九饼,小藏獒叫八饼,秋田叫六饼,两个德国牧羊犬一个叫三条,一个叫七饼,三只哈士奇一个叫幺鸡,一个叫八万……宝明笑着说:"你这是玩麻将啊。"

二侉子嘿嘿一笑:"这名字好记好叫,这些狗狗都知道自己叫啥名字。"说着又冲买狗人挑眼儿。

宝明看在眼里,心下有了疑问,他不放心,看着他们写了字据交了预付款,这才松了口气。

三驴子看见二侉子,就说:"完了吧,你扛不住了吧,狗即便是你的心肝宝贝还是得卖。"

二侉子嘻嘻笑着说:"谁说的,我刚请宝明喝完酒,他答应了,让我继续养,说我这叫多种经营,自主创业,宝明还答应给我的狗舍补偿翻倍呢。"说得很顺溜,还很得意。

双庆和陈晓敏正好打此路过,二侉子说,你们都沾我光了,陈晓敏你的小酒馆也可多拿好多补偿。

双庆说:"我不信,估计是你胡呲,你撅屁股拉狗屎放狗屁惯了,楼村人谁不知道。"

陈晓敏也说:"二侉子的话就是天上的云,随风刮。"

第六章 心事重重

宝明围着全村转了一圈,边走边想着心事,自从去年开始建楼房,千头万绪的新矛盾新问题层出不穷,把人折腾得昏头涨脑,但在他任上彻底改变了村民的居住条件,且一切就绪,只等搬家了,想到此,他又有些惬意。刘镇长一早来电话说县里准备把楼村作为全县农村城镇化试点宣传推广,要求楼村国庆节前必须搬家,还要派县电视台、报社记者采访报道。刘镇长还特别提醒他,要想办法趁搬迁的机会弥合两大姓之间的矛盾。一想到楼村两大姓之间的矛盾,宝明就脑仁疼。李、于两姓历来不睦,互相猜疑,互相提防。哪一任镇领导都怵头楼村,以前每到村两委换届,都是两大家族的一场选举混战,曾有好多年是村支书和村主任由两姓轮流换班做。从他第一次上任就是支部书记和村主任一肩挑,到现在已经连任三届了。镇领导多次嘱咐要他尽最大努力争取一切机会弥合两大姓之间的矛盾,他何尝不想趁着搬迁上楼把这个老大难问题解决了,在楼村历史上留下一笔,可是难啊,为此,他无数天夜不能寐。

宝明一路想着,朝远处龙兴湖东岸那片新楼张望着,就来到村委会打开扩音器,想用广播向全村宣布国庆节前所有村民必须全部搬迁上楼的通知。还没开口,双庆来了,伸手把扩音器关掉,冲着宝明用质问的口气说:"我媳妇梦花跟人跑了,尽管有人在县城看见她跟那个盖房班头头出双入对,但她没和我离婚,户口本上还有她的名字,她又没死,为啥不给分房? 你给个说法!"

双庆是那位曾经显赫一时的于姓将军的嫡亲后代,据说将军是三品怀远将军,一等侍卫,将军服上绣着豹子,将军死后,留下来的将军服,镶着蓝宝石的帽子、花翎、佩饰等物件就传到了双庆父亲于世林手里,人们猜测,于世林还收藏了将军更值钱的物件。在于姓家族里于世林是被众多人高看的,因为毕竟将军给于家带来那么多的荣耀和光环,甚至是威风,再加上于世林辈分大,说话很有分量,这也成了于世林与李姓家族代表人物李家喜明争暗斗的资本。

宝明说:"梦花跟人私奔已经两年多, 是死是活没有任何音信,万一她不回来了呢,按法律规定就应该失踪处理,可以注销户口了,你不是也跟我那堂嫂陈晓敏……"

双庆一边瞪眼一边急赤白脸地挥手打断宝明："陈晓敏与这个事无关,不要拿陈晓敏说事!"

宝明闭下眼,迅即睁开："那可不是两码事,一旦你跟我堂嫂陈晓敏真好到一块儿了,咱还就成亲戚了,你说是不是?"

双庆摇头咧嘴："那不是一回事,梦花看不上我了,跟人跑了,还不许我也找自己的出路啊?别拿陈晓敏要挟我,你要真那样扯,更得照顾我!"

"双庆啊,那我得多说几句了,你看啊,咱俩从小一起在楼村长大,尽管李、于两姓不腻乎,但现在是啥年代了啊,过去老一辈人之间争斗了那么多年,一些说不清的疙瘩早该解开了,互相伤害的局面不能再延续下去了,起码我作为支部书记、村主任,脑子装的是整个楼村,而不只是老李家,不敢说一碗水保证端平,但我绝对没有任何一丝一毫的私心。至于你媳妇梦花分房面积的事,其实我也很纠结,毕竟梦花没有回来,也没有确切消息,户口没销,只是失踪,不能按死了定性,更别说她跟那个盖房班头头到底会不会长久,说不定哪天她还会回来。但人们不同意给梦花分房也不是没有道理,因为谁知道她还回不回咱楼村,这是村民代表的意见,党支部会、村委会通过的,我也不能私自改变决定啊,如果改变还需要开会讨论决定才行。"宝明呵呵笑着,他觉得自己一席话可以缓和气氛,起码双庆会冷静下来,他盯视着双庆,等待着双庆的反应。

没想到双庆反倒更生气了,涨红了脸,提高了声调："你不用给我讲那些大道理,我要当村干部比你会讲,老李家、老于家那些陈芝麻烂谷子的老矛盾老纠葛我也不赞成,但我现在说的是我媳妇梦花的分房面积问题,老扯那么远干啥?更不要拿村委会当挡箭牌,那都是村里出的土政策,别以为你是村支书、村主任,就拿你的想法强加于人。"

宝明刚才还笑着的脸被呛得一红一白,心口窝里一股旋风在不停地涌动,如同一股火苗在升腾,那张脸猛地就变了色,下意识地把眼瞪了瞪,气氛一下子紧张起来。但宝明稍一迟疑,马上又镇静下来,他告诫自己,不能急,不能急,急了会出差错。他把笑容又恢复到脸上,只是有些不自然,他眯起眼睛:"双庆啊,别那么大的火气,你的事我会当个大事在支部会和村委会上提出来,有了结果我第一时间告诉你,行吗?"

正在这时,陈晓敏来找双庆,双庆冲宝明用鼻子哼了一声,匆匆离开。

双庆刚走,李广清跑来了:"宝明啊,这马上要搬家了,你得给我的马'大白兔'在新楼区里安排个马厩。"

宝明说:"搬到楼上住以后,就不种地了,你还养马干啥呢?"

李广清正颜厉色地:"这大白兔跟着我吃苦受累好多年,我舍不得卖,我一家人都心疼大白兔,都把大白兔看作是家庭成员,我搬家也得带着它。"

宝明说:"你这也是难题啊,过去住平房行,到处乱搭乱建,柴火垛,猪圈羊圈随便弄,你说以后住楼房了,到处都干干净净的,在哪儿给你安排马厩?"

"我家大白兔很听话很老实,不会伤人,我一天看不到大白兔就吃不下饭睡不着觉,再说了,它还是我的脚力。有一回,我骑着它去老丈人家喝寿喜酒,回来时晕晕乎乎趴在马背上,它就把我驮回家来了,我骑着它去县城买年货,好多没见过马的城里人都追着看。"李广清说得很得意。

宝明说:"即便是你的脚力,也不能作为正当理由啊。你说你把马拴你楼房屋里还是拴在楼外,邻居们会同意吗?"

广清喜欢马,是近几年的事,因为有几亩地需要耕种,他就买了这匹马,由于这匹马通身雪白,没有杂毛,他给马起了个名字叫"大白兔"。空闲的时候,他经常牵着大白兔迎着朝阳在野地里悠闲散步,有时候一高兴,就骑上马在田野里飞奔一阵儿,当他跨上飞奔的大白兔,那份激越的狂喜,是没有任何一种情怀可以取代的。确实,马的形体,有着雄壮、神秘又同时清朗的生命之美。

在大白兔身上,广清看到了一股毅力和冲劲,他自己也爱上了这股劲头。他喜欢大白兔,所以能清楚地摸透大白兔的习性,一点儿一点儿地调教和驯马,即使有摔打和受伤他也乐在其中。

每天繁忙的工作过后,最让他身心愉悦的事情就是给大白兔梳理鬃毛,或者骑上大白兔在旷野里肆意地奔驰,和大白兔待在一起,是他一天中最放松的时候。最喜欢的就是翻身上马那一刻的豪情,只要骑上马,就能卸去他一身的疲惫和压力。俗话说马不吃夜草不肥,每天晚上十一点多,广清就盯着给大白兔添料,添料后还要看着大白兔把草料吃完才进屋睡觉,久而久之,就成了他的生活规律。

广清说:"我那马不糟害人,你在楼区里随便选块儿地方就行。"

"卖了吧,又不种地了,养马要投资的。"

"我舍不得,这大白兔跟我这几年,有感情了,我又不指望卖马那俩钱过日子,我想养着他,没事骑着马到野地里兜兜风。"

宝明说:"那我得开会研究,你听消息吧。"

宝明发现广清的眼里含着泪。对于广清喜欢马这点儿爱好,宝明还真是有些同情。

当天晚上,宝明召集两委班子和村民代表开会,专题研究广清养马的问题。大家认为,广清养马与二侉子养狗不一样,马厩可以在小区绿地上搭一个,但前提是,必须每天打扫,不能有异味,骑马遛马不能伤人,在小区内绝对不允许骑马。广清很爽快地全答应了。

第二天,听说允许广清养马的消息后,二侉子恼怒了,他那张嘴巴又失控了:"宝明欺负人,对李姓家族的人宽松,以权谋私,做事不公平。"

三驴子就火上浇油地撺掇他说:"不如去县里告状,就说宝明歧视你、欺负你,说宝明肯定吃了广清的贿赂,不然怎么都是牲畜,为何养马行养狗不行?"

可二侉子心里还没琢磨好怎么闹,见宝明从远处过来了,便冲三驴子眨了眨眼,两人溜了。

第七章 坎坷姻缘

其实他俩不知道,宝明心里不仅装着搬迁大事,还关心着人们的生活小事,尤其关注双庆、梦花和陈晓敏之间的微妙情事。他想找双庆好好谈谈,双庆却不在家。

这些天,双庆正渴求走出媳妇梦花跟别的男人出走的阴影,正走在追求新感情的田野上。

今天天气很好,只是有些薄雾,远处的景物看不清楚了,当午后的霞光透过雾霭照暖了整个村庄里里外外的时候,树木的边缘好似镶了一条细细的金线,迤逦于半空之中。高空的云彩渐渐散开,化成了白色的烟雾,然后就和那碧蓝碧蓝又仿佛是湿润的天空融合在一起了。一群麻雀飞起来,天空里回响起叽叽喳喳的鸣叫声,仿佛在为灿烂的晚霞歌唱。整个田野笼罩在一种苍茫的暮色中,楼村也在悒郁、宁静地等待着黑夜的来临。

双庆穿过一条小道,尽情地闻着田野里的庄稼和绿草的味道,高高兴兴地走进微凉的暮霭里,温暖的空气中弥漫着沁人心脾的芳香,太阳透过榆树的枝叶和繁花,把热乎乎的光斑洒在他的脸上,他觉得鼻孔、呼吸、脑袋都火烧火燎的,好像有人给自己施行了麻醉,使他进入了一个另外的世界,置身于完全不熟悉的黄昏里。他知道,夜幕即将降临,一种莫名的充满魔力的感觉在控制着他,他甚至预感到自己要和一个非常陌生的女人去幽会。

双庆嘴笨,不知道自己到底该不该向陈晓敏表白,他一方面希望陈晓敏了解自己的感情,一方面陈晓敏对他的友好也使他神魂不守,因为这就意味着陈晓敏成了他的贴心人。这个念头甚至有时在他心中唤起一种奇怪的希望,觉得自己也许能够在陈晓敏身上找到某种情感寄托。想到这些,双庆总是沉浸在矛盾中。

"双庆。"

有人从暗处轻轻地喊住了双庆。

"是我。陈晓敏?"

"嗯,你出来了,小酒馆呢?"

"炒菜师傅自己盯一会儿。"

双庆嘿嘿地笑着走过去,眼睛朝陈晓敏望着,正好陈晓敏也在望着他,就这样彼此望着对方。双庆感觉自己还是第一次这么认真地看一个女人,而且还是自己喜欢的女人。只见陈晓敏身姿绰约、柔美,一双手以一种轻盈而娴熟的动作在身子左右晃动摇摆,还有那个微笑,如花初放的优美的脸,乌黑的秀发,甚至脖子上那条细巧的金项链,以及那晶莹的眼神,都流露出女人的羞涩。

两人谁也没说话,一前一后,在小路上缓慢地走着。

天渐渐黑下来,夜空上有几颗流星划出几道火红的线条。陈晓敏凝望着黑里透蓝、繁星闪烁、深不可测的苍穹说:"咱俩来这条小路上不少次了,该说的话也说了,你想好了啊,梦花回来究竟怎么办?"

双庆点着头说:"梦花跟别的男人私奔,这样的女人我坚决不要了,是她伤害了我,抛弃了我。放心吧,我一定跟她离婚!"

"嗯,那好吧,以后咱就不来这里了,你就直接去小酒馆,还可以帮我干点儿事。咱俩都结过婚,既然下定决心要走到一起,也就不必怕这怕那了,正大光明地来往,好吗?"

双庆"嗯嗯"地答应着,心里一阵阵发热。

离开陈晓敏,双庆心里开了锅。

第八章　梦花出走

早先,姐姐托人给双庆介绍过一个对象,双庆和那个女人经过一段时间交往,彼此都很满意,已经开始操持准备结婚。万没想到,那女人的父亲过生日,双庆这个未来女婿前去祝贺,酒席宴上,跟未来大舅哥言语不合,吵起嘴来。人们劝了这个劝那个,哪知道越劝越厉害,谁也不让谁,竟然动起手来。这一下后果可想而知,直接导致了双庆与这女人关系的中断。为此,姐姐恨死了双庆,说他实在是太不争气。

"双庆啊双庆,你就是个蠢驴,臭猪,木头脑袋!你要不是喝多了闹事,早结婚了,现在傻眼了吧,那是多漂亮的人儿啊,你娶了媳妇,咱爹就省了一份儿心思。"

过后,姐姐三番五次带着礼物去女人家,跟女人的爹娘、大哥道歉,但最终这桩婚姻也没成。为此姐姐没少骂这个不争气的弟弟。

　　后来,姐姐又托人给双庆物色了一个对象,而且还是万里挑一的大美人,就是这个梦花。梦花的名字是接生婆给起的。梦花出生那天,梦花妈在傍晚就感觉到了肚子一阵阵疼痛,梦花爸便急着把村里的接生婆找到了家里,梦花妈产前的呻吟声一直在这个农家的老屋里回荡,那叫声让梦花父亲的心儿抽得紧紧的。当梦花脱离妈妈母体的时候,接生婆一手把她托起来,大声嚷嚷地喊道:"不带把儿,是个丫头片子,快起个名吧。"梦花爸听后骂了一句:"老娘们儿一点儿也不添乎人,你给随便起一个名吧。"

　　接生婆抬头望见窗外几朵花影晃动, 随口说道:"就叫梦花吧。"

　　梦花就这样在乡村的炕上出生了。像乡村里许多的女孩子一样,梦花从出生开始就不太受爸妈的待见,但梦花却偏偏长了一副好身材和一个好头脸儿,窈窕的身材,俊俏的面容像水葱似的。一晃,就到了出嫁的年龄,梦花经过千挑万选最后嫁给了楼村的双庆,双庆老实巴交,不爱说话,用乡里人话说也是个一竿子砸不出屁来的老蔫儿,整天只知道闷闷儿干活,你让他往西他绝对不会向东,不会说不会道的庄稼汉,老实肯干。这样的男人在那时候算得上是一个好男人,梦花妈相中的就是这一点,认为双庆可靠。双庆自然欢喜得不得了,能被梦花相中,他觉得就是上辈子烧高香了。喜宴上,人们都说他们不般配,梦花太漂亮,是城里人的坯子,真正是一朵鲜花插在牛粪上。尤其是二侉子,起哄地喊:"牛粪! 牛粪!"气得双庆大喜的日子奋拉着脸,好多天都郁闷。

　　梦花嫁给双庆后的日子一如村边小河水那样平静。第二年梦花就有了一个儿子,取名叫小虎。从此,梦花除了在家抚养孩子外也就是陪着婆婆做做家务,帮着侍弄自家的田地,冬天里和千千万万村里女人一样,喂猪打食做两顿饭,余下的时间就盘腿坐在温暖的炕上跟婆婆一起缝缝补补,捻麻绳纳鞋底。

但是,顺风顺水的日子过得很快,就在五年前,生活突然就拐了一个弯儿,双庆娘得急病去世,梦花感觉日子从此就变了样子。婆婆在世时,还有婆婆帮助自己拉扯孩子,喂猪打食料理家务,谁知婆婆这一走一切就乱了章法。每天早晨还没睁开眼睛,圈里的老母猪就早早醒了,饿得咣当咣当拱圈门子,鸡鸭鹅也呱呱嘎嘎地叫着凑热闹,小虎好像也不似从前那样听话,托着鼻涕有事没事就咧咧,吃饱没吃饱哇哇叫唤。最让梦花难受的是公公没了老伴儿,村里有人老来撺掇公爹续娶一个后老伴儿。双庆不同意,跟爹闹了好长时间的别扭。为这事,姐姐没少跟双庆闹,说双庆不孝顺,不知道顺着老人的心思。后来,公公提出分家过,没办法,分就分吧。日子就变得紧紧巴巴起来,柴米油盐酱醋茶,每天扒开眼睛哪都要钱,梦花有点支撑不住了。双庆就知道干活,家务活也不在行,笨手笨脚的总也不如梦花的意,梦花就咬牙切齿地骂:这辈子怎么就找了你这个窝囊废,干啥啥不行。开始双庆也不分辩,知道梦花在家里喂猪打食伺候孩子也不容易,后来骂急眼了,双庆就跟梦花对骂,喝点酒还会伸手给梦花两巴掌,梦花打不过一个大男人,就搂着小虎在一边哭,后悔这辈子瞎了眼,嫁了这样一个男人。

双庆的家就在村子西头,三间砖房坐北朝南,一人高的院墙把前后院子围成正方形,周围长着挺拔的杨树和弯曲的榆树,紧挨着的一条窄窄弯弯的小河沟绕过院落流向远方,鸭子大鹅每天在那里嬉戏,小河边长着许多杨柳和茂盛的杂草,夕阳西下或每逢雨天的时候,就会传来阵阵的蛙声和癞蛤蟆呱呱的叫声。夏天,楼村人就是在这已经习惯了的蛙鸣声中进入梦乡。梦花忙完一天家务后有时会很快进入睡眠,有时应付完双庆后看着双庆呼呼大睡,她会在那炕上翻来覆去难以入眠。在她看来,那些村里男女神神秘秘窃窃私语嬉皮笑脸谈论的夫妻之间的那码子事,只是男人的一种需要,和自己没啥关系。有时候她看着双庆努力认真的样子,还会觉得很好笑,甚至笑出声来,好在双庆没有多长时间,就会倒在炕上很快打起呼噜,听着双庆一声高一声低、富有节奏的呼噜声,让她感觉自己不像是睡在炕上,而像是自己掉在谁家的猪圈里。她生气地踹双庆一脚,双庆翻了一下身,侧着身子没有了震耳欲聋一声高过一声的呼噜声,蛐蛐的叫声又传进耳膜,梦花认真仔细地聆听辨识着有节奏的叫声,知道屋内蛐蛐的叫声是两个蛐蛐的和鸣,这样,梦花会在农家小院朦胧的蛐蛐叫声中渐渐地进入梦乡。

乡村俗语说得好:丑妻近地家中宝,反过来说家有美妻就免不了人家惦想,而俗话又说:不怕贼偷就怕贼惦记,梦花在楼村那是出众的漂亮,有些轻浮男人心怀臆想也是情理之中。

那几年,村里人兴起翻盖房子的热潮,村里来了一个施工队,领头的是个三十岁出头的小伙子,长得很英俊,他的施工队在楼村有时候同时就有几处房子开工,他是这工地转转,那工地看看。有一天,梦花路过一个工地,被泥水滑倒,小伙子上前扶起,见梦花长得特别水灵标致,俊秀的脸庞,白白的皮肤,乌黑的长发散落在胸前及背后,湿衣服紧贴在身上正滴着水。一只脚光着,另一只脚上穿着一只粉红色的凉鞋。看见梦花这样花容月貌的女人,小伙子心里不禁怦然一动,自然就挂在了心上,有事没事就会在梦花家周围蹓摸,找各种理由接近梦花。梦花还就喜欢和这个外地人聊天,有时候两个人一聊天就是半晌。为此村里人风言风语,说那个男人经常接触梦花一定没安啥好心，说不准啥时候就会给双庆弄一顶绿帽子戴上，时间长了传言就越加多了起来，而双庆是不会轻易听到这些议论的，男人们也不好跟双庆说起这些传言。

然而，人们猜测和担心的事就真的发生了。据说有一天夜晚，双庆去看望病重的姑姑，没回家，那个男人撬开了梦花家的门锁，钻进了梦花的屋里。从此，只要双庆不在家，那个男人就会趁着夜色偷偷摸摸地跑进梦花屋里，只是梦花的家门虚掩再不上锁。这些日子里，梦花感受到了和双庆所没有过的欢欣和愉悦，梦花情迷在自家的炕上。梦花变了，越来越离不开那小伙子了，也就成了人们经常挂在嘴边的养汉老婆，不要脸面的坏女人。

双庆最终还是知道了媳妇偷人。那天，他从地里干完活回家，没等进屋门就把铁锨咣当一声扔到了院里，进门不由分说就给梦花一顿揍，儿子小虎也不知道怎么回事，吓得躲在墙角哇哇大哭，梦花早就有思想准备，看着双庆那冒火的眼神感到了恐惧。也知道这一天早晚会来到，站在那里不躲不跑不哭也不叫，低眉顺眼地就那样挺着挨打，梦花知道是自己错了，不争辩也不解释，直到双庆气得呼哧呼哧坐在炕沿上为止，也没有说一个字，就这样等着双庆的发落。梦花想：偷情了，养汉了，要打要杀就顺着双庆吧，只是希望双庆看在她为他生了儿子的分儿上，别把她打死了，能给她留下一口气。

双庆憋气又窝火，媳妇跟别的男人上了炕，打也打了，骂也骂了，自己还不会讲啥道理，在村里再没有比自己媳妇偷人这件事情丢人的了，以后走在大街上他的后脊梁骨会被人家戳出窟窿，梦花会被村里人的唾沫星子淹死，这日子还能过吗?! 可是离婚，儿子怎么办呢? 双庆整天生气窝火，日子也不好好过了，回到家里有菜没菜就喝酒，有时炒一盘黄豆就着咸菜条子也能喝上半斤酒，喝多了就骂，身边放一把菜刀咬着牙瞪着血红的眼睛发誓：等哪天气急了眼，就宰了这一对狗男女。手里没钱时，鸡蛋刚从鸡屁股里下出来，就被他拿到供销社卖钱换了酒，到最后就到供销社里赊账，有钱就买酒，有酒就喝醉，喝醉就要砍要杀的。可梦花和那个野男人就好像中邪一样，扯不断的。其实梦花也害怕，万一双庆哪天真的把刀捅进自己的胸膛，可就一切都完了。她在双庆和那个野男人之间进行了无数次对比，觉得工头从长相，挣钱的路数，尤其是对她的宠爱等方面确实比双庆强多了，双庆简直就是木头，一点儿浪漫气息和生活情趣都没有。梦花心里的天平倾斜了。

正当双庆依旧借酒释放恨意的时候，梦花不见了，扔下儿子小虎和双庆，跟那个男人私奔了。

第九章　欲结新缘

梦花跟野男人跑了，这可是一大新闻，更是一个大丑闻。俗话说好事不出门，坏事传千里，这个消息迅速传遍了整个楼村。

三驴子笑嘻嘻地跟李家喜说："梦花跟人跑啦，这可是楼村从来没有过的事，这回于世林栽大跟头了，整个老于家都脸上无光啦。我琢磨着，是那年埋在石狮子下的那个'狸吃鱼'中用啦。二爷，往后就看着老于家倒霉的事一件一件地来吧。"

三驴子的话触动了李家喜的神经，他猛地打一个愣怔，心像被刺了一下，那"狸吃鱼"的旧事尽管是李于两姓施法争斗的行为，但却是深埋他心底的秘密，也是他的痛点，就呵斥着说："别胡说八道。再说'狸吃鱼'的事，小心我撕你的嘴！"

"好好好，不说了，不说了，这是秘密。"

梦花跟野男人跑了。于世林气得三天没吃饭，成天耷拉着脸，不出屋，窝在家里长吁短叹。见到双庆，就是不断摇头。

梦花跟野男人跑了。姐姐担心弟弟想不开，陪着双庆到神婆徐三姑家上香，请徐三姑给看看，梦花到了哪里，或者是去了哪个方向，何时能回来？

徐三姑说："此去逍遥百里外，寻来只做飞蓬鸟。不找也罢，不找也罢。"

于是双庆便放弃了寻找梦花的念头，把小虎送到姐姐家，自己重新过起了光棍生活。

双庆郁闷得难受，天天泡在酒精里，以酒消愁。

这天是个假阴天，太阳躲进似云似雾的烟霭里，只露出一张橘黄色的圆脸。就像一个无精打采的老女人，眼睛里放射不出一点儿光芒。双庆漫步走到村东荷花塘空地前，来到全村唯一的小酒馆。小酒馆因为小，门口也没有招牌，屋檐下挂着四个古朴的红灯笼，就成了小酒馆的标志。

小酒馆的主人是陈晓敏，小酒馆是陈晓敏她男人给她留下的生计。陈晓敏的男人给人家开大车跑长途运输，有时候一出去就是好几天不回家。他也是很有想法，见村里缺少个男人喝酒聊天的地方，就在荷花塘空地前把原来的三间空房改造成了这个小酒馆。虽然不大，挣钱也不多，但也可以让陈晓敏打发时间。

哪知道天有不测风云，人有旦夕祸福。陈晓敏她男人因为醉酒驾驶，在深夜回村的路上，连人带车直接坠入路边河沟，当场死亡。陈晓敏的公婆白发人送黑发人伤心至极，哭得捶胸顿足，哭得死去活来。陈晓敏也被这突如其来的变故打了个措手不及，哭得眼睛红肿如桃，哭得嗓子冒了青烟。男人这一走，留下了苍苍白发的老父母,尤其是留下了孤苦伶仃的陈晓敏。

陈晓敏是个高高瘦瘦的人儿,脸也很瘦,突出着一副高颧骨。脸色是白的,眼角和嘴角都有些向下拉,给人冷面、不快的感觉。但偶尔笑一回,就像换了个人,眼睛就亮起来了,嘴角就翘起来了,整个脸就都生动起来了,几乎可以说是美丽了。都说是一白压百丑,她却是一笑压百丑的,那肤色的白反被她浪费掉了,或许她爱笑就因为笑起来美丽。

陈晓敏高中毕业,本来她心里有着一股子与农民不一样的追求,每天夜晚喜欢独自在村边遛弯,喜欢寻找在夜晚飞翔的鸟。很多时候对于她来说,夜晚似乎是不存在的。因为夜晚的那些时光大都融化在她所拥有的灯光里,然后成为她无边无际快乐和略带忧郁的想象。那些想象是以画面的方式出现的,而后就变成了她活蹦乱跳的思维。夜晚是美好的,它的美好不在于它的自身,而在于它的变形和衍化过程。是的,她,一个孤独的女人,一个至少在夜晚活在自己想象中的人,夜晚对于她无疑是十分重要的。在很多时候,她都觉得夜晚就是整个世界,而不仅仅只是世界的一部分。而这个近乎虚拟的世界,同样有阳光和爱情,同样有许多招之即来,挥之即去的人和从他们生活和命运中携带的故事。她喜爱的一盆茉莉花静静地待在有些单调的黑暗中,散发着特别的香气,那是它的语言,它就是以此让陈晓敏感知它的存在。她知道她也会携带着生命的暗香,那当然也就是她在黑暗之中显示她存在的语言了。有形的存在,存在于无形之中。时间创造了许多过程,许多过程让你疲惫不堪、渐渐衰老。思想莫不就是一杯午夜的热茶,冒着热气。而这时候,她就希冀摆脱自己俗不可耐的躯体,进入花香一般的境界,她感觉那才是属于她的一种快乐。

夜晚的土地和天空都是可以进出的,至少她是可以随意进出

的,以一个幻想者惯用的方式,还有那些散落在村边的草垛,那葳
蕤繁盛的田畴,以及清晨空中清脆哨音的鸽群簇拥着的庞大的空
间,也都是可以进入的。那只忠诚的飞鸟,以她美丽而圣洁的灵
魂,随时可以和可能出现在任何地方。她知道自己在创造属于自
己的生命模式,一种有形和无形的模式。也只有在这种时候,她才
是完完全全能够驾驭自己。善与恶的门扉敞开着,同样被黑暗装
饰,同样深不可测。而她莫名其妙总被一种暗中的力量牵引着,趋
向和走近那扇门。走进那扇门,需要跨越,需要勇气,需要胆量,需
要付出。她明明知道许多人都会被一种力量牵引,但所有人都会
趋向和走近那扇门吗? 她有时就出现幻觉,好像看到那个曾经是
自己丈夫的男人就在那扇门里面微笑,那微笑十分灿烂,那扇门
里好像就是天堂。在属于她的灯光下,在她所拥有的无边的空旷
中,在一个或多个特定的时刻,那杯冒着热气的普洱茶让她品味
甘苦,心灵如水。她想,心里有一个人就是幸福,心里有千千万万
人更是大福。只要心里不是一片荒凉,就是有福的人,她常常这样
对自己说。自己的拥有和失去几乎相等。一个人在这个世界上,在
生命过程中,假如拥有和失去大致相等的话,同样也是一个幸福
的人,她常常这样对自己说。她在认真创造着她所期望获得的一
切。她同样在创造着更多的人所期望获得的一切。草是绿色的,天
是湛蓝的,夜里飞翔的鸟是年轻的。她看见一个人,一个她特别熟
悉的人在牛奶般乳白色的雾气中沐浴,然后飞鸟一样轻盈地掠过
她的视野和想象。夜晚的飞鸟,那温情脉脉而又灵气殷殷的神,无
数次被她拥有的清醒着的梦寐,那高悬在夜空上蓝色的星辰,都
是她人生特有的财富吗? 然而,就在她浮想联翩的时候,却忽然觉
得自惭形秽了。

丈夫去了另一个世界之后,陈晓敏的心就凉了,脸就冷了,人们再难见到她美丽的笑容,仿佛她的心里有了一条流淌怨恨的河,河水永远流不断似的。

丈夫去世后的第一个春节,她跟娘家爹娘说:"爸,妈,我想出家。"

娘有些着急,问:"你,你怎么会有这个想法?"

"好好的一个大活人,说没就没了!你说,人在这世间还有啥意思?来时两手空空,走时两手空空,能带得走啥?争啥呀?斗啥呀?红尘,没啥可留恋的了!还是出家吧,一心礼佛,往生极乐世界。"

她让爹帮她打听打听,五台山在哪儿?听说那里有尼姑庵。

她爹还真就去打听了,还带来了另外的消息。爹告诉她说:"不好办呢!出家还得去公安局开证明,寺庙才能收。"

"出家还开啥证明啊!"她的精神状态有点反常,和爹说话,连个弯都不拐,直来直去。

"人家庙里也有规矩。你想啊,要是谁想出家,就收了,庙里也接待不过来呀!你还是先冷静冷静,看看情况再说。"

出家当尼姑的事就这样被搁下了。爹娘不放心地嘱咐她以后也别再想出家的事。

从那以后,陈晓敏就天天待在小酒馆里,迎来送往,一天天地打发日子。

陈晓敏白天守着小酒馆,招待混杂的主顾。每当夜深人静,嘈杂的小酒馆人走屋空,留下一地狼藉,留下一丝凄凉,更是留下一片深深的孤独和难耐的寂寞,陈晓敏的心便开始躁动不安!

村里有些人闲来无事,就来小酒馆下棋,玩斗地主,其中也不乏有那借口来玩玩,其实是来看看陈晓敏的人。当然这些人不管输赢,都要买上一包烟,喝上一瓶水。甚至有的人不回家,在她的小酒馆买盘花生米,称上半斤猪头肉,烫上壶老酒,吃得饱饱的,喝得醉醺醺的,夜幕中依伴着摇曳的影子,摇摇晃晃,趄趄撞撞,依依不舍地各自回家。小酒馆里留下无数贪婪好色的眼神,藏下无尽放荡不羁的目光!

以前双庆也没少来这里买酒,买了回家喝,那时候有梦花给炒个小菜。梦花跟人跑了,如果是离婚还好,是跟一个包工头跑的。被女人抛弃对于任何一个男人来说简直就是奇耻大辱,他觉得没脸见人了,就把自己关在家里,饿了啃块面包,喝凉水,用塑料桶买二十斤酒,成天没事就喝,只有喝醉了,心脏就像被麻痹了一样,可以啥也不想,可以安静地睡去。

陈晓敏静下来的时候就反思自己跟双庆的感情。她和双庆从小学到高中,一直在一个班,不是青梅竹马也算是共同度过了青春年华。两人以前也曾有过那种动心的感觉,但都没有表白,只在各自心里有那么一份儿说不清的情愫,最终也没有走到一起,两人也就错过了一段好姻缘。没承想,自己的男人命短,还没留下一男半女,就先赴了黄泉,让晓敏经历了一场撕心裂肺的疼痛。

她很了解双庆,因为双庆的婚姻也是不幸,娶了漂亮媳妇梦花,很高兴,很光彩,但梦花却很不自重,竟然跟着小包工头私奔,撇下双庆守空房。

双庆自然也很痛苦,觉得自己被一个女人抛弃实在太丢人,很憋气,很窝囊,除了在家喝酒就是到陈晓敏的小酒馆喝酒,还经常是醉酒回家。陈晓敏知道双庆心里的痛楚,有时就安慰几句。她清楚地记得有一次,双庆又喝多了,趴在桌上睡着了,外面下着小雨,风也很大,陈晓敏就没叫醒他,而是给他披上一件自己平时没人的时候盖腿用的毛巾被。刚盖好,双庆就醒了,抬脸望着陈晓敏,眼睛红红的,还没说话,小酒馆的门开了,双庆的堂嫂王美娟跑了进来。一进门见陈晓敏紧贴双庆站着,双庆一双眼直勾勾地看着陈晓敏,王美娟嘴角一动,没说话,就退了出去,快步离开。陈晓敏脸一红,很不自在地把毛巾被拿掉:"啊,你醒啦,怕你着凉,给你盖上,醒了就好,快回家吧。"

双庆眨眨眼:"我,没做啥事吧?"

陈晓敏说:"没有啊,我劝你以后还是少喝点儿酒,酒多伤身。"

双庆走了,临出屋时,回头冲陈晓敏苦涩地一笑。

陈晓敏每每望着双庆离去的背影,尤其是双庆离开时那回眸一笑,让她心里激起很多浪花。

后来,双庆几乎天天到小酒馆喝闷酒,有时候喝到半夜,趴在桌子上打呼噜。有时候中午就喝得酩酊大醉,陈晓敏就把他扶到自己休息的床铺上躺一会儿,等他醒了酒,给他削苹果吃,沏热茶喝。双庆很感动,没有梦花的日子,衣服脏了没人给洗,天天吃方便面,家里买了好几箱,有时就干嚼,喝水。

小酒馆里杂物很多,显得狭窄拥挤,更显得房子很小,靠窗的火炉子里一股火苗扭动着,屋里灯光微黄,气氛柔和,渲染出橙色的光芒。两张破旧的桌子和几把老旧且发亮的简易木制椅子随意地摆放着。

双庆说:"这么乱啊?"但话一出口他就发现自己的话有些不恰当。他赶紧把目光投向陈晓敏,看她是否因为这句话而不高兴,以前双庆从来没这么专注地看过陈晓敏,今天这一看,发现陈晓敏竟然如此漂亮。苗条的身材,披肩发,瓜子脸,微微一笑,两腮就有浅浅的小酒窝,说话细声细气,笑起来眼睛会变成一条弯弯的新月。陈晓敏看着双庆那张阴沉的脸瞪大了双眼，皱着眉，连忙笑笑，说："双庆啊，你脸色这么难看？在哪儿受气啦？"

双庆努力恢复着镇定，让自己尽量看上去很随意，装作若无其事的样子坐在火炉旁的一张破椅子上。在暖黄的灯光下，双庆烦躁的心情慢慢沉静下来。陈晓敏又给火炉添了一些煤。打开挂在墙上的电视，正播着范伟主演的《老大的幸福》。

双庆说："哼，幸福，哪儿来的幸福？我的幸福是每天半斤酒。陈晓敏啊，先给我弄半斤高度二锅头，来一盘猪头肉。"

双庆喝着喝着，忽然醉眼蒙眬地要陈晓敏陪他喝一杯，陈晓敏正端起酒杯，双庆火辣辣的眼睛盯得陈晓敏不知所措了，脸一红，把酒杯放下，闭上眼。突然，感觉到一股热气直冲自己的脸，她一惊，慌忙躲避，哪知道双庆伸手揽住陈晓敏的腰，陈晓敏不自觉地惊叫一声："你，你要干啥？"双庆的手立马松开了，酒杯里的酒洒在地上，眼里涌出泪水："陈晓敏，你苦，我比你更苦啊，呜呜呜……"

陈晓敏见一个大男人在自己一个寡妇面前哭起来，怕来人看见尴尬，就急忙转身把门关上，低声说："双庆，你怎么啦？"

双庆唏嘘着说："我苦啊，本来有媳妇有家，哪知道梦花跟人跑了，我成了有媳妇的光棍儿。"

陈晓敏抿嘴一笑，朝另一张桌子努了努嘴。

另一张桌子边，二侉子正和两个朋友喝酒，二侉子已经红头涨脸了，在两个朋友的簇拥下，摇摇晃晃地朝门外走。

陈晓敏笑着说："把账结了吧。"

二侉子一绷脸："你说啥？结账？点完菜就结账了，你还要算两份儿账吗？赚钱也不能这样啊……"

陈晓敏脸一红："没有，要是结了账，我不可能还找你要。"

二侉子脖子根儿都红了："怎么,陈晓敏,你是成心让我在朋友面前栽跟头啊?"

陈晓敏说："不是,不是,你可以不结账,我给你记上,下次结账也可以啊。"

二侉子瞪大眼睛,盯视着陈晓敏："跟你说,我已经结账了,你记啥账?别讹人啊!"

陈晓敏还要分辩,双庆把陈晓敏拽到一边,上前抓住二侉子的衣领子："二侉子,怎么耍赖啊?酒喝人肚子还是喝狗肚子去啦?"

二侉子瞪着红眼珠子："咦,一个死了爷儿们的寡妇,一个娘儿们跟别人跑了的汉子,正好干柴烈火啊,你们俩是不是……"说着两个大拇指跷起来并在一起。

陈晓敏立马红了脸。双庆也急了："二侉子,你敢胡说,看我不打你!"说着抡起巴掌就打了二侉子一个嘴巴。

陈晓敏赶紧拦住："别打架,你们都是叔伯兄弟,打起来不怕人笑话。"

二侉子指着双庆说："好,你够狠,你等着,有你好看的。"说着就要搬板凳,想举起板凳砸人。

双庆抢起拳头就要砸他,二侉子也挣扎着要跟双庆较量,被两个朋友连拉带拽弄走了。

二侉子气急败坏地说："双庆,有种你别跑,我去找徐三姑整治整治你!"

第十章　歪招治邪

二侉子说让徐三姑整治双庆,是因为他曾经受过徐三姑的整治,他深有体会才这么说的。其实徐三姑也不是那么神奇,根本没那些所谓的不可思议的能量,只是干他们这种装神弄鬼勾当的人都有独特的蒙骗能力而已,往往人们不明真相,就在口口相传中被夸大了,甚至离谱了。

徐三姑的名号是从娘家带过来的,因为她做姑娘时就鬼魔三道地给人看香治病,人们就称呼她"徐三姑"。

徐三姑的男人家在楼村是独门小姓,但因为徐三姑具有人们估摸不透的本领,使得她家无人敢小瞧她,更无人敢欺负她。据说她的法力无边,能驱鬼邪,破妖魔,降五毒,在楼村那是很神奇的一个女人,也是让人很畏惧的一个女人。

有一回,李家才的儿子因打架被抓,便请徐三姑给看看吉凶。徐三姑双手合一念念有词,并拿出白纸,不一会儿,那白纸就开始发红。徐三姑说:"不好,你儿子近日将有血光之灾。"她让李家才烧香摆供求神保佑,另外拿出两百元消灾。徐三姑好吃好喝收钱后说:"灾消了,没事了。"第二天,李家才儿子因无大事且态度好被放回家,李家才说徐三姑厉害,又给徐三姑送去一百元。

于万海家五岁的男孩,因白天在坑边抓鱼时受到惊吓,晚上似睡非睡,不时哭闹。去找徐三姑,徐三姑说孩子身上有妖气,魂被水鬼弄走了。她一边让家人去坑边用木耙捞魂,一边挥舞菜刀在屋内砍鬼,折腾半夜后,孩子睡着了,徐三姑洋洋自得地说:"妖被砍走了,魂归本体了。"于万海为表达谢意,送给徐三姑两百元厚礼。

徐三姑刚嫁到楼村不久的时候,二傍子才不到二十岁,因为自小娇生惯养,父母对他百依百顺,事事都顺着他,长大后二傍子就成了一个偷鸡摸狗,打爹骂娘,扒绝户坟,踢寡妇门,吃馆子赖账,借人钱不还的无赖。村里发生的斗殴、骂仗都缺不了他,在楼村也算是出了名。他爹娘恨得牙根子疼,可毕竟是自己的儿子,又能怎样,既然管不了,只好由着他。那年月,村里有句顺口溜这样说:光棍汉,石头蛋,铁匠的砧子,补漏锅的钻。这是实打实的四大硬,人们恨归恨,可谁都惹不起。历任村干部也都想治治他,几次找县公安局,公安局说他虽然万人恨,但只是小错不断、大错不犯,公安局也不能把他怎么着。

徐三姑为了证明自己是资深神婆,为了给她所谓的法力造势,自告奋勇要治一治二侉子,并且宣传造势说二侉子是邪鬼附身,说她的神功法力可制服二侉子。村干部说:"只要能把鬼降住,把二侉子降服了,以后村干部对你烧香看病就睁只眼闭只眼。"

徐三姑说:"这可是你说的。"

正说着,就听得外面一片喧哗。原来是二侉子不知听谁说徐三姑要整治他,竟然先打上门来,堵了徐三姑家门口祖宗八辈儿地破口大骂,引得一村人都围过来看。

徐三姑走出门来,二侉子骂得正欢。徐三姑也不理睬,由他敞开了随便骂,只拿双眼无动于衷地望着他。直到二侉子骂得气馁了,徐三姑才不紧不慢地说:"你骂够了吗?"也没等二侉子回答,就在门口作起了法。徐三姑让村干部在一旁看着,她摆上桌案香炉,点燃香烛,拜了几拜,口中念念有词儿,稍许工夫,从怀里掏出一张黄纸,凑近香火烤炙。这时惊人的事情发生了,只见黄纸上蓦然迸出一点儿火星儿,那火星儿竟生灵似的能在纸上流窜游走,出没之处留下清晰的线痕,仿佛一支笔正在书写着啥。片刻,黄纸上竟出现了一副神情可怖的鬼脸,鬼的眼中似有鲜血滴出。围观的村人顿时一阵惊呼,就连二侉子这样鬼神不认的人也吓得倒退一步。接下来的情形更加惊世骇俗。徐三姑光天化日之下,竟从口中"呼"地喷出一团火,火焰喷在右手食指上,那根手指竟在众目睽睽下燃烧起来,犹如一支高擎的火把。徐三姑在男女老少的尖叫声里,用这支火把点燃了画着鬼脸的黄纸,仍是那么无动于衷地望着二侉子。然后让人把一小包药面用水冲开,给二侉子灌下去,依然不紧不慢地说:"五日之内你必死无疑。"二侉子听后,有些茫然,不愿相信这女人的鬼话,昂首挺胸地离开。徐三姑也像没事儿人一样,头也不回地进屋了。

奇事儿果真发生了。在全村人关注的目光中,二侉子一步步走向了死亡。头一天他还嘴硬,骂骂咧咧的,见谁跟谁说:"就徐三姑那鬼样儿,老子根本不怕她。"

但从他涣散的眼神儿里,谁都看得出他是硬装的,嘴上说不怕,其实心里怕得很。

第二天他开始破罐破摔,拼了命地喝酒吃肉,像是过了这村没这店似的。

这时,人们都认为二侉子死定了,他这么做是想在临死前捞点儿本。这样说的时候人们就很佩服甚至是敬畏徐三姑。

果然,到第三天的时候,这个平日里恶得不得了的人彻底崩溃了,也不在乎丢人不丢人了,一个爷们儿竟像孩子似的呜呜恸哭起来,哭得那些心软的女人都跟着抹泪儿。第四天,二侉子一病不起,整个人瘦成了骷髅,气息越来越孱弱,进入了弥留阶段,看他的人出来都说:"恐怕活不过今晚了。"

到这时候,二侉子的父母害怕了,村干部也害怕了,原来只想让徐三姑教训教训他,并没想真要他的命。见二侉子已经奄奄一息,就不由得后悔起来。村干部问:"真是你的法力?"

徐三姑眼都不眨地说:"是啊。"

村干部说:"那你饶了他吧。"

徐三姑沉吟一会儿,说:"饶他也不难,但必须是他自己来求我。"

二侉子是由村干部架着来的，远远地见了徐三姑，扑倒便拜。徐三姑问："还耍不要混？"

二侉子气若游丝地说："不耍了。"

徐三姑又问："真不耍了还是假不耍了？"

二侉子含胸点头："真不耍了。"

徐三姑问："再耍怎么办？"

二侉子已经没气力回答了。村干部说："再耍还请您老人家拾掇他。"

徐三姑这才缓和了颜色，"噗"的一口"神水"，喷在二侉子脸上，垂死的二侉子立马清醒过来，揉揉眼，竟然不知道自己在哪里。

徐三姑说："这次先饶了你，以后再撞我手里定要你小命。"

二侉子算是保住了一条命，他服了徐三姑，也变老实了。

后来徐三姑自己悄悄地跟丈夫说，她那套把戏都是骗人的，谁想干，一学就会。有一回，她男人跟人喝酒，醉酒后，人们就问他，你媳妇那么厉害，你不怕她？

她男人说："我才不怕呢，你们不了解情况，那都是骗人的，在黄纸上画鬼就是一种药粉，哈哈哈。给二侉子用的是几种草药配出来的方子，可以让人失魂几天然后她再用酒精一喷，就解除了。她骗得了你们，骗不了我。"

关于徐三姑，双庆也是深有体会，他亲身经历过的。那年，他和梦花已经结婚三年了，梦花流产两次，就再没能生出一男半女。全面检查也做了好多次，结果显示两个人都没有问题，最后一次检查后，医生说像他们这情况，再怀孕恐怕还得流产。说多次流产对女人身体伤害太大,两人商量不打算再要孩子了。

可是事情到了于世林那里,却是怎么也过不去,无论双庆怎么解释他都不承认这个事实,成天没好脸子,喝闷酒,无故摔东西。

姐姐更不接受,说哪有娶了媳妇能生不生的,姐姐跟他们说:"你们不给于家留后,咱爹死不瞑目。不行,不能死心,想办法生。"姐姐还固执地认为是他和梦花命中有劫难,必须请徐三姑来破解,到最后梦花被姐姐说动了,也鼓动双庆再试最后一次。面对两人无休止的纠缠,双庆终于妥协投降,跟梦花来找徐三姑。

徐三姑是个四十多岁的中年人,黄黄的脸,看上去也就是一个普普通通的农村妇女,并没有啥稀奇之处。徐三姑进行了一连串让人看不懂的仪式之后,对姐姐说:"一切我都替你们打点好了,你们现在就回家,今夜十二点有神仙前去送子。你准备烧纸九九八十一张,于今夜十二点在你家东边一里外的桥头路中央点燃,跪拜迎接。"

姐姐欣喜若狂地拉着双庆和梦花回家给爹报喜讯,一路上不无激动地说:"看人家多神! 一求就应,这是恩德啊。"双庆也不好给她泼冷水。

当晚十二点,双庆忐忑不安地跟随姐姐完成了徐三姑交代的任务,跪在大路中央的时候心里还叨咕着:千万别碰见熟人。接着又暗自庆幸:幸亏神仙上夜班,如果定在中午,刀架脖子上我也不过来。

说来也巧,不久,梦花果真怀孕了。当年年底,梦花果真生了个七斤半的大胖小子!

于世林高兴地给孙子起名叫小虎。

这下姐姐可算是赚足了面子、捞足了本钱,逢人就跟人吹嘘自己的英明、徐三姑的法力、内侄的金贵。仿佛这个小宝贝的出生全部是她一个人的功劳,和双庆、梦花没有一点儿关系。

可是,梦花的出走,把这一切美好都打碎了。

第十一章　牵挂无语

双庆的遭遇,宝明基本知晓,他今天吃完早饭就来找双庆说:"你现在是真媳妇跑了,真感情还不能见天,你可一定要把握好啊。"

宝明的话让双庆心里更是乱成一团麻。他反复问自己,梦花为啥就那么死心塌地跟着那个男人走了呢。当初听到这个消息,对双庆无异于晴天霹雳,感觉是奇耻大辱。他是深爱着梦花,哪怕梦花除了漂亮一无是处。单就她漂亮,能为他挣来其他男人的羡慕,就值了。不想对她责骂,所以再多的苦,也会埋在心里,没人的时候痛哭,也不敢在人前露出一点儿愁苦的表情,借酒消愁了一段时间,但却永远无法真正在心里接受这个事实。双庆的心始终在凌乱中,他一直都没想明白。自己起早贪黑,所有的钱都给她,给她买的吃穿都是好的,是太骄纵她了?他很后悔,不是后悔对她太好了,而是后悔自己没有本事拢住她的心。可谁能想到她就这么狠心抛弃儿子小虎和自己这个她并不太满意的男人呢?难道那个野男人真的比自己更好吗?

他这样想着,起身去旁边的小百货店买了烟和打火机,大口大口地抽起来,浓烈的烟味呛得眼泪不停地落下来,他本来不会抽烟,只是想用烟麻痹一下自己。

梦花去了哪里?他不知道,是去了山东还是河北,是去了南方还是去了东北?当时,楼村流言四起,弄得爹没脸见人。双庆也觉得抬不起头,他变得焦虑、郁闷、颓废,但他始终没有在人前有过任何埋怨和指责。也没有扔掉梦花没有带走的衣物。有时候他也偷偷掉泪，但在小虎面前绝口不提，更多的是沉默。

姐姐心疼弟弟，隔三岔五就来看望。由于娘去世早，双庆见到姐姐就像见到娘一样，委屈得哭了。姐姐安慰双庆："梦花是漂亮，但她不安分，这样的女人丢人现眼，她跑了更好，不值得疼惜。咱是过日子的人家，就得找安分守己的女人，花枝招展的不适合咱家，回头再找个好的。"

双庆就是沉默，姐姐怎么说，他只是"嗯"一声，多一个字不说。

于世林也是不断地叹气，说："双庆啊，你也是忒窝囊，管不住媳妇，太丢人啦，连老祖宗的脸都丢尽了。"

双庆的心情一次一次沉到谷底，仿佛一瞬间掉到了地狱。

那段日子，双庆沉沦了。

后来和陈晓敏有了交往，双庆才逐渐有了精神。

这天中午，双庆正独自在小酒馆饮酒。因为陈晓敏失误，把邻桌点的一道菜，给送到双庆这桌上了，邻桌的三个外村人得知后质问双庆这儿，仗着酒气说了些贬损陈晓敏的话，有的话不堪入耳，说得陈晓敏面红耳赤，躲在一旁。双庆一看，仗着酒劲儿，站起来指着那三个人说："错了就错了，可以给你们重新做，干啥说那么难听的话，欺负一个女人，还是男子汉吗？"

这三人中有个愣头青，喝得半醉，又在气头上，话不投机，越说越戗。没多会儿，就有人开始骂街。双庆也拧上了，你骂他也骂，互不相让，越骂越狠，甚至连祖宗八代连自家亲娘和闺女都跟着遭了殃，于是就有人忍不住动起手来。都是年轻人，这一动手就收不住了，盘子碎了，勺子飞了，桌子乱了，椅子倒了，好一场混战，小酒馆一下子变得狼藉不堪。吓得陈晓敏赶紧打电话报警，派出所民警迅速赶到小酒馆,看到双庆鼻子鲜血直流,两名男子还在一旁骂骂咧咧。餐馆内地上到处是被摔碎的玻璃碎片。

派出所民警把两方人员一起带走,陈晓敏说:"双庆是受害者,也去派出所吗?"

民警说:"都得去,做笔录,调查清楚了,才能下结论。"

双庆被带走了。

临走,他告诉陈晓敏:"别担心,我很快就会回来。"

陈晓敏很无奈地点点头,没说话,赶紧打扫屋子。

正收拾着,于世林来了:"我家双庆怎么回事?"

陈晓敏递过一把凳子,说:"您坐下,我跟你细说。"

陈晓敏说到半截,于世林摆摆手打断了她的话:"我知道他最近心情不好,天天泡在你这儿,只要人没大碍,就没事。我走了,你赶紧收拾吧。"

陈晓敏估摸着双庆最少得在里面待上十天半个月的了。

陈晓敏心情郁闷地回到家,坐在床上,一个劲儿地长吁短叹。在这件事上她很感激双庆,她觉得别看双庆平时很木讷,关键时候还是很勇猛,为了保护她竟然不惜犯法进了公安局,心里就不断地翻腾。有时又埋怨双庆这个木头脑瓜子的东西,脑子不冷静,惹出这么大的事。

天快黑了,双庆还没回来,陈晓敏不放心,心说也没啥大事,警察了解一下不就完了,这么晚不放回来。她站在门口张望一会儿,回屋把音响打开,小酒馆里顿时就飘起轻松的抒情音乐,陈晓敏腰系围裙在门口张望一下,自言自语地说:"哎呀,天都这么黑了,晚饭时间都过了,双庆怎么还不回来。"说着拿出手机打电话,"喂,双庆,你啥时候回来,饭都做好了。"

这时,二侉子进来了,把放羊的皮鞭子立在门边,点了两个小菜,一瓶二锅头,就喝了起来。

晚上九点多,二侉子才走出陈晓敏的小酒馆,一路跌跌撞撞,骂骂咧咧,鬼哭狼嚎,找不到自己的家门。二侉子就高声嚷:"哪个门口是我家?我是谁家的?"吵得人们都从睡梦中醒来,吵得全村的狗整晚叫个不停。全村的人都知道二侉子一定是又喝醉了,一定是又找不到了自己的家门。直到二侉子他爹穿上衣服,连拖带拉,连嚷带骂,把这个不争气的东西拽回家。天快亮了,二侉子吐了一地,身上滚成泥球,臭气熏天地倒在炕上鼾声如雷。

二侉子是他爹的独生子,从小是吃他娘的奶长大的,也是吃饭长大的,更是他爹拿赶羊的皮鞭子抽大的!二侉子长得并不丑,个高还帅气,就是从小不喜欢读书,混了个初中毕业,整天游手好闲,在村里没少惹是生非。因为就一个儿子,他娘对他娇生惯养,视为掌上明珠,但是他爹没少拿赶羊的皮鞭子抽他。二侉子喜欢在小酒馆说一些荤段子,让自己兴奋一时,更喜欢在小酒馆玩牌,即便每次输个精光,哪怕赊账也不离开陈晓敏的小酒馆。

二侉子无数次酒足饭饱后,找不到东南西北,更找不到回家的路,直到他爹一顿皮鞭子狠抽,他心醉魂迷,置若惘然,如老母猪一样倒头酣然入睡。

二侉子不知道陈晓敏心里多么腻烦他,依然我行我素,早出晚归,日日坚守在陈晓敏的小酒馆,慢慢地接近陈晓敏,不停地给陈晓敏献殷勤。每次临走也要倒上一盘花生米,弄半斤猪头肉,拿上几根火腿肠,提一瓶白酒,外加几瓶啤酒。

每当二侉子走出门外,陈晓敏都在身后狠狠地剜他一眼。

第二天临近中午,二侉子走得早,宝明来了,进门就说:"嫂子炒的菜可真香啊!我早就饿了。"

陈晓敏死去的丈夫和宝明是本家,论辈分也是平辈。陈晓敏微笑着说:"宝明啊,你这大书记怎么跑我这小酒馆来啦。"

宝明正要往里走,被陈晓敏横身子拦住了。

宝明笑着说:"怎么? 不欢迎啊?"

陈晓敏说:"你还算有自知之明。"

宝明郑重其事地说:"嫂子啊,我是来跟你谈小酒馆拆迁的事。"

陈晓敏说:"我可不想糊里糊涂给点儿钱就把小酒馆拆了,不答应我的条件,我就不搬家。"

宝明说:"你别坚持了,小酒馆原来就是民居,改做商用,按政策是不给增加补偿的,但是,我们支部会、村委会研究,又请示了镇领导,决定给你一些装修和经营补偿。"

陈晓敏问:"给多少?"

宝明说:"你看啊,楼村总共有你这情况的五家,小百货、豆腐坊、木匠铺,还有手机维修店,基本都是这个政策,每平方米增加五百元。你别让我太为难,你也是敞亮人,不会让我太为难,对不对?"

陈晓敏说:"我的小酒馆跟别人不一样,我每年指望小酒馆吃饭过日子呢,没有小酒馆了,怎么过日子?"

宝明笑笑:"可以参与集体工作啊。"

"不行,我干惯了小酒馆,做别的不行。"

宝明眼睛就是一亮:"哎,对呀,嫂子,这样吧,等搬到楼区后,你在楼区门口旁边接着干小酒馆,行不行?"

陈晓敏一听,眼睛也亮了:"你说了算数?"

宝明说:"当然算数,楼区门外有不少门脸房,我可以给你提前预留一个。"

陈晓敏笑了："你早说啊,还用你三番五次来找我谈啊,你又知道我是痛快人。好好好,就这么定了啊。"

宝明也笑了："嗯,就这么定了。"

陈晓敏高兴了："你坐吧,我给你弄俩小菜,你喝两杯。"

宝明说："我对酒没有瘾,不喝了,等你乔迁之喜的时候喝你的温居酒。"

陈晓敏笑着说："那你给派出所打个电话,问问双庆怎么还不回来啊?"

宝明点着头拨通了所长的电话："嗯,啊……谢谢所长,双庆是老实人。"然后告诉陈晓敏："放心吧,双庆已经在回家的路上了。嫂子啊,我看你跟双庆还真可以组建一个新家庭,你看他回来晚一点儿,你这么揪心,难得啊。"

陈晓敏脸红了。

第十二章　宝明测字

宝明从小酒馆出来,来到十字街口槐树下,见一位算命先生,戴着破墨镜,坐在一个小马扎上,面前摆着个八卦图,捧着大茶杯,呼哧呼哧喝水。算命先生见了宝明,就主动打招呼："喂,我看你是这村里主事的,来来来,聊几句好吗?"

宝明说："算命先生,我从来不相信算命。"

算命先生说："今天不算命,只测字。"

宝明说："测字呀,其实我也不信。那好,今天我写个字,您给测测,只当一乐。"

说着,宝明在一张纸上写了个"拆"字,递过去。

算命先生看了看,颔首点头,又用手托了托墨镜,说："夜来人静望星空,苍穹茫茫银河横。忽闻归雁一声鸣,顿牵满腹相思情。"

宝明说:"你这都是提前编好的,啥意思呀?"

算命先生说:"这不好说,信不信由你,我是按照字理分析呀。俗话说顺势而为,识时务者为俊杰,你们楼村这拆迁呀,能拆还是早拆吧!你瞧,这'夜来人静望星空,苍穹茫茫银河横'说明有人有牢狱之灾、家人分离之苦呀;再看'忽闻归雁一声鸣,顿牵满腹相思情'更是孤苦伶仃呀。"

宝明心里一惊:"真的假的,你这睁眼瞎子别胡说八道,不要吓唬人呀。"

算命先生说:"天机不可泄露,信不信由你,反正我是算命的,看你是个有头有脸的人,就跟你多说了一些,换作平常人我只告诉他三四分。你最好不要跟别人说,我跟你近日无仇、往日无冤,没必要骗你。"

宝明仔细端详了一下:"先生,我看你有些面熟,是不是以前来过楼村?"

算命先生嘿嘿一笑:"岂止来过,你们楼村的两座牌坊都是我的杰作。"

宝明吸口气:"哦,怪不得呢,俩牌坊好看,可惜要拆啦。"

算命先生点点头:"一切都在预料之中。"

宝明有些惊愕:"先生你说你知道楼村要拆迁?"

算命先生又是一笑:"早就知道有这一天,那年立牌坊时,我就说了,耕牛苦,当轮回,丁丑生,丙申亡。你们楼村人都没往心里放啊,立牌坊那年是牛年,今年是啥年,是不是丙申年?你们忘了我可没忘。"

宝明心说,倒是听老人们说过这一段,但谁也没往心上放,要不是算命先生提起,恐怕没人想得起来。看来这算命先生胡诌的还有几分贴题，尽管算命测字属于封建迷信，作为村党支部书记，不能相信这个，但算命先生的话如同一把匕首，在他眼前闪着寒光。他心里打了个激灵，都说拆迁油水大，有的村干部就因为在拆迁中牟利，吃了昧心钱，蹲了监狱。自己一定要加倍小心，秉公办事，绝对不能有丝毫的私心。

他琢磨着，不光自己要在拆迁中做到清清白白，村两委班子成员还要坚守铁的纪律，任何人不能在拆迁上有任何私心，不能有任何出格的事。如果行得端，做得正，不违纪、不贪污、不吃私、不做亏心事，难不成还会天降邪祸？回家的路上，他想，两委班子成员政治水平、思想水平、文化水平和工作能力差别很大，在拆迁过程中难免会出现失误或迷失方向，他掏出手机和支部委员李会计沟通了一下，让李会计通知全体支部委员和村委委员晚上召开村两委联席会议。

晚饭后，村委会小会议室里灯光明亮。宝明见人来齐了，就说："今天的会议主题就是一个：坚决守住初心，阳光操作，拒绝踩踏红线，确保平安顺利拆迁。"然后接着说："大家不要急于发言，我还有个题外话但又是至关重要的话跟大家说说。"他把自己白天测字的事跟大家讲了一遍，然后说："咱们两委成员大多数都是党员，不能迷信，但算命先生的话给咱们提了醒，敲了警钟。因为拆迁翻船落水，进大狱的例子很多，拆迁过程中，时时处处都涉及钱和利益，谁把持不住，谁就会栽跟头。我希望大家监督我，也要求大家互相监督，任何人不能私自许诺、私自处理任何亲戚朋友提的任何合理合法或不合理不合法的要求，一切都要按规定办理，特殊情况，召开会议民主决定。到时候假如谁不按规定执行，踩了红线，栽跟头的不仅仅是他本人，也是咱楼村两委的耻辱！"

宝明的话铿锵有力掷地有声，感染了人们，有的表情严肃，有的拍胸脯,表示坚决按规定办事,坚决不踩红线。宝明心里稍微安稳了一些,就想去于世林家看看,因为于世林曾因抓阄分房跟儿子双庆有了分歧,一看表,太晚了,明天再说吧。

第十三章　抓阄失算

吃过早点,宝明来到双庆家,敲了几下门,无人应答,就站在门前给双庆打电话。

双庆还睡着呢,手机响了,他迷迷糊糊抓过来:"喂,谁呀,这大早就来电话?"

"我是宝明,快起来开门,有话跟你说,你看看太阳都有一竿子高啦,再不起就把你屁股烧啦。"

双庆揉揉眼,起身开门,原来昨天喝多了衣服都没脱。

宝明进屋,就闻到一股子浓烈的酒味,就说:"双庆啊,你这酒是不是该少喝一点儿啦,再这样下去,你的身子可要顶不住了。"

"宝明,你说我不喝酒我还能干啥?"

"去找你媳妇,把梦花找回来。"

"找她?我不找,这破娘儿们我不要了。"说着,要起来换衣服。

宝明把他摁在床上:"说真格的,你看咱村拆迁的事已经铺开了,往前就开始打尺,计算补偿款,分楼。我告诉你,分楼可不是全部按你原先有几处房子分,是按现有房屋面积和现有人口分房。"

双庆说:"那,梦花不回来,我去哪儿找她?再说把她找回来,我也不想跟她过了。"

宝明严肃地说:"目前,梦花在哪里不知道,是死是活不知道。你们都可以去派出所注销她的户口了。"

双庆一听:"啊?注销户口?"

"是的,因为梦花已经离开楼村两年没有任何消息了,也没和你联系。"

双庆有些着急:"那,分楼房没有梦花的份儿,我就少分人口的面积啊?"

宝明皱皱眉:"是,那也没办法,分房方案是层层开会定下来的,也是镇上和县里批准的,一会儿就抓阄。"

"啊,这就抓阄啦?"

"嗯,快起吧。我是来问,你和四爷呢?你家爷俩的房子是不是抓一个阄,把房子分在一起?四爷岁数大了,身边得有人。"

"我爹同意分在一起,早说好了,而且他不让我去抓阄,他说他手气好。"

宝明笑着说:"哦,好好好,太好了,我去啦。抓阄时间快到了,估计刘镇长也到了。"

然后,宝明快步赶到村委会。

这时候,阳光明媚,凉风习习,楼村人难掩心中喜悦,笑逐颜开,聚集在村委会门前,参加抓阄分房大会。

刘镇长出席并作动员讲话,镇党委副书记主持分房仪式,镇城建办主任宣布抽签纪律和分房程序。

会上,刘镇长就楼村搬迁情况作了细致讲解,并要求搬迁村民尽快入住,希望在新的居住环境里,大家互敬互爱,共同维护和谐美丽新家园。

抽签现场,人们先抓顺序号,然后再抽取房号。抽到的楼房号码当场公开登记、当场公布房号,再由各户当场签字确认。镇纪委和司法所人员对抽签过程进行全程监督,县电视台进行全程跟踪录像,确保抽签工作"公平、公正、公开"。

刘镇长讲话:"各位村民,各位乡亲,整体搬迁的现实意义重大,战略意义深远。搬迁这件事,不是一个简单的把农民从村庄搬到楼区的问题,而是大有深意的战略举措。常言道,'安居乐业',安居是第一位的。搬迁和经济社会发展密切相关。搬迁又是一个农村生产力布局的大调整问题,将改变沿袭下来的居住习惯,实现农村生产力由分散布局到集中布局的历史性新跨越。这种布局的调整,将奠定全镇发展的新的战略基础,有利于推进农村城镇化,有利于土地流转集中,有利于促进第二、三产发展和产业集聚,有利于农民转换身份、就地就业,有利于农村社会事业的发展。同时,也意味着农民生存、生活、生产方式的大转变。生存方式上由千家万户分散居住到整村集中住楼房,相对集中的生存方式再加上相对集中的公共服务和公共产品供给,必然带来农民生活方式的根本变革,也就是农村城市化;必然带来农村土地流转集中的可能和趋势;必然带来农村产业的集聚和生产方式的根本性转变,也就是集中集约生产、产业化发展、规模化经营。这是一件大好事,是楼村的一件大喜事,我们共同祝贺。各位村民朋友,楼村的前景是十分美好的,所以咱们村民都要密切配合,积极协作。"

宝明带头鼓掌,人群中还有人吹了一声口哨。

宝明笑呵呵地挥挥手,对大家说:"乡亲们,大家好!今天咱们楼村就要搬家了,我的心情跟大家一样,有说不出的高兴。搬迁的意义我就不多说了,刚才刘镇长在讲话中已经说得很全面很透彻了,我就不重复了。下面咱们准备抓阄。"

抓阄分房,可乐坏了楼村的年轻人,他们太高兴了,互相见面就说搬家啦,住楼房去啦!那种高兴劲儿都不好用文字来形容。住楼房是农村人多少辈子的梦想,如果没有拆迁,他们恐怕还是只能做梦,或许还是空梦。他们对楼房的向往表达了年轻人对新生活的渴望与追求。但是,与年轻人不同的是村里的老人们,尤其是于世林和李家喜这些行将就木的老人,都是那么遗憾和惶惑,对年轻人像狂欢一样的行径更是感到不耻。

抓阄,这种方式不知兴起于哪朝哪代,应该是中国农民最早发明的吧?代代流传,经久不息。在乡村已经成为一种常见的现象,已经成了显示公平的一种手段和公认的形式,当然也为显示主事人的清白,早就约定俗成,一锤定音,谁都无怨无悔。由于这种形式上的平等,就造成众人的宽心,以致大家都不去计较啥了。抓阄也是最快捷最有效的解决问题、减少过程与矛盾的方式,是典型的将复杂问题简单化。尽管抓阄不一定完全合理,但相对公平、公正、公开,大家都心明眼亮,认可。

抓阄的时候终于到了。大喇叭一喊,人们就像抢东西一样急急地把目光聚焦在序号箱子上。村委会门前人头攒动、热闹非凡,一院子人都在等着抓阄。

楼村分房跟城里人买商品房不一样,商品房是抓阄选房,而楼村搬迁是先抓序号,然后按序号抓阄分房,抓到啥楼层啥门号就得认,好赖就在那只手的运气了。

村委会院子里并排放着两张长桌,桌上摆放五个借来的有机玻璃箱子,里面放着许多密封了房号的信封。对面墙上贴着不同房屋面积的标牌。人们翘首以盼,急切盼望念到自己的名字。人们按照自己之前划定的房屋面积,在对应的箱子里抽取房号。

宝明看看签到本,人基本到齐了,三驴子呢?二侉子呢?就缺这俩小子,宝明用话筒反复喊他们的名字,就是没人答应。

此刻,三驴子正在徐三姑家。

三驴子迷信,让徐三姑给上香,他虔诚地跪在地上,双手合十,祈求神仙保佑他分到称心如意的好房子。徐三姑闭着眼站在香炉前,嘟嘟囔囔地说着谁也听不懂的话语,三驴子就差把耳朵伸到徐三姑的嘴边了,还是听不清。不一会儿,徐三姑打个哈欠,用手抹抹脸:"好了,你去抓阄吧。神仙答应了,保你抓到好房子。"

三驴子把一张百元大钞塞到香炉下。

二侉子曾经让徐三姑整治过一次,见了徐三姑心里就慌,他跪在地上,听徐三姑的吩咐,磕头,徐三姑依然念念有词,说的话依然是谁也听不清。等香烧到半截时,徐三姑吐口气,说:"仙家说了,你平时做了不少孽,按说不管你,但看你今天很老实,心很诚,就答应保佑你抓到好房子。只是你得多孝敬仙家一些。"

二侉子问:"多孝敬多少?"

徐三姑眯着眼,慢吞吞地说:"仙家很大度,你也得对得起仙家,凭心吧。"

二侉子咧咧嘴:"凭心?怎么个凭法?"

徐三姑依然不紧不慢地说:"不要亏了仙家,不然你不但抓不到好房,还让你处处不得好,以后的日子就不好过啦。"

二侉子心说,仙家还这么小心眼,这么计较?他把目光转向三驴子,意思是让三驴子替他说个数,尽量少说。三驴子不明白他的意思,顺口就说:"给五百元吧。"

二侉子一听,心里马上就骂起三驴子你个混蛋,你拿一百元,让我出五百元,你好缺德。但又不能表现出来,看看徐三姑,徐三姑点头。他好不情愿地掏出五百元钱,放在香炉前。

离开徐三姑家,二侉子踢了三驴子一脚:"你小子好混账!你说两百元还不行吗?张嘴就是五百元,那是我的钱,你不心疼我还心疼呢。"

三驴子一笑:"人家说了,仙家不仅保你抓好阄,还保你以后过好日子,你或许还能成为亿万富翁呢。投资五百元买个神仙保佑,值啊。"

两人说着闹着来到抓阄现场,见那里已经聚集了男的、女的、老的、少的、抓阄的、看热闹的,足有三四百人。

宝明宣布:"下面请镇领导为我们抓阄做见证,咱们先抓号,然后按号抓阄,别抢,家家有份,先抓的不一定好。"

人们对于抓号还真是不太在意,也就不怎么起哄,很平静地抓了号。

紧接着,按号抓阄。这可是一抓决好坏的关键,毕竟是要长期住的房子。其实也是有些紧张,人们各怀心思,互相也不交流,会场很安静。

宝明再次宣布:"下面按号抓阄,一套房子一个号,无论抓到啥房子,都是好房子,请大家务必保持安静。"

李二奎念:"一号,于世林。"

于世林心里盘算,要是抓到二楼最好,以后年纪大了也不会气喘吁吁地上楼。他不让双庆来抓阄,说他运气不好,连媳妇都拢不住,他想亲自抓,临出屋,又改主意了,说自己老了,气力不旺了,让孙子小虎跟着专门抓阄。小孩子手气壮,还真不错,小虎够长脸,抓到一套二楼的房子,于世林满意地在确认书上签了字,摁了手印。

宝明带头鼓掌庆贺。

"二号,李家喜。"

李家喜也抓了个二楼,也很心满意足。

"三号,于万江。"

　……………

每抓一个阄,就是一片掌声哄笑声,再抓一个,又是一片掌声和哄笑声。

"十八号,二侉子。"

二侉子说:"我有大名,干啥喊外号?"

人们哄堂大笑。

二侉子嘟囔着,缓缓地走到箱子跟前,心说,我抓号抓了个十八号,吉祥数,抓房子肯定错不了,仙家保佑着呢。于是,他心里默念着:"鱼吃狸"保佑我,仙家保佑我,抓好房,抓好房。他把手伸进号箱,又默念一遍:仙家保佑,"鱼吃狸"保佑,好房给我,给老于家,坏房给老李家。随之,眼睛一闭,胡乱搅了几下,拿出一个信封,拆开一看,十一楼……登时脸就变了,十一楼是顶楼啊,顶楼太不方便了。他心里暗暗埋怨徐三姑,不是说仙家保佑我抓到好房吗,怎么抓了个顶层?不行,他大喊一声:"不行,这阄抓的不算,里面肯定有人作弊。"说着就把号又装进信封。

宝明走过来:"二侉子,怎么啦?谁作弊?作的啥弊?"

"那我不知道,反正不公平,不公正,不能算数。"

宝明问他:"难道只有你抓到好房才算公平,才算数吗?"

二侉子拧着脸:"人家徐三姑求仙家保佑我抓到好房子,谁知道,仙家这阵儿上厕所了还是抽烟去了,关键时刻没给我盯住,就抓了个顶楼,我不认头。"

三驴子说:"谁让你掏钱孝敬仙家的时候犹犹豫豫,得罪了仙家,人家不保佑你了。"

人群又是一阵起哄的笑声。

宝明说:"二侉子,你这个顶楼多好啊,打开窗户可以看几公里开外的风光,别的楼层就不行。等你儿子娶媳妇,不正好给他们吗?更何况还有电梯。再说了,你还有一套房子呢,说不定就抓到低楼层了。"

二侉子把嘴噘得老高,一双眼睛四下踅摸,见徐三姑就在不远处,他从人缝里挤到徐三姑面前,低声说:"我花了五百元的孝敬钱,也没保佑我抓到好房子,你说仙家会保佑我,怎么保佑的?"

徐三姑把嘴凑到他耳朵跟前:"你抓的楼号还不错呢,那是仙家保佑的结果,不然你会抓到最背静的西北角,那里有变电室,有化粪池。你应该再谢谢仙家。"

二侉子白了徐三姑一眼:"还谢啊,不谢了。"然后自言自语地说:"这'鱼吃狸'也没镇住老李家啊,怎么不保佑我抓个好房号呢。"

轮到三驴子抓阄了,他也在心里默念:仙家保佑,"狸吃鱼"保佑……他来了个爽快的,把手伸进号箱,心说,手先碰到哪个阄就是我的缘分。这么想着,就是一抓,攥在手心,举在心口处。然后闭眼,打开一看,脸色立马变了,嘴里不自觉地嘟囔着:"这仙家怎么保佑的?那'狸吃鱼'怎么保佑的?"说完,自知"狸吃鱼"是绝密,不能说出来,赶紧用手捂住嘴。

第十四章　厕所话题

抓阄后,人们有高兴的,有苦恼的,议论着散了。不少人去村委会对过的厕所,宝明也去了,正好遇见于世林老爷子从里面出来,一边走一边把脚在地上蹭,原来他踩到了粪便。宝明说:"四爷您慢点儿。"

于世林歪着头说:"要冲这厕所,去住楼房真不是坏事。"

宝明说:"是啊,凡是人就吃五谷杂粮,就离不开'吃、睡、拉'三件事,人人都得拉屎撒尿。以前咱们的厕所很简陋,也曾因为上厕所闹出不少笑话,以后咱们住了楼房,吃喝拉撒都不用出屋,多方便。"

提到厕所,楼村人感受很深。楼村的厕所基本就是路口和胡同口散布着几座旱厕,也可以说是楼村的公共厕所,有的有房顶,有的就露天,坑位之间有一米左右的隔档,用以遮挡人的隐私部位。每个坑位的长方形便坑下面,是一两米深的粪坑,为的是可以积存更多的排泄物。夏天高温炎热,拖着尾巴的大白蛆到处乱爬,满地都是,叫人无法下脚。有时上厕所,就"轰"的一声飞起无数只苍蝇,直撞脸,刚下蹲,屁股上就会落满苍蝇,嗡嗡乱响,无法驱赶。夜晚,厕所里蚊子直往脸上撞,叮咬得满屁股都是疙瘩。冬天又是寒风刺骨,屁股冻得冰凉。刮风下雨时,厕所里脏水四溢,臭气熏天,进厕所就更是胆战心惊。挨着厕所的人家到了夏天都不敢开门,有的人家就在自家院子里一个角落用碎砖头垒一个一两平方米大小的厕所,又低又矮,有的甚至只能把屁股塞进去,头都抬不起来。还有最简陋的厕所,是用玉米秆、芦席、破塑料等围起来,挡住下半身,将就着使用。二侉子有一次喝多了,就掉进粪坑,尽管洗了又洗,一连多少天他身上都是臭的,让二侉子体验了一把"一失足成千古恨"的感受。还有一回,也是二侉子,那天下了好大的雨,他闹肚子,一天去好几趟厕所,下过大雨后,厕所里漂浮着好多脏东西。二侉子拉稀,反冲力把粪水溅得屁股都是污水,二侉子狼狈不堪地跑回屋里,让媳妇帮他洗屁股,遭到媳妇一顿奚落。

厕所几乎都没有门,个别的有挂草帘的,里面外面的人能相互看见,看见了还可以打招呼甚至是聊天。有的厕所分男女,中间有一矮隔墙;有的厕所就一个坑,男女共用。谁去厕所,必须先在厕所外面咳嗽一声,里面若是也回应一声咳嗽,证明有人占用,就稍等片刻。也有粗心大意的人忘了咳嗽就擅自闯进厕所的闹出尴尬,女的顿时臊得脸通红,赶紧拉紧衣服遮挡,好不尴尬!

还有一回,二侉子闹肚子,匆匆忙忙跑进厕所,迎头撞见一个女的,二侉子瞬间红了脸,以为自己进错了厕所。转身赶紧往外跑,然后出来外面一看,明明写着男厕所,没错啊。后来那个女人出来之后,低着头解释了一下,说女厕所太脏,进不去人了,才进的男厕所。二侉子在背后冲那女人做了好几样儿的鬼脸。

这几年尽管推行厕所革命,但依然没有彻底改变农村厕所脏臭的问题。

马上就要搬家了,年轻的男男女女除了对楼房的憧憬,还有对改善厕所的期待,恨不得明天就搬进楼房。

宝明说:"等搬到楼上住了,就不会再有上厕所的尴尬了。"

这时候,徐三姑从厕所里出来,一边左右看裤子是否沾了脏东西,一边说:"宝明啊,我家分的房子楼层太高,不适合我们老两口子住,我要求调房子。"

宝明说:"抓阄分房的方式和方案是全体村民通过的,也是经过镇上和县里批准的,没抓到好楼层也别纠结,你家不是两处楼房吗,一处老人住,一处年轻人住。"

"不行,我就要两处房子在一起,老的小的好互相照应。"

宝明说:"那你当初为啥不把两处房子合并抓一个阄,你分着抓的,我也没办法。"

两人正说着,双庆的父亲于世林老爷子来了:"宝明,我们那栋楼抓阄结果是下三层都姓于,上三层都姓李,这事怎就这么巧呢?我老于家不能让姓李的踩着压着啊,老于家有几个人都想来找你,我怕他们找你闹事,就把他们摁住了。我来跟你说这事儿,不重新抓阄分房,我老于家人不会答应的。"

宝明怎能不知道呢,抓完阄一登记公布,人们就一片惊讶,谁也想不到会出现那样的结果,他也很纳闷,怎么就出现了这种状况呢?无论如何他也想象不出来,但两姓家族当时没有一个人站出来说要重新抓阄分房啊。他觉得只要大家接受,不反对就行。平静了几个小时,也没人问,没人闹,老于家突然就提出来了呢?这明摆着是出难题啊,是不是老于家人成心捣乱呢?

宝明正思忖着,他二爷李家喜来了,李家喜见于世林也在,就把宝明拉到里屋低声说:"宝明,你看看那栋楼抓阄结果真的不行啊,咱老李家都是上三层,他老于家都是下三层,不能让姓于的把地气和风水都占了啊,重新抓阄分房吧。"

这又是一件让宝明脑仁疼的事,他也是费了心思,过去楼村的居住是姓氏扎堆,邻居基本都是本家本姓,互相你请他吃,他请你喝,往来很方便,也成了两姓之间各自抱团的重要因素。但搬到楼上,哪怕是仇怨很深的都可能成为邻居,以后出来进去打头碰脸的,需要磨合感情,需要处好关系,但目前看来解决两大姓之间的矛盾还没那么简单。他没有说话,脸上保持着严肃的表情。

于世林不搭理李家喜,对宝明说:"还有啊,我老于家祠堂怎么办?那牌坊也得搬走啊。"

宝明正不知如何回答,李家喜说话了:"宝明啊,咱老李家祠堂也得有地方搬啊。还有,街口那棵三百多年的老槐树可不能丢下,想办法移到新楼区。另外,我这辈子不会别的,就会种地,还上瘾了,住楼房了没地种了,我怕没事干,闲得难受,你给安排一小块地,哪怕就二三十平方米呢,也行。"

宝明说:"二爷啊,以后住楼房了,原来那些地包括平房拆了后平整出来的地,都要进行流转。您种地受了一辈子累,不种地了就享享清福呗。"

"我跟种地没仇,就这贱骨头肉。"李家喜笑了。

宝明对于世林说:"您和我二爷提出的重新抓阄的事,应该征求那栋楼所有居住者的意见,如果都同意重新抓阄,那就重新抓。如果意见不一致,也就不能重新抓阄了。我估计是不会重新抓了,因为到目前只有您二老提出重新抓阄,大多数人都没有啥意见。您二老提出的搬迁老槐树、建祠堂、搬迁牌坊等问题都是对楼村有重要意义的,村委会一定研究办法,安排好。于四爷、二爷,您二老先回家,回头我跟村干部们商量一下。祠堂的事早有预案,就是在新楼区外的东南角,有一块废弃的三角地,可以作为两大姓的祠堂备用地,因为村委会充分考虑了人们对祠堂的感情,计划在不影响规划的情况下,积极协调争取新建两姓宗族祠堂,用于村民乡村时代的怀念场所,为村民留下个思乡归属,但需要上级批准和走手续。"

宝明想把两位老人支走,自己处理其他问题。但他一回身,见于万江大大咧咧地来了。于万江长期参与搞土方工程,有几台挖掘机、装载机,在楼村算是个有钱的人。他在楼村西头,老小楼旧址不远的地方,盖了一座小楼,这座小楼与村庄有一百多米的距离,当时那里是个废弃的坑塘,但他填平盖楼的时候,没办任何手续,现在拆迁,属于违章建筑。

宝明用手指指沙发,让于万江坐下,于万江根本没理会宝明。脸上的笑好像是孩子们玩拼图游戏拼出来的,极其难看,他环视一下屋里的人,口气很冲地问宝明:"李书记,我家小二楼拆了怎么对待?是不是应该比平房多给一倍的楼房?我三番五次找你,你始终不给明确答复,你是啥意思?是不是看我单门独户好欺负?"

宝明立马就说:"你别这样说话好不好,单门独户也是楼村人,从过去到现在,谁欺负你啦?有事说事,别冲动。"

"那为啥我家小二楼的赔偿问题始终不给个说法,全村就我一家是小二楼,这些年你们都嫉妒我,千方百计挤兑我。"于万江的眼里直冒火。

"当时你家垫大坑盖小二楼,村干部都没拦你,虽然你连村委会的土地使用证都没有,更没有准建证,按照政策法规,小二楼属于违建,拆是必然的,不按平房一样对待也是有根据的,补偿问题还没最后定,你先别冲动好不好。"宝明的口气很平静。

于万江瞪大双眼:"我花钱雇车买土垫大坑,那是往大坑里扔钱啊,容易吗?谁家的钱是大风刮来的?这说拆就拆,如果不给赔偿,那你们上楼,我不搬。"

宝明心平气和地说:"全楼村就你一家这样,属于特殊情况,你等着听消息。"

"等,等了多少日子啦,连个屁也没等来。"于万江的火气依然很盛。

宝明说:"凡事都有个过程,你家的事特殊,要研究让你满意、让村民都不反对的特殊办法才行。再说了,镇上已经开会传达国家政策法规,对全镇各村的违章建筑一律拆除,你家小二楼就在其内,你不信可以去镇上或者县里咨询,如果觉得村委会侵害了你,你也可以去法院起诉村委会。"

"反正我小二楼是花钱盖的,不赔偿不行,起码给我按平房对待,你们研究的办法如果不合我心思,我不会答应,也别想拆,除非让我死!"于万江说着还跺了脚,气哼哼地准备离开。

宝明陷入了深思。于万江的事他确实走了很多脑子,自己几次在村委会和村民代表会上提出毕竟于万江投入了那么多钱,不给面积,起码给一定数额的拆迁补偿,但都被否决。村民代表们认为于万江私自填平西大坑盖小二楼,且没有任何合法手续,坚决不能给,如果给了就是纵容村民不按规矩办事。自己还不能把村民代表的意见全部告诉于万江,那会引起于万江对某些村民代表怀恨在心,就平静地说:"今晚就开会,商量搬迁出现的新问题,把你的小二楼补偿问题作为重点提出来,让村民代表重新考虑,但你放心,一定会有办法解决好你的问题。"

于万江带着一副哭丧脸走了。

第十五章　风雨欲来

于万江走远了,宝明又想起一件事,他打开扩音器:"全体村民注意,全体村民注意,我再重复一遍,各家各户养的鸡、鸭、鹅、猪、羊、狗,三天内必须全部处理,一律不准带进新楼区。"喊完,他感觉有些疲惫,正要回家吃饭。二侉子来了:"怎么,书记回家吃饭啊?"

宝明只好又回到办公室,喝口水问:"你那些狗上次不是已经说好卖给你那老主顾了吗,怎么还不弄走?"

二侉子扩扩头皮,咧着嘴笑笑:"我就是舍不得啊,这些年我就靠养狗贴补日子呢,你说我现在那十几条狗,德国牧羊犬、哈士奇、莱州红犬、阿富汗猎犬,都是名贵的犬啊,我找你是想跟你商量商量让狗跟着一起搬家的事。"

宝明说:"已经跟你说了好几次,绝对不行,你那些狗是有名,但以后住楼房了,人口集中,不安全,一叫起来,搅闹得整个小区不得安宁,绝对不能进小区,必须处理。那天你不是和那买狗的写好了手续,也交了订金吗?怎么还不把狗拉走?"

二傻子说:"对不住啊,书记,那是我跟买狗的老板给你合演的双簧戏,根本不是真卖。你看这样行吗,我分到两处楼房,可以一处住人一处养狗。"

宝明说:"不行就是不行,别磨叽了。"

二傻子嘻嘻笑着:"这样吧,宝明书记,虽然你不答应,我还是要请你喝两杯。"

宝明知道二傻子向来不靠谱,喝了酒更不靠谱。就说:"喝酒行,必须是我请你。"

二傻子又是一笑:"嗯,也行,陪书记喝酒,可是难得的机会啊,我今儿荣幸一回。"

于是两人来到小酒馆,点了两盘菜,对酌起来。三杯酒下肚后,二傻子的脸就泛红了。宝明说:"咱俩都一般大的年纪,你又是爽快人,在楼村你最讲义气,给我个面子,把狗处理了吧,别让村委会为难好不好?"

二傻子说:"行,宝明,就冲你这句话,我,绝对给你面子,我马上给沧州一家养狗大户打电话。"说完,掏出手机就拨通了电话:"张老板吗?我这里搬迁,不能养狗了,你把我这些狗都收了吧。"对方说:"好啊,好,放心吧,明天我就派车去拉狗。"二傻子放下电话,冲宝明狡黠地一笑,心里却有了另一番打算。

宝明听得清清楚楚,两人说得板上钉钉,便放心了。

宝明哪里知道,这是二傻子又和那买狗人唱的一出双簧戏,想瞒天过海,蒙骗宝明。

晚上,忙了一天的宝明回到家,他感觉有些累了,想倒在沙发上眯一会儿眼,却瞥见茶几上放着一套新衣服,就问媳妇:"这是你买的?你去县城了?"

媳妇说:"哪里呀,是二傻子拿来的,他说衣服是给我的,手表是给你的,我心说,这是哪一出啊,怎么突然给我买衣服呢?我知道二侉子那人不靠谱,别回头给你弄一身脏水,我不要,塞给他,来回了三四次,他死乞白赖扔在茶几上就跑了,临走跟我说,弟妹啊,你受累告诉宝明书记,给我家狗舍打尺的时候,适当活泛点儿,我不会白麻烦人的。"

宝明说:"东西是你留下的,你就负责给他送回去。"

媳妇为难地说:"我怎么送啊?"

宝明说:"那我不管,办法你自己去想,不管你用啥办法,无论如何必须送回去。"

第二天,宝明在大街上遇到二侉子,二侉子冲宝明挤眼,意思是说看见我给你送的衣服和手表了吗?给你送礼了,你应该对我有所照顾吧?宝明很直白地问二侉子:"你给我送衣服送手表啦?"

"啊,是啊,咱哥们儿,有难同当,有福同享嘛,跟'送礼'俩字没关系。宝明,凭良心说,咱俩感情好不好?是不是仅次于盟兄弟的关系?"

"二侉子以后不要老提盟兄弟这码事,那是你的意愿,喝多了的酒话,不要到处散播。不然对我不利,对你也没好处。"

"哎呀,宝明啊,我知道你是党员干部,不能跟我这样的人结拜,我比你矮一头,不,矮三头。你是官,高高在上,我是民,低低在下,我高攀不上你。好好好,以后咱不提这码事,从今天起我断了这念想,但老弟兄可以论吧?"

"老弟兄是没错,但我问你,你给我送衣服送手表,是想害我啊?还是有啥目的?"

"宝明,你瞧你说哪儿去啦?我怎么会害你,那衣服和手表是别人送给我的,我媳妇穿那金贵的衣服跟她长相不配套,是我媳妇提出要给弟妹。那手表好几千块钱,戴我手上就不值钱了,谁看了都会认为几百块钱,可是戴你手上就大大升值了,人们会认为值一万块钱。"

"行啦,行啦,二侉子,别胡咧咧了,你赶紧把衣服和手表拿走,不然我就拿到村委会去,就说你对我行贿。"

"宝明你看你别急眼别翻脸啊,人家不都说官大不打送礼的吗?我给你送礼,你怎么这样对我?一点儿兄弟情义也不念啦?"

"这不是念不念兄弟情义的事,关键是你送再贵重的礼,我也不能脱开规矩瞎办事。"

二侉子心里那个气啊,心说,你给我退回来,就是打我的脸啊,这要让村里人知道了,他李宝明形象高大了,我就成小矮人了。

看着宝明离去的背影,他一个劲儿地喝牙花。

但是,第二天,整个楼村便有议论了。

刘镇长来电话了,口气特严厉,让他马上到镇政府,见到宝明,刘镇长面沉似水:"你馋酒了吗?馋酒可以晚上在家喝个够,你非得喝二侉子的酒啊,你肚子里就缺他那二两猫尿吗?吃人嘴软,不知道吗?再说了,你喝酒也不能乱许愿啊,二侉子请你喝酒,你就答应给他的狗舍翻倍补偿啊?有人给镇党委写了匿名信,还说如果不解决好,就组织人去找县领导。"

宝明听着就瞪大眼睛,甚至有些急赤白脸:"鬼魂喝他酒啦?这小子真不地道,是我逼着他卖狗,才请他吃饭喝酒,怎么倒成了他请我喝酒了?我何时许愿给他补偿翻倍啦?"

刘镇长说:"我知道你为人正派,坚持党性原则,更知道当村干部确实不容易,也肯定会得罪人。肯定有人会歪着心眼搞动静,楼村的事我心里像明镜一样清楚。那你也别激动,这也等于给你敲响警钟,既然没有这事,你就可以坦然面对,镇党委肯定要派人核实,你就把情况的来龙去脉原汁原味地说清楚,相信组织不能因这封信影响工作。还有,尽管二侉子的事属于造谣,有人利用这个谣言诬告你,你也要沉住气,不要报复二侉子,更不要不分场合发泄怒气,记住了吗?”

宝明嘴上答应着,但心里那股子气就别提了。

宝明回家后立马找到二侉子:“你小子还是人吗?还吃人饭吗?为何要颠倒黑白,造谣生事?”

二侉子还是嬉皮笑脸:“我怎么不吃人饭啦?”

“吃人饭不拉人屎,满口喷粪,你他娘的真不是东西!”

二侉子:“咦,宝明,怎么还骂街啊?”

“骂你是轻的,你做了缺德事,还不让骂你啊?”

“喝就喝了,你没当书记的时候咱俩不是老在一起喝酒吗?怎么现在当书记了,就连顿酒都过不着了吗?白是发小啦?”

宝明急了:“以前是以前,现在是现在,明明是我请你喝酒,怎么变成你请我喝酒了?再说了,鬼魂儿许你翻倍补偿狗舍的愿啦?你是不是夜里在坟地睡觉啦,说出来的全是鬼话!”

二侉子扣扣脑袋:“我……这……”

“你造谣是要负责任的,镇党委要来查我,我肯定要如实汇报,到时候,你得出来说明,说不明白就吃不了兜着走。”

二侉子一听慌了:“别别别,宝明,别让镇党委来查你,那我可没那胆量见官家。”

宝明甩手就走,二侉子从后面追上来,绕到前面拦住宝明:“哎,别走,别走,你看这样行不行,我去村委会,在喇叭里给你道歉行不行?全村人给你作证,你就跟县里说是我喝醉了酒,胡说八道。”

宝明说:"二侉子你少说废话吧,你一张嘴我就知道没有好屁!你可以道歉,但我可跟县里说不上话。"

二侉子随宝明来到村委会,打开扩音器,二侉子学着领导讲话的姿态,猫下腰,把嘴对着话筒吹了吹,喇叭里发出厚重的"噗噗"声:"嗯,这个,我,我是二侉子,今天呢,跟大家说几句,昨天我喝多了,在大街上胡说八道了,不是我请宝明喝酒,是宝明请我喝酒,宝明也没答应我给我的狗舍增加补偿。我不是人,我对不起宝明,我错了,我向宝明道歉。希望大家别跟我学,不造谣,不生事。我保证今后坚决拥护村党支部,拥护村委会,拥护宝明……"

宝明抢过话筒:"大家听好啊,这可不是我逼他来道歉的。他造谣,给楼村带来很坏的影响,最后那句话说得也不对,我们都要拥护党的领导。"

二侉子又抢着说:"对对对,拥护党的领导。"

第十六章　倾诉衷肠

在广播里给宝明道歉,让二侉子觉得栽了大跟头,丢了大面子,心里很纠结。

晚上,二侉子又跟村里几个年轻人来小酒馆喝酒,冲着陈晓敏的背影坏笑着说:"我早就看上陈晓敏了,以前她男人活着的时候咱不敢碰她,现在她男人已经死了,双庆跟我没法比,我可以大胆地表现一回了吧。"有人嘘一声,说:"二侉子,牛都死绝了,别吹了。"大家哄笑,他一下就站起来说:"咱们打赌!"大家纷纷坏笑,其中一个小子掏出兜里的钱扔桌子上说:"只要你能得手,这钱就是你的!"其他人也都往桌子的钱堆里扔了几张,二侉子看一眼钱,拎着酒瓶子就进了酒馆后院。

来到陈晓敏门口,二传子敲门,陈晓敏家的小白狗一直叫,二传子四下看看,想走,退了两步,想到桌子上的钱,又壮着胆子站了回去。这个时候,陈晓敏从后面来了,问:"二传子,你想干啥?"

二传子回答:"我,啊,嗯。"

陈晓敏说:"快去喝酒,别在这儿瞎叨咕!"

二传子故意不回酒桌,说要跟陈晓敏商量个事,就站在门道里,把陈晓敏挡住。陈晓敏左躲右闪,两人僵持了老半天。二传子笑着摇晃着脑袋回来了,人们用充满敬意的眼光看着二传子。二传子嘻嘻地笑着说:"我赢啦,这钱归我喽。"

第二天,村里就有了闲话。陈晓敏门前开始出现破鞋等垃圾,大门上还有人用粉笔画了陈晓敏的漫画。陈晓敏烦恼至极,找双庆哭诉。双庆又是搓手,又是皱眉,他也没好办法让人们不再伤害陈晓敏。陈晓敏气不过,写了事情经过,复印好,贴在二传子家门上。二传子媳妇看见就撕了,陈晓敏继续贴。这天陈晓敏还贴,二传子媳妇上来就是一耳刮子,边打边骂:"你自个做了丑事,我还没去找你,你还来嘚瑟,真不害臊,狐狸精,鸡蛋不破苍蝇不叮,哼!"

陈晓敏骂一句:"你这夫妻俩就是一个臭狗加一个臭狗,一对儿臭狗!哼,谁爱嚼舌头嚼吧,嚼断了舌头才好!我身子正不怕影子斜,哼!"说完,昂首挺胸走了。

陈晓敏是个勤快人,屋里屋外天天都打扫得干干净净。只是她精神上没有支柱,说实话,再苦再累她心甘情愿,但她最怕的是孤独,每天从小酒馆回到家出来进去就她一个人,跟男人结婚两年也没生个孩子。心里总是空荡荡的。白天还好过点,一到晚上,四周静得吓人,自己一个女人独守着空房子,睡不着觉,总是失眠,特别是冬天夜长最难熬,有时陈晓敏感觉头都睡扁了,越睡越新鲜,有时是睁着眼睛做梦,好多次梦见和双庆在一起,越是做这样的梦就越是睡不着,而且还总想延续那个梦,就不想起床,她就翻来覆去地想自己和双庆是否有可能成为夫妻。

这天下午,小酒馆没人喝酒,陈晓敏对坐在一旁打瞌睡的双庆说:"好久没怎么说话了,你想不想听听我的心里话?"

双庆揉揉眼:"想听啊,你说吧。"

陈晓敏点点头:"我老公去世一年多了,逢清明、中元、忌日等几个大日子我都会给他烧纸钱,今年不知怎么就不想去墓地,总觉得那个地方阴森。同时,我也考虑有合适的会再走一步,听说扫墓对我不好。"

她看看双庆,双庆正低头专注地听着,就接着说:"他刚去世那会儿,我觉得天都塌了。我恨他,怨他,每天夜里枕头上都是一大片泪。最初那些日子,我是按分钟一天天熬过来的。他走了,很多问题都来了,最明显的就是经济问题。李家家族大,一年到头婚丧嫁娶的份子钱就是个大数目。因为没有孩子,公婆认为我早晚也得改嫁,就跟我不冷不热。尤其在拆迁分房这件事儿上,实在是伤了我的心,本来我和老公结婚的时候公婆给了一处宅子,老公死后,那处宅子就由我一人居住,可到分房的时候,婆婆突然就变了脸,说这处宅子姓李,不能给我,不然我一改嫁就带走了。我说不清心里是啥滋味,就觉得委屈。"

听着陈晓敏的倾诉,双庆也不知说啥话能安慰陈晓敏,就一个劲儿地点头。

"老公去世让我成了寡妇,我在悲伤中承受着不可言说的痛苦。但是,说实话,我真不是一个随便的女人,可最近也不知这是怎么了,会天天想你。有时候就想靠近你,就像靠近火坑,我反复问自己,这个火坑你敢跳吗?双庆跟梦花还保持着婚姻关系,你陈晓敏明目张胆地跟双庆这么近乎，不怕唾沫星子淹死你？我暗暗地自己回答自己，我不怕！跟双庆走到一起哪怕就是万劫不复的火坑，我也要跳！"

双庆说："嗯，嗯，嗯，你跳我也跳。"双庆有些激动，上前就抱住了陈晓敏。陈晓敏此刻已经是泪流满面。

自那以后，神不知鬼不觉地两人就越走越近乎，后来就黏糊在一起了，感情就失控了。

陈晓敏这么想着，小酒馆已经没有客人了，她一看表，晚上九点多了，就说："一会儿咱俩出去走走，然后你送我回家行吗？"

双庆迟疑一下，马上领悟："嗯，行。"

陈晓敏一笑："好，那咱不在这儿吃饭了，回家我给你做饭吃。"

大地睡梦已深，灯光眼睛已合，只有明月在浩渺的天宇水洗过般的明明净净、清清朗朗。双庆和陈晓敏舒适、轻松地沉浸在漫天月华的享受中，自由地赏玩这亮晶晶月色的秀美，舒心惬意地追忆和向往，意迷八极、神游万仞。月色流泻着难以言尽的美，月色流泻着难以言尽的情，光洁、清秀、明媚、晶莹。

一阵风吹过来，耳畔便微微细语，清水般掠过发间，凉爽得汗毛孔都张开了，长长出一口气，仰头凝望吧，在这个夏夜，美妙的星空上深蓝色的幕布拉开了，一丝丝一团团一片片的云，奶白的、纯白的、蓝莹莹的、白的，翻卷着的、抖动着的、铺排着的，瞬间就漫开来。那一抹亮还在，似在隐隐地扭动，眨眼的工夫就胀裂了。忽而，无数道微光喷薄而出，变做千千万万的星，穿越着，飞翔着，一会儿，若隐若现，稍一停留，又聚成群了，满天亮晶晶，大地也在激动地喘息着。

乡村的夜色是柔软的,可以把自己当作一棵植物,在田野间徜徉想象,包含生命的灵魂总会得到天地滋养,只要肌体依然充满生机和活力,好像有多少绵绵幽怨,多少孤独无助,都在这浪漫的夜空中流淌。

"双庆,你知道吗,你在我心里已经占据了最重要的位置,你现在就是我的世界中心。只因为,在我的生命里,你是一段最特别的留白。我总觉得自己没有经历过年轻就已老去。就想,我们留不住晨曦,留不住夕阳,留不住岁月里远去的一切事物,青烟散尽,但一颗真心可以永恒。这颗真心也许没有露水的晶莹美丽,但却包藏了时光烙伤的轮廓和鲜活如初的动人心魂。有时候我就想啊,如果这个世上没有爱情,又将会是怎样的一个场景。有时候还这样想,彩云还会不会逐月?冰雪还会不会融化?孤独还会不会泛滥成灾? 如果人间没有爱情,一定寂静肃杀,一定没有温情的色彩,心灵就会被苍白覆盖。"

双庆说:"你墨水比我喝得多,你看你说的话都成诗歌散文了。"

陈晓敏说:"是啊,感慨出诗篇,因为快乐和痛苦有时只是一步之遥。"

这时,不远处忽然传来脚步声,好像发现了他们,就听有人咳嗽一声,然后又嘀咕着走开了。

第十七章　意乱情迷

两人迈着缓慢的步子跨进陈晓敏家门。双庆很少说话,把自己埋进沉默里等待。他叮嘱自己吃饭时坐在下位,不能放开肚子吃饱,吃得很多会让陈晓敏笑话。更不能吃出响声,那样就没有吃相。

吃过饭后，看着陈晓敏收拾碗筷，双庆却有些紧张，他在叮嘱自己鼓励自己大胆一些。心里抖动着欲望，有激情在身上燃烧起来，他被自己这种起火冒烟般的意念烧着了。

陈晓敏洗完手一进屋，他突然就像一头饿狼扑上去把陈晓敏抱住。搂住陈晓敏的那一刻他自己先呆了。他搂住陈晓敏，就像搂住一个不真实的梦幻。他拼命地搂，忘记了一切。好像搂住不放就占有了陈晓敏，就抱住了婚姻的大腿。陈晓敏开始感到不好意思，脸腾一下热了。一种不安在心里泛上来，这种不安带给她少许的慌乱和刺激。

陈晓敏被双庆这一搂就搂昏了头，在那个瞬间里醒不过神儿来。这就使双庆有机会缓过神来想起来要往床上摔，只有摔到床上才能更进一步。他一用力，就把陈晓敏摔到了床上。双庆抓住陈晓敏的双手后，抬眼去看陈晓敏，他看到一张潮红的脸和轻轻闭上的双眼。

这时候院里有几只鸡受了惊吓，咕咕叫了起来，把院子叫出少许灵性。屋里的月光在慌乱中被折断，然后又接连成一片光亮。

预感袭上陈晓敏的心头，她是已婚女人，她是过来人，她感到要发生啥事情了。她想挣扎，她想拒绝他，她也想拒绝自己。同时她又想欢呼，又想拍手称快，于是挣扎就软弱无力下来。她特别想点头表示心意。但是脑袋有千斤重，头低不下来，就轻闭上眼。她用合上眼皮表示态度，代替点头答应了他。

第二天，在双庆强烈的要求下，陈晓敏跟着双庆到他家里，先见了未来公爹于世林，老爷子笑呵呵地跟陈晓敏打招呼，没看出心里是啥态度。双庆对儿子小虎说："以后她就是你娘。"

小虎惊诧地望望双庆，眼睛眨巴着，没说话。偷偷瞥了一眼站在爹身边的这个女人,顿时吞吐、支吾,连自己也不清楚自己到底说了啥,或者啥也没有说。双庆说:"我再说一遍,你是我儿子,也是她儿子,以后你就管她喊娘。"

陈晓敏心说,让一个孩子突然喊一个没有一点儿血缘关系,没有一天养育之恩的女人娘是何等难啊,她制止了双庆。

两人过密的交往,引起双庆堂嫂王美娟的注意。她好像用了心似的,老盯着双庆的行踪。这天,双庆刚从陈晓敏家里回来,就被堂嫂遇见。

转天,一条关于陈晓敏和双庆幽会的传言便在楼村迅速传播开了,有人添油加醋、活灵活现地说看到他们搂在一起……

第十八章　谣言如虎

双庆的堂嫂王美娟心里不藏事,其实她家里不缺盐,也不缺醋,但还是拿着盐罐子和醋瓶子来小酒馆买盐买醋,她很关心似的问陈晓敏:"你跟双庆好上了,可要小心别怀孕啊。"

陈晓敏听了她的话,感觉很不舒服,就羞赧地说:"堂嫂,我这样喊你行吗?"

王美娟笑着说:"行,太行了,等你跟双庆结了婚,就是真正的堂嫂了。"说着,一双眼睛就在陈晓敏的肚子上扫。

陈晓敏感觉不对,堂嫂为何这样看我?我跟双庆好,就怀疑我怀孕啊?如果真怀着他们于家的骨血,她应该高兴,怎么这样看我?

王美娟没说话,笑了笑,离开了。

王美娟回到家中,跟男人双林悄悄地说:"陈晓敏跟双庆好上了。你说能不能结婚还两说着啊,两人就……梦花回来怎么办呢？"

双林也很惊讶："双庆啊双庆，怎么就不能忍一忍，梦花的事还没了断，弄出'罗罗缸'的事来，怎么收场。"

这时，于世林进来了。

双林刚要说话，被王美娟打个手势拦住了。王美娟笑着说："给四爷道喜，双庆又搞对象了。"

于世林说："别瞎咧咧，我怎么不知道。"

"陈晓敏啊，村里人都知道了。"

于世林瞪她一眼，心说，双庆搞对象我怎会不知道，只是没你们嘴快而已。

"没错，陈晓敏亲口也跟我说了。只是，四爷啊，双庆跟梦花和陈晓敏的事……您看，是不是抓紧弄清了啊？"

于世林皱皱眉，没言语，转身走了。

王美娟知道的事不说出来，嘴和心都痒痒，只有说出来才舒服。下午，她就在妇女堆里瞎呛呛，还神秘地说："我看陈晓敏的肚子好像鼓起来了呢。"嘱咐人们，"这是于家的事，别乱呛呛。"

"怀孕？"几个妇女都张大了嘴。

王美娟没想到，自己一句没有根据并且夸张的话，成了谣言的发源地。

陈晓敏怀孕的消息，就像突然刮起的旋风一样穿过村街，在楼村一传十，十传百，一些爱嚼舌头的村妇东家长西家短，讲得热火朝天。几天工夫，一个假新闻闹得整个楼村沸沸扬扬。

有了这些传言，来小酒馆买东西的人突然增加了很多，来的男男女女都很怪异地看陈晓敏，有的人就直接盯住陈晓敏的肚子看，有的人出了小酒馆就悄声议论着离开。

陈晓敏很纳闷。

风言风语传到了双庆耳朵，他沉着脸走进小酒馆，一言不发。

陈晓敏问："怎么啦？"

双庆嗫嚅着，也没说出完整的句子："这，我……"

陈晓敏有些着急："你啥啊？赶紧说话。"

双庆歪歪脑袋："你真的怀孕了吗？"

陈晓敏不爱听了："双庆，是真的，已经两个月没来例假了，你是个大男人，可别敢做不敢当啊，更不要跟我闹着玩。"

双庆赶紧双手往下压着说："不不不，晓敏，你听我说。"

"我不听你说，你如果不是男子汉，不能顶天立地，就算是我瞎了眼，我认倒霉。"说完，扭头就走，走到门口，回头看看双庆说："懦弱，真不是男子汉。"

双庆跟在后面喊："晓敏，你等等，听我说。"

陈晓敏心情不好，把小酒馆托付给炒菜师傅，自己去娘家住几天。

但小酒馆门前空地上的人们依旧谈笑风生。

第十九章　风雨连连

就在谣言闹得满村风雨的时候，陈晓敏的公婆再也无法顾忌"家丑不外扬"了，他们让陈晓敏从此与李家断绝一切关系。

不少李姓妇女就冲着陈晓敏的院子指桑骂槐。陈晓敏那个年轻气盛的小叔子，气愤填膺，为死去的哥哥打抱不平。在村里放出狠话，要查清是双庆主动找的陈晓敏还是陈晓敏主动找的双庆，如果是双庆主动找的陈晓敏，就废了双庆，让他断子绝孙。

老李家人经过分析，认为双庆主动找陈晓敏的可能性最大。他媳妇跟人跑了，家里没有女人，寂寞难耐，就去小酒馆找陈晓敏套近乎。有人说他近期以来看见双庆几乎每天都往陈晓敏的小酒馆跑，有时帮她劈劈柴，做做陈晓敏干不动的体力活。再没事他也到小酒馆打打下手。可人们又不太相信陈晓敏会看上窝窝囊囊的双庆，就算双庆是癞蛤蟆想吃天鹅肉，陈晓敏这块天鹅肉也不会主动往双庆的嘴里飞吧？但陈晓敏好像对双庆不那么腻烦，经常给双庆送去煮好的饭菜，人们甚至看见陈晓敏跟双庆在一起有说有笑无拘无束。难道真是两人情投意合？太不可思议了，且不说双庆有多窝囊，就凭他那种木讷的样子，也会令人大倒胃口，陈晓敏肯定看不上他。

有些男人开始为陈晓敏叫屈，心里越想越不平衡，他们认为就是天下男人死光了，和陈晓敏在一起这样的美事也落不到双庆身上，肯定是双庆占先了，陈晓敏只有哑巴吃黄连，有苦往肚里吞。但他们却以为这可不是鲜花插在牛粪上和癞蛤蟆吃天鹅肉那样可以解释通的。因为在他们眼里，双庆连牛粪和癞蛤蟆都沾不上边。所以，估计陈晓敏平时和双庆再怎么走近，他们除了开开玩笑，根本连想都没往那方面想，只是戏弄双庆而已。

女人们在心里越发瞧不起陈晓敏，甚至是鄙视她。陈晓敏在她们眼里更是一文不值。仿佛这事要是落到她们身上，肯定会毫不犹豫地去上吊自杀。村里有两个年轻寡妇，心里知道寂寞的苦，虽有同情之心，理解长夜难熬，但也一样对陈晓敏不齿，说陈晓敏是自己糟践自己。

双庆虽木讷，但眼不瞎耳不聋，更不傻。他听得懂村里人对他的闲言碎语，也看得出村里人对他那奇异目光的含义，但他不愿意解释。人太多了，怎么跟所有人去解释，解释也消除不了人们对他的议论。

有人直接问双庆，双庆就摇头否认，不管怎么问，就是摇头。

双庆的堂嫂自知惹了祸,就四处澄清,说自己弄错了,陈晓敏根本没怀孕,陈晓敏与双庆没有任何关系。

但说出的话就像泼出的水,收不回来了。

这天,双庆想去小酒馆,路过十字街口,十多个人正在大槐树下议论他,他凑近了,那些人还没停止,他可是真的急了:"你们可以冤枉我,但是你们不能这样糟践陈晓敏!"

那些人听了非但没收敛,反而狂笑着把双庆推过来搡过去。双庆火冲脑门,一怒之下,就往大槐树上撞,立马就头破血流了。双庆这一举动,虽然自己脑袋付出了代价,但却用鲜血证明了自己,人们开始相信他的无辜。

宝明听说后,大为震惊,在广播里说:"现在楼村正处在搬迁的关键阶段,不要出乱子,干扰正常的搬迁工作。大家不要以讹传讹,捕风捉影。传播谣言是一种犯罪行为,如果出了人命,公安局来调查,传谣的一个也逃不脱干系。我劝大家管好自己家的事,更要管好自己的嘴,不信谣,不传谣,多想想如何把自己家的日子怎么过好,别人的事不要乱插嘴。"

宝明的话起了作用,谣言似乎沉寂了好多,尽管还有人忍不住议论,也只是低声低语,不那么大肆宣扬了。

双庆以死证明自己清白,打消了人们对他的怀疑。那么,不是双庆,还有谁跟陈晓敏关系密切呢?毕竟陈晓敏怀孕了是事实。

人们又怀疑二侉子,因为这小子油头滑脑油嘴滑舌,还老喊几个人去陈晓敏的小酒馆玩纸牌,更有人煞有介事地说原先陈晓敏有一块地跟二侉子的地紧挨着,也许那事就是在庄稼地里发生的,好像理由特别充分,事实不容分辩了。

怀疑二侉子的传言灌进他媳妇耳朵里,女人责问二侉子为啥和陈晓敏走得那么近。哼,找人到陈晓敏的小酒馆玩纸牌斗地主,都是借口吧,斗地主在谁家不能斗?非得往寡妇门前凑,醉翁之意不在酒吧?任二传子怎么解释,媳妇也听不进去,反而费尽口舌越说疑点越多。女人越说越有气,一怒之下,带着孩子回娘家了。临走撂下一句话,除非找出了奸夫证明不是他,否则她这一辈子再也不回来跟他过日子了。

二传子心里那个苦只有他本人知道,就是一千张嘴也解释不清了,而他心里感觉陈晓敏丈夫的堂弟李广清嫌疑最大,除了他还有谁?那副色鬼模样,看见老母猪眼睛都会眯成一条线,见到人家姑娘媳妇聚在一块儿,就往堆里扎,没话找话,打情骂俏。自己曾在陈晓敏的小酒馆门口溜达,看到这小子在陈晓敏窗下猫着的身影。

宝明几次在广播喇叭里喊:"楼村所有人,不要乱传谣言,事情终究会水落石出,每个人都有自己的尊严,楼村人要自尊更要自重,不要传谣信谣。我警告那些信誓旦旦以传谣为乐的人,如果因为谣言引出其他事故,传谣的要负法律责任。"

但是,宝明的话还是没有压制住人们喜欢传闲话的习惯,而且谣言越传越真,好像陈晓敏真就偷了人似的。她比那些被怀疑的男人更痛苦,怎么解释,连她自己都不相信,自己怎么就怀孕了呢?她发觉自己在村里人眼里已经成了臭狗屎,真是丧气到顶了,难道女人没了男人就不许跟别的男人说话,就不能有任何接触了吗?

就因为这些捕风捉影,添油加醋,乌漆墨黑的舆论,让陈晓敏成了村里不正经的女人。女人们见到陈晓敏,不是退避三舍就是横眉竖眼,甚至等她走后还要回过头使劲往地下吐口水,似乎若不如此,自己就跟陈晓敏也是同流合污一类人。只有对陈晓敏恨得越深，越能显示出自己的圣洁。男人们无论以前对陈晓敏有多大的非分之想，此时此刻摇身一变，都成了正人君子。别说打招呼了，现在是轮到他们目不斜视，好像一旦接触到陈晓敏的目光，就会被拖入是非之地，到时跳到大海也洗不清了。

第二十章　爱意彷徨

陈晓敏怀孕的消息就像一个旱天雷，震撼着楼村。

这消息已经被演绎成桃色故事，成了人们随意编派不断丰富的风流绯闻。

其实，陈晓敏怀孕根本不值得这么大惊小怪。她是女人，会怀孕没什么好奇怪的。问题是，陈晓敏的男人死了已经快两年了，绝对不可能是遗腹子。

楼村历来的风俗，男人死后，女人必须守寡两年才可改嫁。改嫁时，婆家会像嫁女儿一样帮她操办婚事。陈晓敏守寡在家，又没改嫁，这肚子里的孩子又从何而来？本来故事就多的楼村，这样一条桃色韵事，自然就成了头号新闻，让人们惊诧不已，越传越有味道。

从古至今，寡妇门前是非多，没事都要被说出事，何况现在的确有事。

如果陈晓敏自己站出来澄清，或者双庆站出来把一切责任都揽过去，可能谣言风暴早就平息了。

就因为陈晓敏淡然处之，就因为双庆不敢站出来，一时间，陈晓敏自然成为人们茶余饭后闲来无聊时津津乐道的对象。

女人们围在一起嚼舌头的话题可就丰富了，叽叽喳喳，你一言我一语，七嘴八舌，争先恐后，一个个都成了道德的卫士和审判者。这位说:"瞧她东家不走,西家不串,天天守着那个小酒馆,老人们都把她当楷模做榜样,就差没给她立一座贞节牌坊。"

另一个说:"我呸,真是不叫的狗才咬人,假正经。半夜留着门缝,放野汉子来偷人,伤风败俗。打我嫁到楼村,还没见过这等不要脸的事。"

那个说:"她男人活着时,把她当心肝宝贝,庄稼活儿宁愿花钱雇人做,也不让她下地沾土,把她养得白白嫩嫩,水水灵灵,像祖宗似的供着。男人才死不到两年,就按捺不住,做出这样的丑事,怎么对得起男人在天之灵?"

更有甚者,联想非凡,怀疑她在男人没死之前就有情夫了。因为小酒馆啥人都去,谁知道跟哪个风流汉子瞅对了眼啊。

男人们闲着在大槐树下打牌、唠嗑,话题更是离不开令他们心痒难忍的风花雪月。至于守不守妇道、伤不伤风、败不败俗,他们并不介意。这样的事,让他们浮想联翩。

有人心中涌出莫名的醋意:"看她平日对男人从来目不斜视,和她开句风流玩笑还会瞪圆那双美丽的眼跟你真急,没想到这小寡妇也是善解风情的人啊。暗渡陈仓,做得神不知鬼不觉。"

一个人这样说:"这正好应了一句古话,人不可貌相,海水不可斗量。"

于世林逼问双庆:"村里把你跟陈晓敏的事传得像疾风暴雨一样,她肚子里怀的孩子是不是你的?你跟我说实话。"

双庆说:"哪儿呀,我跟晓敏是很好,也有走到一起的意思,可,我没有把她肚子搞大的胆啊。"

于世林一脸严肃:"你可要把握好,别捅娄子,梦花的事已经让咱家丢过一次大脸了。"

双庆眨了眨眼。

于世林又说:"假如你跟人家陈晓敏真有事,你就得站出来,跟人们说清楚,把责任担起来,不能让人家一个女人在前面挡着,替你背黑锅。"

双庆两眼迷茫,他不相信自己跟晓敏就那么一次就可以怀孕,他真的不相信,就很严肃地说:"我跟陈晓敏真没事,我不知道陈晓敏肚子里的孩子是谁的,我也很纳闷,陈晓敏对我很好,怎么还背着我去跟别人怀孩子?她要真的有了相好的,以后我就离她远点儿。"

于世林点点头:"嗯,这话倒是,别打不着狐狸惹一身臊。"

其实,双庆心里早已火烧火燎了。

谣言的重量大如山,压得陈晓敏透不过气。从娘家回来,陈晓敏变得很憔悴,很疲惫。她不知双庆在干啥,为啥不来看看她,她很惶惑,有些气愤,想去找双庆问个明白。

陈晓敏一开门,被啥东西撞了脸,定睛一看,原来是一只破鞋,她一惊,脸色陡变,心里一股火就往上升腾,再看门两侧被人抹了好多狗屎,好臭好脏,门上还贴着漫画,写的都是乱七八糟的污言秽语,最醒目的一张纸上写着"陈晓敏,大破鞋"。看了这些,陈晓敏脑袋就晕了。从院子打来两桶水,把墙和门刷洗干净,把那只破鞋扔进垃圾堆。

然后,她带着怒气去找双庆。

她走到街口,见几个女人正嘻嘻哈哈说得开心,笑得痛快,但她走近了,那些女人马上安静下来,她发现每个人看她的眼神都怪怪的。她心说,我和双庆搞对象是正常来往,绝对不是偷汉子,为啥说我是破鞋,她有些愤恨地瞪一眼那几个女人,加快了脚步。没走多远,身后却传来一句刀子剜心的话:"别看她表面上装得很像个人,背地里却偷汉子,假正经。"她把嘴唇一咬,跑着去了小酒馆。一进门就给双庆打电话:"你赶紧到小酒馆来。"

一脸无奈的双庆来了,见了陈晓敏,就说:"我托了好几个人找梦花,找不到啊。"

"找不到她,咱俩这算啥?"

"晓敏,别着急。"

"我不急行吗?你这两天去过我家吗?看见我家门前都有啥吗?我是不要脸的女人,我是破鞋,是臭狗屎。那漫画,那纸条上写的话,你都看到了吗?那街上议论纷纷你听到了吗?我是女人,是干净女人!是要脸的女人!你倒脱清静了,我受得了吗?"

双庆满脸惊愕,说不出话。

陈晓敏说:"你回去吧,赶紧想办法,只要咱俩能走到一起,眼前这些羞辱我就忍了,咱俩一结婚,就啥都平静了。"

双庆皱着眉头离开了。

陈晓敏也回到家,接着闭门不出。

又过了三天,依然没有双庆的消息。陈晓敏又坐不住了,再去找双庆,问他到底有没有办法。可出去一开门,见门上又被臭狗屎抹得一塌糊涂,又是那些不堪入目的漫画,门口两侧各挂一只破鞋。她怒不可遏了,她不再洗刷,气冲冲地来到双庆家,一进门,高喊:"双庆,你出来!"

王美娟从身后过来了:"呦,晓敏啊,你找双庆有事吗?"

陈晓敏心说,你这个破烂嘴,撇嘴瞅她一眼,没搭理她。

这时,于世林从屋里出来了:"晓敏啊,来,屋里坐。"

陈晓敏说:"我找双庆。"

"他一早就出去了,说是去县里找人。"

陈晓敏拨通了双庆的电话:"你在哪儿?"

双庆带着哭腔说:"我在县城,找不到梦花的一点儿线索,她原来的手机号已经停机,联系不上了。我到她娘家去了好几次,说梦花根本不给家里打电话。"

"那咱俩的事怎么办?你一个大男人,就不能到村委会大喇叭理直气壮地喊一嗓子,说陈晓敏和你搞对象了,那样全村的乌云不就都散了吗?"

"我,我,我我我……"

双庆这样,让陈晓敏很失望。

第二十一章　梦花归来

这天早上,郁闷的双庆刚吃过早饭,堂嫂来了,轻轻拉了下他的衣服,低声说:"双庆,快到我家去,梦花回来了,她不敢直接回家,去我了。"

双庆一听,瞪大了双眼:"啊,你说啥?那娘儿们回来啦?"

"是,正在我家呢,还抱着个孩子。"堂嫂压低声音说,"跟我走,别让四爷听见,太丢人啦,快走。"

双庆急急地来到堂嫂家,见梦花倚在门口,怀里抱着个孩子,见他来了就迎上去,伸手拉了双庆一把:"双庆——"

梦花打扮得很性感很漂亮,身材高挑,标致的脸蛋白里透红,确实太俊了,一双水汪汪的眼睛要滴出水来,秀美的蛾眉淡淡地蹙着,在她细致的脸蛋上扫出浅浅的忧虑,头发又亮又顺溜,顺溜得让苍蝇落上去都打滑,一身浅绿衣衫裹着曲线清晰的身体。

但这花枝招展的姿容却让双庆更加反感,他把身子一拧,扭过脸对着梦花怒目而视,刀子般的目光就像剜到梦花心尖似的,梦花赶紧低下头,不敢再看双庆一眼。

双庆怒火在心里压了又压，强迫自己稳住心神，问："你，不是跟人家跑了吗？怎么有脸还回来，还带回个野种！"

梦花白皙的脸上不断变换着表情，顿了顿才说："双庆，这孩子不是野种，是你的骨血。"

双庆冷笑一声："你说啥？我的骨血？你跟人家私奔两年多，生了孩子还说是我的骨血，骗鬼呀？"

此刻，梦花也稳住了心神："对，就是你的骨血，我给他起名叫于大柱。"

双庆的怒火一下子升腾起来："你个不要脸的臭娘儿们，你跟那个野男人私奔，生个野种难道还要我养？你当我是谁？我……"说着扬起胳膊想搧梦花个大嘴巴。梦花也不躲，只把眼睛闭上了。结婚七八年，双庆觉得男人是不能打媳妇的，打媳妇那是欺负女人，哪怕一手指头都没碰过梦花的脸，更别提打她嘴巴了。见梦花不躲不闪，双庆扬起的手又放了下来，但心里的怒火无处释放，狠狠地打在墙上，顺着墙掉下一些碎土渣。

堂嫂把双庆拉到外面，悄声说："你好好算算日子，别见了她怀里的孩子就犯傻啊。孩子不一定是你的骨血。"

双庆"嗯嗯嗯"地答应着回到屋里，怒目对着梦花。

梦花眼里闪着泪光，紧紧抱住孩子。

双庆闭上眼，不再看梦花。

"双庆啊，我不骗你，你知道，就因为我要生这个孩子，他不同意，和我闹别扭，说如果生了这个孩子就不要我了，因为这个孩子是你的，他说他绝对不会抚养姓于的孩子。"

双庆歪眼盯着她："编吧，接着编，编成了《西游记》我也不信。"

梦花有点儿急赤白脸："不是编，是真的。双庆，你要我怎么说你才信啊?"

双庆不作声,梦花嘟囔着说:"我很后悔,当初鬼迷心窍看中了那个包工头,就跟他跑了,哪知道肚子里已经怀了你的孩子。我坚持要生,他坚决不同意,最后我们俩摊牌了,要孩子就让我回来找你,不要孩子他就留下我。我决定生孩子,回来找你。"

双庆说:"编得跟真的似的,你生了孩子,他不是没让你回来吗?"

梦花哭了:"是啊,生完孩子,我觉得没脸回来见你,就求他,又将就了一年,眼看孩子一岁多了,我想让孩子回来认亲爹,就回来了。"

女人心软,堂嫂过来解劝双庆:"你先让梦花住下,孩子的事从长计议,现在不是时兴做亲子鉴定吗,大不了你带着孩子也去做一个。假如真是你的孩子,哪能不要啊,你说对不对?你爹都八十岁的人了,别让他着急,好吗?"

"她不要脸,跟人跑,我的脸往哪儿放?这样的女人我不能再让她进于家门!"双庆脸上布满黑云。

堂嫂拍拍双庆的肩膀:"别闹啦,好好说。"说着推梦花坐在炕上。

双庆气哼哼地上前拉住:"不行!这家姓于,想走就走,想回就回,绝对不行!我家不是开旅馆的,哼!"

小虎过来了,梦花抢几步过去想抱抱小虎,被双庆猛地一推,把小虎拉到自己怀里。

许久,面若冰霜的双庆猛地一甩手,决绝地拉着小虎转身离开。

梦花双手捂脸蹲在地上,泪如泉涌,号啕大哭。

梦花心想,双庆最怕公爹,对,找公爹。

她一进于世林的屋子,就跪下了,把头拱在地上,呜呜地哭着说:"您劝劝双庆,别跟我离婚,我好歹给您生了俩孙子,看在俩孩子的分儿上,也别让双庆跟我离婚啊,呜呜呜……"于世林看着梦花的可怜相,摇摇头说:"你求我没用,我也没办法,我总不能捆着双庆不让他跟你离婚啊。你只有找双庆,他要你,你就可以留下;他不要你,我说了也没用。"

梦花不起来:"双庆就听您的话,您就大慈大悲,让双庆回心转意,我以后绝对跟他好好过日子,好好孝敬您。"

"你快起来吧。"

梦花依然呜呜呜地哭。

于世林只好皱着眉离开屋子。

梦花无奈,起身去找小虎,小虎正好从外面回来,梦花上前一把抱住小虎,哭着说:"儿子啊,你去求你爹,让他把我留下,我是你亲娘,他跟我离了婚,就给你娶后娘啊,儿子……"

小虎有点儿蒙,有点儿慌,不知该怎么办。

梦花用手胡噜着小虎的前额、头发:"小虎啊,你爹最疼你,只要你跟你爹耍泼,大哭,他就会心软,就会把我留下,咱娘俩就分不开。要不然,你爹跟我一离婚,你就再也看不见你的亲娘啦。"

梦花说着又哭起来。

小虎最终也没说出啥。

梦花不能回家,只好央求堂嫂王美娟住在她家了。

第二天早晨,没顾上吃早饭,梦花再次来找双庆,双庆不想见她,转身就走,梦花追上去,拉住他的胳膊:"双庆,你别走。"

双庆站住了,抬眼上下打量着梦花,最后目光与梦花的眼睛碰在一起,他没有移开,而是专注地看着这个曾经和自己同床睡觉的女人,两眼冒火,想把她的心胸烧透,好看清楚这女子的心肝。梦花似乎感觉到了,迎住了他的眼神,见双庆胡子拉碴,甚至眼角也已经出现了鱼尾纹,恍惚回到了结婚那年第一次见他,却似乎又有些不同,太多的内容,她已经无法看穿。双庆看着面前这个曾经让自己日思夜想的女人,但可惜她……想到这儿,心里就莫名地痛,就感到从心口往外冒血。

梦花哭着说:"那个没良心的还说我能抛下老公跟他私奔,就有可能也会背叛他,还说我是一条狗,走遍天下改不了吃屎,出轨的女人永远不会是好女人,说和我只是玩玩,你情我愿谁也不欠谁。这多混蛋啊!双庆,我知道错了,我曾经像扔掉一件旧衣服一样扔掉了自己的婚姻,如今的下场就是老天对我薄情的惩罚。你曾经给我一个安稳的家,给我的生活虽然平淡但很安稳,可是我却不知道珍惜,不安分,不守妇道,一心向往外面的世界,去过有激情的生活,风流潇洒过后留下的只有无尽的悔恨。我和他确实逍遥自在了两年,每天出去吃吃喝喝,那时候我以为他真的会娶我,毕竟我为他放弃了自己的家庭。但是我错了,从去年开始他的工地越来越少,资金紧张不再像以前那样能供养我的吃喝。我感觉不安全,每天闹着要他娶我,一开始他还会编瞎话来哄我和我周旋,到了最后被我催烦了,直接告诉我这是不可能的。我才终于看清了这个人的本质,才知道双庆你才是真正对我好的男人,想起你那么顺从我,纵容我,我是越想越后悔……"

梦花非常了解双庆的脾性——固执、沉冷。扑通,她给双庆跪下了:"双庆,求求你,别跟我离婚。我愿意以后给你当牛做马,这辈子生是你的人,死是你的鬼。"

一直不说话的双庆又拿出了烟,点燃了开始一根一根地抽起来。也许是很少抽烟,他拿烟的手一直在颤抖。说实话,从儿子小虎的角度考虑,双庆是有些心软,但他想得更多的还是自己的脸皮,自己一个大男人,媳妇跟别人私奔,怎么在人前抬头。自从梦花出走,他就觉得心头插了一把刀,每次想起,就顺着刀口滴血。虽然自己憨厚老实,这种奇耻大辱也不能忍一辈子啊。

任凭梦花说了万万千,双庆只是沉默。

但双庆心里还是有一个顾虑,就是梦花说他带来的那个孩子是他的骨血,这让他心神不定,但他只是对孩子有些倾心,对梦花那是绝对死心了。就在他想离开的时候,宝明来了。

宝明听说梦花回来了,不放心,过来看看。他问双庆:"梦花既然回来了,就说明她还想要这个家,万一那孩子真是你于家的根苗呢,你仔细琢磨琢磨,别在气头上说绝话。"

双庆说:"这是我的家事,不是公事,不需要村支部、村委会管吧?"

宝明说:"那不行,你是楼村的人,我身为村党支部书记兼村主任,就有责任和义务管,不仅要管,还要管到底。"宝明耳朵里早就灌满了关于双庆和陈晓敏的风言风语。陈晓敏是宝明的本家堂嫂,堂兄因为车祸去世,陈晓敏一直没改嫁。自打梦花跟人跑了之后,双庆就跟陈晓敏热乎起来了。虽然李家对陈晓敏和双庆来往很有非议,但是人家已经成了寡妇,就可以再找对象再结婚。为此,宝明也没少跟李家人费口舌,力劝人们不要用老眼光看现代事,再婚是陈晓敏的自由,再婚也不会败坏李家门风,尽管人们还是感觉不舒服,但大多不再气愤甚至不再议论了。

梦花见宝明来了,就来了精神:"支书啊,我回来了,我的户口还在,生的孩子也是双庆的,可双庆他死活不要我了,你给说说这个理儿。"

宝明说："按辈分我喊你一声嫂子,不是我说你呀,你怎么就那么把持不住自己,有家有业的,怎么就跟人家跑了呢?失踪两年以上就可以注销户口了,你已经失去联系两年多了。"

双庆说："宝明你别跟她费话,这个不要脸的东西,说出大天来我也不要了。"双庆嘴里这么说着,心里却在想:我和陈晓敏相好的事,老李家肯定不赞成,宝明是不是想让我跟梦花和好趁机拆散我跟陈晓敏呢,就用怀疑的目光看着宝明。

宝明嘱咐说："双庆你别把事弄得不可收拾了啊,我还有事,回头再研究。"说完迈腿就走。双庆跟了上去,凑到宝明跟前说:"你看那娘儿们已经回来了,我家那面积可以给了吧?"

宝明说："嗯,梦花回来了,应该给,你要不要她都得给,但你如果真的不要她了,那这面积就不能给你,只能给梦花。"

双庆说："那……"回头看看梦花,见她仍在嘤嘤地哭,就大声斥责:"你还有脸哭!我们家的脸都让你丢尽了,告诉你,你就是把玉皇大帝如来佛祖请来给你说情,也不行,你就死了心吧。"

梦花突然又屈膝跪下:"双庆,我错了,我向你道歉,你别让我走行吗?"

"荒唐!我不要你的道歉,当初你是怎样想的,你跟小工头已经走了两年,两年啊,哪个男人能吞下这口气?"

梦花哭着说："都怪我头发长见识短,没看出他是骗子,后来我知道了他只是跟我玩玩,对我根本没有真心。我上当了,错了,你别让我离开这个家。"

双庆很难受,把头抵在墙上,他真想痛打梦花一顿出出气,解解恨。可当他想到自己心里早已把梦花扔到九霄云外了,眼前这个女人和自己已经形同陌路,打和骂还有啥意义呢,他双拳紧攥,咣咣地擂墙。

梦花跪着爬过去,抱住双庆的腿,哭声更大了。

正在双庆和梦花闹得热闹的时候,陈晓敏来了,问双庆:"赶明儿我去娘家,你能陪我去吗?"

梦花一听,眼珠子瞪老大:"双庆啊双庆,没想到你也长本事啦,我不在家,你也没闲着,跟陈晓敏搞上啦?我说我回来你死活不让我进家呢,原来是有破鞋占屋顶窝了。"

陈晓敏走过去:"梦花,你嘴里能说句人话吗?谁是破鞋?你是啥东西?"

双庆抬手把陈晓敏摁下,冲梦花说:"你没资格管我,你离我而去,要不是被骗,是不是就跟那小工头白头到老了呢?你去找快活,我还要为你守活寡吗?我跟谁好你管不着!"

梦花急了:"双庆,难道你真的要跟我离婚,跟陈晓敏结婚不成?"

双庆说:"我已经在心里把你抹掉了,两年多没见面没联系,不离婚等天上打雷啊,跟你离婚是必然的,也就是差个手续。我喜欢谁,跟谁相好,那是我的自由,你再瞎说八道小心我撕烂你的嘴!"

人们担心双庆这出戏不好收场了。

梦花不死心,决定求求陈晓敏。

梦花脸上是一副可怜相,声音有些发颤地说:"陈晓敏你发发慈悲,你大恩大德,把双庆还给我,我一辈子也忘不了你。"

"双庆是我老公,你无论如何还给我。"

陈晓敏不言语。

梦花自己不住地叨叨:"我千挑万选才跟双庆结婚的,一时糊涂,走了错路,我好后悔啊,真对不起双庆,对不起老家。陈晓敏,你给我个赎罪的机会,我要好好服侍双庆,用真心实意洗刷自己造孽带来的耻辱,从今往后做个好女人。"

陈晓敏依然不搭碴儿。梦花着急了:"陈晓敏你可说句话啊,你不说话就是答应我了,对吗?"

陈晓敏瞟她一眼。

梦花说:"好,谢谢你啊,那我就去找双庆,就说你答应退出,把双庆还给我了。"说着起身就走。

陈晓敏不紧不慢地说:"去吧,问问双庆,他到底是要你还是要我。他如果说要你,我半个字都不说;如果他不要你,那就请你死心,不要再纠缠。"

走出不远,梦花又回来了,在屋里转了两圈,这里看看,那里瞧瞧,然后站在洗脸盆前对着镜子说话了:"陈晓敏啊,你说双庆这么个窝囊废,比牛粪还牛粪,你看上他哪方面了呢?"

陈晓敏说:"你说呢?"说着,就走到梦花跟前。

梦花却自顾自在镜子前扭来扭去地看着自己说:"陈晓敏,你坐过电梯没有?你穿过三点式没有?这次跟着那小工头走了这两年,可算是开眼了,享受了。我穿穿网眼的袜子,穿穿蕾丝的裙子,用银色的口红,眼皮抹成绿的。原先你刚嫁来楼村的时候,我还把你当成偶像。这两年过来后再看你,你不过是野地里的一朵小花,上不得大场面。"

陈晓敏不搭理她,敞着门走了。

梦花绝望了,死心了。

晚上,她去找宝明,说:"看来双庆是铁了心要跟我离婚了,离婚可以,小虎我也可以不要,但我想提个条件,离婚后我的户口不迁走,原来我跟双庆住的房子归我,该分配的楼房面积也归我。"

宝明说："只要你跟双庆协商好了，你们怎么定，就怎么分。"

她去找双庆，敲老半天门，也没人回应，就站在门外给双庆打电话："双庆啊，你好狠心。我认了，我是脚上的燎泡，自己走的，不怪你。我答应跟你离婚，但我有条件，我也跟宝明说好了，离婚不离村，户口不迁走。这孩子你不认，但他还是要姓于，上户口就叫于大柱。"

双庆说："我管你姓啥，姓狗姓猪与我无关。"

梦花无奈地哭着走了。

双庆的话说得那么狠，那么决绝，其实他心里在纠结着梦花带回来的孩子，这让他心神不安，甚至是烈火焚心，他蹲在地上双手捂着脸，呜呜地哭起来。

第二十二章　广清追爱

就在人们的关注集中在陈晓敏、梦花和双庆身上的时候，李广清这边也在演绎一场婚姻故事。

李广清的媳妇前几年得癌症死了，村里人没少给他张罗，就是谈不成。据三驴子说，广清自己相中一个，正在热火的来往中。

这天，李广清的姐姐李广美回来帮弟弟收拾东西，姐姐认为搬到楼上去住，条件更好了，弟弟能尽快再婚。村里一号召搬家，她就撺掇弟弟快搬家。昨晚上一家人紧张地忙活了一宿，直到凌晨五点才收拾得差不多了。衣服、床褥、棉被、单被、夹被、毛巾被，裹成了十几个包袱，大家也都没了睡意。

早晨八点多，搬家公司的车来了，几个小伙子从屋里搬出床屉、床架子、洗衣机、空调，后面接着是一包袱一包袱的衣裳。她家要搬走的东西全部装上了车。

却不见了李广清。给他打电话，关机。

真是添乱啊。

一家人四处寻找，没人影。李广美去村委会用广播喊了一阵儿，叫李广清赶紧回家。可到中午了还是没有李广清的身影，李广美急得让人们去串胡同一家一家找，结果还是没有。

宝明听说后赶来询问，了解了情况之后，宝明紧锁眉头，一步一步慢慢地走着。

李广清到底能去哪儿呢？

宝明忽然脑子一闪，想起一条线索，他曾在镇上一个叫"柳云芳房屋中介"的地方见过李广清。干中介的是个女的，主要买卖房屋，还顺带介绍保姆，也曾给单身男女当过媒人，估计是去那里了。

宝明就跟李广美说："你们等会儿，我去镇上看看，说不定就在那儿。"

宝明很快就赶到镇上，来到"柳云芳房屋中介"门外，还没进屋，就听到李广清的声音："柳云芳，我想离家出走。"

"怎么了，傻蛋，你走了，我呢？"一个女人的声音。

"我心里憋屈得慌，楼村我实在是待不下去了。"

"傻蛋，马上分房了，你就要住楼房了，为啥要走？"

"你舍不得你家孩子，不跟我结婚，我光棍一人，住宫殿也没意思啊。"

"我正考虑跟你结婚的事呢，你看你，猴急。"

"真的吗？柳云芳，那我可就不走了，谁舍得离开家乡啊。"

"我不是有后顾之忧吗，我跟你走了，剩下一个快八十岁的婆婆，她怎么办？你能让我带着婆婆跟你结婚吗？"

"那……"

宝明推门进屋:"广清,那啥啊,快答应,就让柳云芳带着婆婆跟你结婚。"

宝明的出现,让两人感到很意外也很尴尬。

柳云芳问:"这位兄弟,您是?"

李广清介绍说:"他是楼村党支部书记。"

宝明说:"你俩刚才的对话我都听到了,这个事太好办了,广清光棍一人过日子没意思,家里没个女人就不像家,男人没有女人心里总会空落落的,我理解。柳云芳呢,因为婆婆年岁大了,不忍心把婆婆丢下,自己去寻找幸福,这也是美德啊。广清,你眼力好,相中了柳云芳就等于找到了幸福,抓紧办结婚手续。"

广清摸摸脑袋,不好意思地说:"你当书记的怎么还偷听别人说话啊。"

"不是偷听,是走到门口,听见你俩说话,不好意思打断你们,就站在门口,听了几句,没全部听到啊。再说,我也不会到处散布,跟人乱讲的,放心吧。"

广清嘿嘿地笑着说:"我知道你不会到处宣传,就说,你是怎么知道我在这儿呢?"

"广清哥,找不到你,你家都火上房了。我在这儿看见过你,就来这儿看看,正巧你在,还赶上你俩研究婚姻大事。先跟我回去,让柳云芳也准备一下,明天我开车送你俩去县民政局登记吧。"

两人都低头笑了。

第二十三章 晓敏失踪

第二天,宝明陪着李广清和柳云芳去了县民政局,办好结婚手续。两人美得有些得意忘形,好像忘记了宝明就在身边,竟然抱在一起。

宝明呵呵一笑，开车回了村。

路过双庆家门口的时候，宝明见双庆从他堂嫂家出来。这几天，双庆总是偷着去堂嫂家，看那个于大柱，还用手机拍了照片，没事就对着镜子跟照片比对，寻找与自己相像的地方。有时候就想象自己两个儿子的日子，想象爹看见两个孙子的高兴劲儿。但又不时地想起陈晓敏，她肚子里的孩子假如真真切切是自己的骨血。可他要跟梦花离婚，跟陈晓敏结婚，这个于大柱就不能跟他了。他彷徨、犹豫，脸上就挂出复杂的表情来。

宝明刚要说话，媳妇来电话说家里来亲戚了，就转身离去。

双庆看过了小孩儿，就急匆匆赶到小酒馆，想看看陈晓敏的肚子怎样了，是不是又大了，小酒馆炒菜师傅说陈晓敏嘱咐他让他先盯着门市，她要出门几天。

出门？去哪儿？双庆很纳闷，出门怎么也不告诉我一声呢，陈晓敏去干啥去了呢？他又去陈晓敏家里看看，见大门紧闭，有几只鸡慢悠悠地寻觅着吃食。

破鞋的名声让陈晓敏在村里彻底地抬不起头来。那几天，她连门也不敢出，人也不敢见。眼见着自己的肚子一天比一天大，她整天以泪洗面。也没见双庆来安慰她，更没有他的任何音信。她自卑地想：人啊，太不容易，真不如死了算了。陈晓敏越想越伤心，就放声哭了起来。

哭了一会儿，打开门见双庆还在门口中，她没说话，只用哭红的眼睛看着双庆。双庆说："要不把孩子做掉吧。"

听了这话，陈晓敏心里咯噔一下，自己和丈夫结婚几年没生孩子，她是多么渴望生孩子当妈妈啊，可双庆却让她做掉，这让她难以接受。她在心里骂双庆，无耻！无能！同时自己也陷入了难以解脱的痛苦之中。好半天,两人都没说话。

陈晓敏忍不住就趴在双庆肩膀上哭起来,双肩不停地抖动。双庆本来就嘴笨,到这时候就更不知怎么说话。陈晓敏抽抽搭搭地哭诉:"你看看我那门口,抹屎尿的,挂破鞋的,画淫秽图画,写的话不堪入目。我都不敢进那个家了。"

双庆紧紧搂住陈晓敏,他心里很清楚,陈晓敏这些天承受的压力有多大,他不知怎么安慰她,就用手拍打陈晓敏的后背,陈晓敏喃喃地说:"我怕坚持不住啦。双庆,你快想办法帮帮我。"

双庆眉头紧锁,嘴里答应着,心里也在翻腾,他既想尽快帮陈晓敏解脱,却又纠结,觉得自己实在没有好办法。过了好半天,双庆说:"我不想骗你,我心里怎么想的就怎么说,你别怪我,好吗?"

陈晓敏两眼紧盯着双庆:"好,我不怪你,你说吧。"

双庆又是歪脑袋,又是嘬牙花。

陈晓敏催他:"你倒是说啊,真不是男子汉,不爽快。"

双庆嗳嚅着说:"我心里惦记着梦花那个孩子,万一他要真是我的骨血,那可就对不起孩子。"

陈晓敏瞪大了眼睛,紧接着闭上双眼,紧咬嘴唇,眼里流下泪水:"原来你想的是这个啊?"说着抓着双庆的手松开了,抹着眼泪说:"双庆,我好几夜都没睡觉了,我想了好多次,本来不想跟你说,但既然你这样想,我也跟你摊牌。说实话,我舍不得肚子里的孩子,但你如果不跟我结婚,这个孩子就是没爹的孩儿,我不能留着,可我真想把他生下来。但你已经这样想了,我就不想别的了。你不娶我,我也没脸在楼村待下去了。"

双庆急着问:"那你打算怎么办?"

陈晓敏痛苦万分:"双庆啊,我是一心一意地跟你好,没想到你因为一个孩子,你就犹豫了。我真是高估了你。"

双庆紧闭双眼,不敢看陈晓敏,心里像被油煎一样难受。

陈晓敏说:"我到现在才算看清你,你并不是真心跟我好,梦花比我漂亮,她回来了,还有个不一定是你骨血的孩子,你就动摇了。好吧,既然这样,你走你的阳关道,我走我的独木桥。"陈晓敏把嘴唇咬得发紫。

双庆心里一惊:"晓敏,这是啥意思?"说着双手扳住陈晓敏的肩膀。

陈晓敏推开双庆说:"我不让你为难,还不行吗?"

双庆使劲挤挤眼,歪歪脑袋:"我,好为难。"

陈晓敏看到了双庆的犹豫和懦弱,眉头紧锁,心里翻江倒海。良久,她看看默不作声的双庆,说了句:"真不是汉子,敢做不敢当!"然后抹把泪,决绝地扭头愤然而去。

回到家,陈晓敏的手机响了,是双庆的电话。她停住哭声,接通电话听到双庆说:"晓敏啊,晚上来我家吧,有话跟你说。"

她支支吾吾含含糊糊地应承着,心底里冒着寒气。

第二天中午,双庆准备了好酒好菜,等着陈晓敏过来一起吃饭,谁知左等右等,陈晓敏也没来。

小酒馆和她家都是大门紧闭。双庆给陈晓敏打电话,关机。再打,关机。再打,还是关机。

双庆冒出一个念头:陈晓敏失踪了。

陈晓敏没失踪,她心思沉重,她把自己关在屋里,屋子里寂静无声,她站在窗前,把目光停留在那盆茉莉花上,几朵小白花已经开败了,只有那些绿色的叶子涵养着生命。

但她没心思赏花,她回到里屋,呆呆地坐在床上难过地望着屋顶,她想忘记和双庆的交往带来的所有烦恼。她多希望这一切就是一场梦,也多希望那些在脑海里挥不去的让她疯狂的想象能烟消云散。可惜,这不是梦。她想离开,或许离开这伤心地能让她减少痛苦。于是,她想到了五台山,因为她和丈夫当年结婚前曾在五台山五爷庙,双双跪拜佛祖许下白头到老的誓愿,黛螺顶上有她和丈夫当年结婚时的同心锁,五台山对她产生了极大的吸引力。

这天一早,她坐上了去五台山的火车。到了五台山,先到五爷庙,在庙外徘徊了一会儿,找个僻静地方,坐在地上,看着来来往往的善男信女,从五爷庙里进进出出,心想,当年她和丈夫来五台山是祈求神佛保佑他们安康幸福的,如今她来却是因为家庭没有了幸福才来的。当年丈夫在文殊菩萨、观音菩萨和普贤菩萨面前信誓旦旦地要和自己相爱百年,白头到老的,可他却早早离开了人世。她来到一座寺院前,迎面看见山门正面额上嵌着的"普寿寺"石匾。进了第四院五观堂院,见门旁有一对联:"有戒德,知惭愧,斗金易化;不学修,无行持,滴水难消。"陈晓敏停住脚步,心说:在普寿寺,那位有名的歌手李娜刚出家时就在普寿寺啊,李娜演唱的歌曲《女人是老虎》《青藏高原》至今传唱不衰,多么风光的歌手啊,没想到也削发为尼出家皈依佛门了。但她的心思还是想去寻找自己和丈夫当年那把连心锁。于是,她起身奔黛螺顶而去,到了黛螺顶一看,原来很多石条做成的护栏都被换成了铁链,上面也密密麻麻地挂满了各式各样的锁,新的旧的交织在一起。很多人在那些锁前留影,他们看起来都很开心,只有她,形单影只。去了那里,她才知道,她和丈夫的同心锁根本就找不到了。因为每天都有无数把锁挂上去,而铁链,应该也会在挂满锁后在一定的时间内给换掉吧。她站在峰顶,看见很多情侣甜蜜地挂着同心锁,说着美好的誓言,然后将钥匙抛向山下。她望着看不到尽头的一

116

座座山峰和那些在绿树掩映下的寺庙自语了一句："原来许愿和连心锁都是梦的游戏啊,万事皆空,万事皆空啊!"

临近傍晚,她坐在山石上,看见远处高高的楼顶上有鸽子在盘旋。它们一圈一圈不知疲倦地飞着,画了一个又一个转瞬即逝的圈。天边的云彩逐渐蔓延,幻化出迷离轻柔的影像。一团一团的云朵仿佛被氤氲的晚风吹散,就要化成雾气。陈晓敏看着远方,看车来人往,看红尘万丈,看烟火人间一点点浸没在暮色里,湿润的气息浸润了傍晚的天地。风吹着无边的烟云在远近的山间翻滚,在她心头荡漾起涟漪。

第二十四章 夤夜沉思

陈晓敏已经来五台山三天了,双庆不知道,村里人不知道,没有人知道她去了哪里。她把手机关掉,想让自己与世隔绝,她想让自己万念俱灰,从此跳出三界,远离凡尘,离开那个让她羞耻让她伤心让她悔恨的楼村,还有那个小酒馆。但一想到自己怀了孕,就让她犹豫、彷徨,还有些说不清是欣慰还是兴奋的感觉。她想求佛祖指点迷津,让自己的心情好好沉淀一下。

她又踏入山中,再次被大山雄壮的气势所感染。看群山翠色苍茫,听松涛阵阵,连日来阴郁的心情逐渐变得开朗起来,她振作精神,信步拾级而上。一座座寺庙内外,香烟缭绕,到处弥漫着一种神秘、肃穆的气氛。前来烧香的人络绎不绝,一群一群的人带着虔诚和迷茫,来了又去了,她伴随着人群,虔诚地跪拜在佛像前,深深地祈祷。她渴望得到一种心灵的宁静,希望能得到一种心灵的暗示,让她憔悴的心得到解脱。

一位穿着素衣的僧人双手合十,闭目凝神,静静地听着她的倾诉:"为啥我一想起他就会心痛不已?"

"因为你有心,你心中有爱!"

"是的,我爱上了一个男人,疯狂地喜欢他,喜欢听他说话的声音,喜欢他木讷的谈吐。我,我还怀了他的孩子。但,村里谣言对我伤害太重,他们在我门前挂破鞋,画不堪入目的漫画,抹狗屎,我出门就有人指点,就有人指桑骂槐,只要有几个人在一起议论事,我就觉得他们在议论我,而他却不能坦然面对,心里惦记梦花带来的孩子,不能正大光明地站出来,承认我和他的关系。我痛苦万分,来求佛祖帮我解脱。"

"爱,是心魔,心魔是不好除掉的,你不是佛界有缘之人,因为心中有太多的奢求!"

"是吗? 我是有奢求,奢求今生能和他幸福地在一起。但是就是这痴情,给我带来了这么沉重的痛苦。"

"心中杂念太多,所以痛苦也就越多。"

"爱,不能只求索取,你痛苦,是因为你想在他身上索取一份儿爱。这份爱太沉重,所以,你就陷入痛苦中。"

"我……"

"记住,世间无论男女,心存贪欲,只会给自己带来痛苦和不安宁。"

"是的,我是有太多的贪欲,我喜欢他,我想一生都守着他,守住我的快乐和幸福。"

"喜欢和爱本无罪,但是索求爱,便有罪过。"

"既然爱无罪,为啥我会这样痛苦? 佛,请赐给我快乐,把我内心的烦忧带走吧。"

"做到心中有大爱,你就会得到幸福与快乐。你的快乐,就是他的快乐。他的幸福,就是你的幸福。你和他有缘,你会得到幸福。"

"我的爱？我的快乐？我的痛苦？……唉！"

"你需要好好地顿悟,需要好好地体味人生,体味爱情。"

告别僧人,陈晓敏来到一个高处,远眺群山,风撩起她的头发,她眯起双眼,咀嚼回味着僧人的话,想了很多,不禁感慨起来:人生这个过程,有谁能更好地把握住精彩呢?又有谁能把握住自己的幸福,还有谁能左右爱人的幸福呢?执着地喜欢一个人会是人生中一种痛苦吗?看着素衣的僧人,听着大殿内抑扬不息的诵经声,她不知道,这些素衣的僧人是怎样达到一种至高的境界,不知道他们如何修炼得如此淡然与超脱。

她想起肚子里的孩子,双手不自觉地去抚摸小腹,脸上现出复杂的表情。抬头看看头顶的阳光,阳光依然灿烂,寺庙中依然弥漫着庄严、肃穆。许多烧香拜佛的人,虔诚地跪拜着,祈祷着。她想,我刚才也是这样虔诚地祈祷神佛保佑的。我和这些朝拜的人一样,怀着一颗虔诚的心来求佛。她迈出徐徐的步子,在香火弥漫中,轻飘飘地一路下山而去。她迎着暖阳,一直在想,双庆是否在今夜里还会在我的梦中徘徊呢?

夜已深,她独自站在山上,任山风肆意抽打着她的脸颊,遥望家乡,心潮起伏,泪水飞泻如瀑。过了一会儿,心情稍微稳定了,她拿出已经关机三天的手机,拨出了双庆的电话,但又赶紧摁断。就在她犹豫的时候,双庆打过来了。她举着手机,看着手机屏幕,竟然迟疑起来,她不接,手机就一直在响。她眨眨眼,还是接了:"双庆……"她的声音带着哭腔。

双庆急忙问:"你在哪儿?快告诉我。"

"双庆,我肚子里的孩子姓于,是你的骨血,呜呜呜……"

"你到底在哪儿,快告诉我,我去接你回来。"

"我在五台,你跟梦花能不能彻底了结?"

这一问,双庆又哑口了:"嗯,啊……"

"那你接我回去干啥?算了!"说完,她挂断电话。

陈晓敏不知去了何方。这个消息又如同一块石头扔进平静的湖泊,激起强烈的涟漪,在楼村掀起不小的舆论波澜。三驴子又跑到李家喜家,神秘地说:"二爷啊,于家够倒霉的,双庆媳妇跟人跑,搞个对象陈晓敏又失踪,那'狸吃鱼'真厉害啊,又给您出气啦。"

李家喜用斥责的口气说:"三驴子,该干啥就干啥去,别到我这儿瞎呛呛。"

三驴子摸不透二爷的心思,抬手摸摸后脑勺,离开了。

陈晓敏失踪,让双庆郁闷得难受,小酒馆只剩下炒菜师傅盯门市了,他自己喝闷酒,谁也不搭理,没吃几个花生米,半斤多酒就喝下去了,他就感到头昏脑胀,脚底下发飘。走出小酒馆,凉风一吹,酒劲儿就更浓了,可以说是醉醺醺。他摇摇晃晃头重脚轻地说着:"凡是跟我的女人都是鲜花,我就是一摊牛粪,哈哈哈,一摊牛粪啊!往后我也就只会喝酒啦,哈哈哈。"打个酒嗝。人啊,喝了酒,胆子就大。他东倒西歪跟跄着回到家,一头撞在门上,"咚"的一声,哎哟,谁关的厕所门?他爹于世林正好从里屋出来,听见有人撞门的声音,就是一愣,咦?谁啊?双庆在屋外揉着脑袋,听到里面有声音,喊一嗓子:"我说这是女厕所还是男厕所?"

于世林皱眉,火上来了:"你个没出息的东西!"

听见爹的声音,双庆揉揉眼,把脸凑近了,说:"是您啊,爹。"

"你还认得爹啊?走吧,接着喝去,喝死拉倒。"

双庆摆手:"不,不,不喝啦。"

于世林厉声问："你跟陈晓敏的事到底怎么回事？闹得风风雨雨的。"

双庆不言语。

于世林眼睛盯着双庆问："你给我说实话，陈晓敏怀孩子的事到底跟你有没有关系？"

双庆还是不语。

于世林把脸凑到双庆的眼前，声音更大了："到底有没有关系？跟我说实话！"

双庆双手捂脸："嗯，是，啊，我，怎么说啊，梦花这儿还有个孩子。"

于世林抬手就给了双庆一个响亮的大嘴巴："梦花！梦花！你敢说那孩子真的姓于？告诉你，那孩子你认了我也不认！我现在认陈晓敏！你既然不打算跟梦花彻底断，干啥还要跟人家陈晓敏来往，你这不是害人吗？老于家的脸让你丢尽了！还是男子汉吗？闷着就能把事躲过去了吗？敢做不敢当，你让陈晓敏一个女人怎么面对谣言？还不快想办法去找！"

双庆迟疑着问："那，咱就跟梦花彻底断啦？"

"不彻底还想干啥？你不嫌丢脸我还挂不住呢，哼！"

双庆赶紧拿出手机不断地拨打陈晓敏电话，但总是那句话："您所拨打的电话已关机。"

双庆着急，找宝明商量，宝明也正为村里有关陈晓敏的议论生气，就问双庆："陈晓敏到底去了哪里？你知道吗？"

双庆着急地说："她跟我联系了，只说是五台，就挂断了，再打就是关机了。五台是不是五台山？"

宝明沉思一会儿，说："我估计是五台山。这样吧，明天咱俩起早，我开车拉着你去五台山找她。"

双庆去过一次五台山,那是和尚尼姑出家修行的地方。双庆心下一沉:难道陈晓敏想出家?

半夜了,双庆睡不着,望着屋顶出神。就在这时,电话响了,是陈晓敏,他一骨碌爬起来,紧紧抓着电话:"晓敏,晓敏!"

陈晓敏说:"我打算信佛了,心意已决,不可改变。"

双庆问:"佛在哪里?"

陈晓敏说:"佛说不可说,不能说,不必说。"

双庆问:"你找佛,我们去哪里找你?"

陈晓敏回答:"你顺着找我的路就能找到佛。"

双庆又问:"我们就是你的佛,为啥你不找我们?"

陈晓敏回答:"你?你们?你们不过是渡我找佛的人。"

双庆刚要再说话,陈晓敏又挂断了。再打,又是关机。

放下电话,双庆就睡不着觉了。

双庆早早起来等着宝明出发。宝明开着他那辆卡罗拉顺着高速公路直奔山西。走进五台山,一股夹杂着香烛味道的清凉空气便吹了过来,远处的山、山上的云、近处的清水河、雄壮多姿的寺庙建筑群,都收入眼中,尽管他们心情焦躁,仍时不时被令人惊叹的美景所吸引。他们来到金碧辉煌的菩萨顶,只见林木耸翠,盆地与山峦交错,寺院与庙宇相互掩映,色彩鲜明、风光如画,奇特的峰崖、森严挺拔的古松劲柏、弥漫沉浮的云山雾海、金碧辉煌的殿宇楼台、漫布山野的落叶松铺天盖地,真是一派锦绣天地啊。双庆心说:登上五台山,即使是心性狂野、豪放不羁之人,对佛的敬畏也油然而生,心中的狂傲也会收敛,这或许就是五台山的独特魅力。在菩萨顶打听,没有陈晓敏的半点儿消息,他们又来到显通寺,见钟楼二楼悬挂着一口大钟。双庆曾来过这里,对这钟楼上"震悟大千"的牌匾记忆很深,他清楚地记得当时有一位和尚给他讲"震悟大千"是说钟声悠扬，希望生活在苦海中的芸芸众生都能听到钟声、看破红尘、放下苦海、离苦得乐。他们穿过写有"黛螺顶"的木牌楼，放眼望去，远处台顶隐约可见，万千山峰都是绿色，到处是青葱滴翠，流水沉碧，风光如画。星罗棋布的寺庙坐落于万绿丛中，若隐若现，几多玄妙，几多神秘。在这里也没打听到陈晓敏的消息，他们从黛螺顶出来，沿土路而下，回望黛螺顶翠色参天，红墙碧瓦，辉煌庄严，祥云环绕，真是别有洞天。双庆和宝明急着要找到陈晓敏，哪有心思欣赏美景。看看天色已晚，两人决定住下，第二天接着寻找。尽管没有任何收获，双庆心里却感觉好像陈晓敏就在某一座寺庙里等着他的到来。

他们走在盘山路上，看着前面的路面上一股一股升腾的薄雾，感觉好像是在腾云驾雾。

黄昏中的五台山显得神秘、深奥。金黄色的夕阳下，他们的车驶出了五台山，驶向滚滚红尘之中。回头再看暮色中的五台山，好像刚刚从另一个世界回来。

第二十五章　五台寻踪

第二天，他们在寺庙众多的五台山，一个寺庙一个寺庙地打听，尽管不知道陈晓敏究竟在哪家寺庙落脚出家，都没有陈晓敏的任何消息，双庆有些焦躁不安了。宝明说："别灰心，说不定明天就能找到她了。"

第三天，他们在大白塔下徘徊，一位挎着篮子叫卖干果的老妇人向前说："买点儿干果吃吧，又香又甜。"双庆因为赶路着急，正口干舌燥，就买了几斤，让宝明找个背阴地方歇一会儿。他和老妇人搭讪，问："大娘，假如有女人要出家，来到咱五台山，一般都去哪个寺庙呀？"

老妇人上下打量着双庆，又看看宝明，问："你，你们想出家？"

双庆急忙说："不是不是，我们是找一位来这里出家的女人。"

老妇人"呵呵"一笑："明白了，我跟你说，五台山寺庙众多，但只有一座尼姑庙，叫集福寺。"边说边用手指着远处的一座寺院说："你看，往前走约两公里，那就是集福寺。正好，我也想到那里去卖货，我们搭伴儿一块儿走吧。"

双庆谢过老妇人，带着宝明随老妇人直奔集福寺而去。

老妇人很健谈，成了双庆他们的导游："集福寺又叫洪泉寺，位于台怀镇东庄村的一个土丘上。原来是一座喇嘛庙，创建于清代道光年间，是章嘉活佛管辖的五座黄庙之一，前些年因年久失修，差点儿毁灭，近年重修以后，把远近各庙的尼姑都集中到这里，就成了著名的十方尼姑庙。集福寺坐北向南，有天王殿、大雄宝殿、文殊殿，有廊房、配殿，有东西禅房、僧舍，环境很清净，是修禅习静的宝地。"

沿着山路上山，山风微微吹过来，带来松柏的香气，偶尔也夹杂着大殿里香烛的甜香，深深呼吸一口，长久被灰尘和汽车尾气熏陶的肺里终于沁进一丝清凉的空气。走过一座三楼三门很好看的木牌楼，彩饰华艳，构建不俗，风光秀丽，周围密树婀娜，摇枝动骨。从牌楼下穿过，沿着石砌的铺道拾级而上，怡然幽静，不远处的集福寺隐而不露，显得非常典雅，一抹红墙就在高处，这就是红墙深院尼姑们修持的集福寺了。

他们进入集福寺，只见殿堂洁净，像设庄严，真是佛门净土。老妇人接着介绍："大雄宝殿内供释迦牟尼及迦叶、阿难两弟子，东西两山墙站着十八罗汉。文殊殿里供奉骑着狮子的文殊菩萨、骑着大象的普贤菩萨和骑着朝天犼的观音菩萨。"双庆边听边看，只见远处深褐色的山峰被葱茏的灌木覆盖,另一侧的山峰树木不多,有的树木叶子已经掉光,但是光秃秃的枝干向天,显示着倔强本色。再往远处看,黛蓝色山顶上覆盖着连片的积雪,一条公路环山而下。

双庆和宝明哪有心思游山逛景,恨不得一眼就看见陈晓敏。

老妇人说:"集福寺是众多尼姑静修的道场,在周边非常有名,也特别有吸引力。外地来五台山朝圣旅游的一般都会到这里观光,一睹尼姑们的生活,看看她们在妙龄年华,剪去青丝,褪去红妆,是如何把一颗女孩儿的心紧紧包裹起来。"

双庆的心思都集中在寻找陈晓敏的事上,没兴趣听老妇人唠叨。老妇人却不管这些,接着说:"佛门戒律严苛和繁多,规矩定得也很细。当尼姑也不容易,要远离家门,居住寺院,独身修道,出家入寺或受持'三归',也就是皈依佛、皈依法、皈依僧,皈依三宝,必须身体健康,笃信宗教,坚守戒律,一心学经,才可入寺。然后就是剃度入寺。剃发,是佛教徒出家接受戒律的一种规定。每位尼姑出家入寺前,一般要在寺院找一位道行高、学问好,在寺内有声望的尼姑作'依止师'。这位'依止师'也是经过寺院同意收新人为弟子,然后由'依止师'在佛堂内为新弟子举行剃度仪式。为新弟子剃除头发辫,供在佛祖释迦牟尼像前,穿上法衣,赐给法名,授沙弥尼戒,成为沙弥尼。"

老妇人见双庆和宝明还是不答话,又说:"佛是信徒们的精神支柱,他们并非在天上俯瞰人间,而是存于人心,深察人的每一行每一动,给人们做与不做的理由和支撑,五台山香火旺盛的佛寺,也许真的是红尘俗世中某些女人心中的一块净土吧!"

说完,老妇人去叫卖干果了。

第二十六章　尼姑对话

双庆和宝明进到寺中，但闻般若妙音，舒卷和畅，比丘尼们行止有仪，一副超然脱俗的模样，寺院内特别清幽雅静，可以说是人间的另一种境界，难怪陈晓敏要来这里出家修行。

转悠了好半天，问了好几位尼姑，都说不知道，没看见。正在着急，前面一位老尼姑摇晃着身子走来，双庆迎上去："给老师父问安。"

老尼姑双手合十躬身施礼："请问施主有事吗？"

双庆恳切地对老尼姑说："老师父，我们要找一位前几天来的一个叫陈晓敏的女人。我是她的未婚夫，这是我们村支部书记。求求老师父大发慈悲，把陈晓敏叫出来，我要和她说话。"

老尼姑疑惑地打量着双庆和宝明，脸上掠过一丝复杂的笑意。

其实陈晓敏就在集福寺，早就看到了双庆和宝明，她怕自己会动摇出家的决心，强迫自己坚持住，绝不能动摇，抹把泪，躲在一旁。

双庆和宝明就在集福寺里转悠徘徊，陈晓敏在角落里不敢出来相见，暗自哭泣。

转了半天还是没有结果，双庆心想，既然集福寺是尼姑所在地，那么陈晓敏就肯定在这里无疑，还是要找老尼姑才能找到线索。

于是，他再次找到老尼姑，迎面跪下。老尼姑手捻佛珠，口中不停地叨念着，谁也听不清她到底说的啥，叨念了一会儿，老尼姑高诵佛号离开。

他们转了一会儿，顺一条甬路来到一座偏殿附近，隔着布帘就听里面有两个女人声音在对话，两人赶紧停住脚步，侧耳细听。

山风很强,布帘被刮得一起一落,在被吹起的当口,就可看见里面的情况。只见一位老尼姑正和一位身穿俗人服装的女子对话,看那老尼姑因为常年不出庵堂,不事劳作,粗茶淡饭,不沾荤腥,起居规律,心境平和,少世俗之累,无不良嗜好,所以她保养得很好,虽年事已高,却身量苗条,面色红润,皮肤细嫩白皙,看上去比实际年龄年轻得多,浑身充满了气质女人的韵味。再一细看,正是刚才遇到的那位老尼姑。听得出,老尼姑是在劝解那女子,给她讲佛界的清规戒律,帮助她去除对戒律的惧心,更主要是帮助她重新唤起对尘世生活的渴望。老尼姑说:"你想出家,但不能草率,不能因为赌一时之气,把一生的幸福都葬送了。"

双庆在风吹起布帘的一瞬间,看见那女子就是陈晓敏,双庆就要冲过去,被宝明一把摁住,低声说:"别动,听听老尼姑说啥。"于是两人就躲在门边观看。就见陈晓敏面无表情地轻声说道:"我觉得我尘缘已了,长伴青灯古佛才是我最好的归宿。我愿意吃斋念佛,我只想置身于宁静和空茫中,不是避世,只是归隐。"

老尼姑看了看陈晓敏,说:"按说修行也不错,不过我觉得你凡心未净,难以修成正果啊。"

陈晓敏低低的声音说:"恳请师父多多指教。"

老尼姑侃侃而谈:"施主啊,你已经来寺庙好几天了,我让你先看看经书,其实我也是在观察施主,跟你说啊,凡人能否修成正果,全在人的一念之间。一念之善可以使人成佛,一念之恶可以使人成魔。只要心中常存一份儿佛性,多做培根固基之善事,人人都可成佛。六祖慧能说过:'本来无一物,何处惹尘埃?'修行全在人心,若修行的人心中不净,不能去除执着得失名利的好恶之心,就是把木鱼敲破又有何用?酒肉穿肠过,佛在心头坐。喝酒吃肉,饮食男女,那都是俗人眼中的罪恶,真正的得道者是从不忌讳的。济公和尚天天吃肉,不照样修行得道?同是佛门弟子,难道佛祖还会两样对待?心中有佛,身外无物,四大皆空,那才是真正的上乘境界。如果整天拘泥于清规戒律,敲木鱼念经卷,刻意地回避这回避那,表面上好像很虔诚,实际上是心中不净,心魔在作怪。我看这才是坠入了魔道。”

接着是陈晓敏的声音:“师父说得有道理,只是出家人真要那么做是不是就有些大不敬了。”

老尼姑呵呵一笑,继续说:“施主啊,佛说‘一切有为法,如梦幻泡影。凡所有相,皆为虚妄。一切无为法,如梦幻泡影’。也就是说,无为法不生不灭,那才是佛陀当年要表明给时代的观静,并且去享受没有代价的快乐。实际上对任何事情,哪怕是戒律,如果执着心不去,都是魔道。《坛经》上也说,衣食住行吃喝拉撒是最大的修行。修行其实是一件很实在的事情。刻意地与世隔绝,人为地封闭自己,并不是真正的虔诚。《西游记》中的猪八戒好吃懒做又凡心不退,最后不照样修成正果?”

这时,一股山风吹来,布帘高高卷起,就见陈晓敏猛然抬起头来:“依师父看,我该如何修行才算走上正道?”

老尼姑说:“很简单,你应该像正常人一样生活,该干啥就干啥。既不要刻意地追求,也不要刻意地回避,保持一份儿平常心和善心。只要心中常存佛性,因缘来到,佛祖自会来接引。”

陈晓敏喃喃地说:“唉,像我这样的人还能有啥正常的生活?我是心灰意冷才想削发为尼的。”

老尼姑不慌不忙地劝她:“出家人四海为家,若找道场,直心是道场,无虚假故;发行是道场,能办事故;深心是道场,增益功德故;菩提心是道场,无错谬故;布施是道场,不望报故;持戒是道场,得愿具故;忍辱是道场,于诸众生心无碍故;精进是道场,不懈怠故;禅定是道场,心调柔故;智慧是道场,现见诸法故。众生是道场,知无我故;一切法是道场,知诸法空故。一念知一切法是道场,成就一切智故。学佛不在相,在心。你才四十多岁,长得又漂亮,还有大好年华,我看现在开始绝对不晚。"

双庆听见陈晓敏长叹一声,那声音里包含了多少无奈和苦痛。

老尼姑双手合十,口中念道:"佛在心中,哪里都是尼姑庵。佛在眼中,谁人都是施主。佛在意念,何处修身养性?"

老尼姑接着说:"当你知道不应该发脾气的时候,你可以告诉自己不要发脾气吗?那个男人不是你自己的,知道自己不能太贪恋的时候,你不要贪恋他。你可以让自己不贪恋吗?你知道烦恼不对,你可以让自己不烦恼吗?"

陈晓敏默不作声。

老尼姑又说话了:"施主,你自己都没有办法跟自己沟通了,你怎么跟别人沟通?所以要跟别人沟通,那你先要学会跟自己沟通,这样子以后我们就有办法跟别人沟通了。"

他们听见陈晓敏又是一声长叹。

老尼姑说:"佛的教法里面一切现象是离不开生住异灭。你看,这些以前都是集王宫贵族,甚至皇帝的力量所建造出来的最坚固最美的东西,随着时间它走入了生灭,生住异灭走到灭,没有一样东西是可以永远保存的。所以你应该在这个过程里面,去证实佛的教法,坚固对佛的道心,然后从朝圣里面坚固佛的真理,产生信心,怎么会变成感伤呢?其实我们都要做利他的事情,要能够完成自利,才有办法源源不断地做利他的事情,所以出家从自己的修行修证里面,才有无量的爱心跟慈悲跟智慧,可以做利他的事情,出家才能够做好。自己能够自度才能度人,不然自己烦恼那么多,没多久你的能量就耗尽了,怎么能够有办法持续地做呢?"

布帘又一次被风卷起,双庆看见陈晓敏的眼睛有些发亮。

接着就听老尼姑说:"说句实在话,也是不该在这里和你说的一句话,剃度出家不过是一个外在的形式,也是个人一种自愿的选择。真正的向佛还是应该超越某种形式,获得一种精神的彻底超脱和灵魂的真正皈依。对于俗人来讲,我是不很主张出家当尼姑的。上苍既然把你幻化成人,又将你放置到这纷繁芜杂的社会之中,你就应该从容面对不可回避的一切:出生、长大、学习、工作、婚嫁、生子、生病、衰老、死亡,在苦乐年华中尽情体验做人的种种感觉,否则,这个人生就难以称为是完整的,也就枉活了这难得的一生一世。而更有甚者逃避本应承担的家庭和社会责任,甚至抛弃家人,自个儿躲出尘外闲观尘中事,其实是一种极端自私的表现,也与佛祖的真正意图背道而驰,是不可取的。"

山风比刚才吹得急了,布帘被卷起的频率也加快了,忽闪忽闪卷起又卷起,双庆看见陈晓敏冲着老尼姑眨眨眼,好像是明白了一些。

老尼姑叹口气说:"学佛之人必须真正理解和认识佛,我是专心事佛的人,但我今天和你说句凡尘俗话,佛教对人生是有着一定的积极意义的。它劝导人们向善、积德,不做有损别人的事情。古往今来,所谓遁入空门者,包括帝王将相、名人大家还有平头百姓,其实大多并非真正意义的觉悟者,而是经历了人生的些许苦楚、挫折和磨难后,没有信心和毅力在万丈红尘中继续支撑下去,才选择了这样一种所谓的退路,作为一种逃避现实的方式,充其量只能算个现实世界的逃兵而已。真正献身佛学,潜心钻研这门学问的,都是以研究学问的方式参悟佛法佛理,从中领悟佛学的精髓和真谛,感受佛学对人生的启迪和灵魂的净化,然后用以指导自己的人生道路和教化广大民众,这大概才是至真至纯的佛学吧。"

最后,老尼姑深沉地说:"施主,你尘缘未了,还是离开吧。施主,当你做好自己后,一定会有珍惜你的人;如果身边的人不珍惜,那就离开他。不要怕孤独,不要怕吃苦,年轻时候吃苦不算苦,终有一天,你所有吃过的苦,佛祖都会换成幸福加倍给你。"说着,撩起布帘,让双庆和宝明进去,然后把陈晓敏往双庆怀里一推,手捻佛珠,缓步离开。

陈晓敏泪流满面,与双庆抱在一起,两人哭作一团。宝明在一旁看着眼圈也红了。双庆给陈晓敏抹去泪水,异常冲动地说:"走吧,咱们赶紧回家,咱们结婚,一辈子不再分开。"

陈晓敏唏嘘着说:"我的命好苦啊,还得接着受苦! 唉,没办法,回楼村。"

第二十七章　喜结良缘

从五台山回来的第二天,宝明就带着双庆、梦花和陈晓敏去了县民政局,先给双庆和梦花办理了离婚证,然后就给双庆和陈晓敏办理了结婚证,并给双庆和梦花的财产进行了协商:双庆答应给梦花一套两居室楼房,村委会研究后同意梦花把孩子户口上在楼村。

梦花虽然没有了家庭,但她认识到是自己的错误,不能怪双庆,户口和房子的落实让梦花有些欣慰。

结婚前,陈晓敏对双庆说:"你跟我去给死鬼上一次坟吧,或许这是最后一次给他上坟了。"

他们来到一座长满荒草的坟丘前，陈晓敏摆上干鲜果品，点上蜡烛和香，一边烧纸一边说："我来给你烧纸，你死后，我有多么苦，只有我自己知道，我的眼泪都哭干了，你和我又没生个孩子，我以后没有指望，我只好选择再嫁，你不要怪我，因为生活压力让我看不到希望。我看准了双庆，他很憨厚，很会疼人，我决定跟他结婚，你要理解我，支持我。有双庆照顾我，你就放心吧。"

双庆也说："是，你放心，我会照顾好晓敏的。"

双庆把陈晓敏扶起来，陈晓敏把身子靠在双庆身上，抹把泪："咱们走吧。"

双庆扶着陈晓敏在窄窄的小路上慢慢地走着，陈晓敏感觉今天的双庆比任何时候都男人，如同一棵大树矗立在她眼前，突然魁梧高大起来，伟岸在那里如一座山。她看他一眼，感觉他目光如电，传导在她的感觉上，他顿时感到一股热量在体内涌动。这是一个瞬间，瞬间是时间概念，就很短很短。如今在感受它，他们两个就走过了遥远的路程，并在交叉路口注目相望，用目光交流和意会情感信息。

陈晓敏回到小酒馆，就有人敲门。

陈晓敏赶紧说："谁呀？在了，快进来。"

随着话音，门被推开，双庆的堂嫂王美娟走了进来。

她来干啥？陈晓敏心里打个转儿。虽说王美娟是双庆没出五服的叔伯堂嫂，但她们很少有交集，没啥来往，她也极少来小酒馆买东西。

王美娟神秘兮兮地说："陈晓敏啊，你跟双庆结婚就对了，双庆可是好男人，待人实诚可靠，能吃苦，你漂亮、正派、能干，你俩都有福啊。"

陈晓敏笑笑："谢谢嫂子夸奖啊。"

王美娟一笑："嘿，这嫂子叫的，声音真好听，让我心里好美。"

陈晓敏抿嘴微笑。

王美娟把嗓音压低说："那个梦花可真不是地道玩意儿，吃着碗里的看着锅里的，脸皮可真是够厚的。"

陈晓敏心说，王美娟今天来这儿说这些是啥意思呢？就问："嫂子是买盐还是买醋？"

王美娟又是一笑："我啥都不买，就来看看你，跟你说几句体己话。"

陈晓敏点头："嗯，好啊。"

王美娟歪着脑袋，微笑地盯着小明的脸问："陈晓敏啊，听说你肚子里有了，是真的吗？几个月啦？"

陈晓敏脸一红，稍微沉吟一下，点了点头。

王美娟脸上的笑容突然消失脸色骤然板起来："陈晓敏啊，我算着你跟双庆相好的日子，也就几个月，这孩子就……"

"嫂子，你啥意思？"

"没事，我就是跟你瞎聊天，别介意啊，看来你这块地真好种啊，插秧就有苗，哈哈哈……"

王美娟这句话让陈晓敏臊得够呛，不知如何是好。

正这时，双庆来了，见王美娟和陈晓敏正在说话，就想抽身离开。

陈晓敏上前抓住双庆的手："你别走，你给嫂子解释，我肚子里的孩子是不是你的，嫂子不放心，不相信。"

双庆脸一红："啥？嫂子啊，你没事干啊，别跑这儿瞎搅和好不好？"

王美娟听这话不对路，就沉下脸来："双庆啊，好歹我也是你嫂子，老嫂比母啊，你怎么这样跟嫂子说话？"

双庆说:"嫂子啊,您关心我,我心里都记着呢,但别没事挑事啊。"

王美娟急了:"你说啥,我挑事?好好好,我是吃饱了撑的,行了吗?"说完,把堵门口站着的双庆狠劲儿一拉,夺门就走。

陈晓敏上前拉住王美娟:"嫂子,双庆说话不好听,你别往心里去,一家人嘛。"

双庆也说:"是啊,嫂子你别急啊,到时候还得请你给我们铺被子呢。"

堂嫂白了两人一眼:"还知道我有用啊?真是的。"

结婚当天晚上,闹新房的人都走了。按照楼村的风俗习惯,新娘新郎上炕前,要有专人给他们铺被子和褥子,堂嫂把婆家和于家准备的所有被褥都铺在炕上,边铺边说:"这边抻,那头长,有了孩子先叫娘。先铺金,后铺银,麒麟送子上门来。三铺桃李园,新人恩爱一百年。四铺四季财,金银财宝滚滚来。五铺、六铺是富贵,七铺八铺是金库。九铺大元宝,十铺真是全。"然后,堂嫂看看双庆和陈晓敏,没说话,转身走了,就只剩下陈晓敏跟双庆了。望着铺在炕上的厚厚的被褥,累了一天的陈晓敏怎么也没有力气去叠了放起来再睡觉,面无表情地靠在柜子边不知该做些啥。

陈晓敏利索地又把床收拾一下,上床就把灯关掉,钻进被窝,期待着那一刻的到来。

双庆站在黑暗里如戳在地上的一根木桩,许久许久,才敢往床边摸。他摸到床边,怯生生地把屁股歪过去,好像今夜是在别人家一样陌生。他坐了一会儿,又怯生生地脱自己的衣裳,脱一件往那木椅子上放一件,脱得剩个裤衩子,才怯生生地去揭被角。新婚之夜,两人却各睡一边,一个漫长的夜晚,谁也没有碰谁。

第二天早晨,一夜没睡好的双庆穿着大背心大裤衩,半卧半躺在旧藤椅里,双臂搭在藤椅的扶手上,一束阳光透过窗户照在他脸上,映出一脸疲态。风儿也轻柔柔地吹进来,抚摸着满是胡碴儿的脸庞,抚摸着长而浓密的犹如两把羽扇般的两道扫帚眉。

陈晓敏见他发出均匀的喘息声,认为他睡着了,就蹑手蹑脚地走过去,把一床毛毯轻轻地盖在他身上。转身离去的瞬间,双庆睁开了眼睛。

"还是把你吵醒了,接着睡吧,难得安静地睡一会儿。"陈晓敏旋即转回身,柔柔地抚摸着他的头发,一脸的自责。她知道这些日子以来,双庆身心疲惫,她担心双庆的身体会垮下去。

"不是你吵醒的,是我根本就没有睡。"双庆知道陈晓敏疼他,在意他,他不想让陈晓敏自责。

迷糊到刚渐天亮,公鸡的打鸣声就把陈晓敏吵醒了,她翻了个身,觉得屋里很冷,就把被子使劲儿往自己身上缠了缠。这一晚,她都是一个姿势,背对着双庆,那样,他就看不到她的脸,她就不用刻意地去回避他的眼光、他的面孔。

"咳——"双庆忽然轻咳了一声,也使劲儿裹了裹夹被,声响很大,好像是故意的。

陈晓敏知道他醒了,不想理他,继续装睡。

"几点了?谁家公鸡怎么这么早就打鸣儿?"双庆却先开了口。

"六点半,起吗?"陈晓敏还是回答了他的话,这结婚第一天就不说话总是不顺当。

"急啥,今儿有很多昨天的剩饭,热热就行。"

"哦。"陈晓敏应着,翻转过来,仰面看着房顶,"昨晚这屋子关得太严,热得我出了很多汗。"

"谁让你还盖那么严实。"双庆看了看陈晓敏说,"不过,早上就凉爽点了。"

陈晓敏笑了,忽然又想起这一夜的过程,问:"哎,你是不是很累?"

双庆就嘿嘿笑了两声:"没事,我这身板儿,壮着呢。"

陈晓敏发现双庆这一笑还是很中看的,那笑的声音很打动她。是呀,这个男人从昨天起就是她的丈夫了,她这一辈子都将依托于他,两个人一起吃一起住,一起过日子,还要生孩子。一想到孩子,陈晓敏忽地就脸红了。她想得发呆,心也猛烈地跳动起来,再回过神来时,双庆探出身子,向她这边靠过来。

她却把双庆推开了,坐起来就穿衣服,一边穿衣服一边说:"一会儿你起来把被褥叠好,放进被阁子。"

双庆又躺了一会儿,起来三折两叠歪歪斜斜地把被子放进阁子,门掩了被角,关不上,虚掩着,就离开了。陈晓敏回屋看了很不满意,半逗半气地说:"怎么连个被子都放不好,真是的。"

双庆:"我叠不好,你自己来吧,这本来就是女人的活儿。"说着就穿鞋下炕。

陈晓敏见双庆这样,对他的脾气也明白了八九分。想到这儿,她想索性自己也来硬的别一开始被他吓着,立了不好的规矩,就说:"不干拉倒,我也不管了。"说完,就把炕上的枕头扔到了一边,转身又出了屋子。

双庆和陈晓敏正式结婚了,打击并熄灭了人们传谣的热情,人们再见面,谁都不再提陈晓敏怀孩子这码事,前些天闹得最凶的人也蔫头耷脑了。

双庆挺直了腰身,梗着脖子在街上走,抬着头挺着胸,好像肩膀宽了,身子高了,见人就用鼻子哼一声。

二侉子不被怀疑了,他也不怀疑李广清了,就打电话叫媳妇快回来,媳妇叫他去接,他说你冤枉我,我不接。媳妇没办法,还是自己搭车回到家中。

楼村一切回归平静。

第二十八章　疑心暗鬼

李广清早就知道二侉子背地里往他身上泼脏水,但毕竟没有当着自己的面说,也不好直接找他算账。双庆和陈晓敏结婚后,所有的谣言都灰飞烟灭了,他也感到很轻松,就牵着大白兔想出村跑一圈,爽爽心,回家路过十字街口碰见三驴子。三驴子大名叫李广胜,是广清的本家兄弟。三驴子把他喊住,说:"我听闻着我那未来的嫂子可是够风流啊。"

广清问:"怎么个风流法?"

三驴子诡秘地一笑,走了。

这个消息,让他彻夜难眠。

第二天下午,他又来到镇政府对过的一家小餐馆。店门旁人行道边,放着四张小桌子,桌旁散摆着十多个塑料小板凳。这家小餐馆有几样小菜做得很有特色,深受人们欢迎,因此买卖比较红火,中餐晚餐都要轮换几次。凡是来吃过的人,没有说不好吃的,有的顾客吃完了还要带上两个菜给家人品尝。每天晚上都有一些闲着没事的人,坐在这儿吃边聊。

此刻,一张桌子旁,围坐着五个年轻人。坐在上首的是李广清,因为他岁数最大。几个人边吃边喝啤酒。

"广清二哥,你娶了新媳妇,很舒心吧?"

李广清咕咚咕咚,喝了两口酒:"嗨,别提了。我对象不是新谈的吗,惹不起,得哄着,宠着啊,要不然人家不跟着我啊。唉,咱不提这个,来来来,弟兄们咱喝酒,别提闹心事。"

广清确实心里烦,那个柳云芳看着很温柔,两人住在一起,却让广清大失所望,最让他心里不舒服的是她还和前夫保持电话和微信联系,一听见她跟前夫通电话、微信聊天,心里就跟捅了草棍似的,关键是她还不说实话,怎么问都不承认,反过来还对自己特别温柔,弄得广清心里很不是滋味。广清怀疑她跟前夫还没有彻底断利索,还藕断丝连呢。这口气就窝在广清心里了,跟云芳的话就少了许多。

"广清,你没逮着,就别瞎猜啊。不过,我倒是也听见几句闲言碎语,说嫂子好像跟前夫还有啥瓜葛。"

咣!李广清把手中的酒瓶,狠狠地往桌上一蹾,瞪起了眼,没说话,但可以看出他的心里的火在升腾。

"广清哥,别郁闷,咱哥们儿都好义气,你需要哥几个的时候,绝对两肋插刀!谁他娘胆儿这么大!给广清哥戴绿帽!要咱哥们儿好看!"

"真他娘胆大包天!广清,那野汉子你认识吗?你告诉我他是谁,不用你动手,兄弟我替你出气,我给他个白刀子进,红刀子出!他娘的,管把这小子给废喽!"

李广清瞅瞅这个,看看那个,没吱声,举起酒瓶子,咕咚,咕咚,咕咚,一瓶啤酒就顺进去了,伸手又抄过一瓶,用牙一咬,瓶盖就开了,连酒带沫子喝了一口,眼睛里蹿出一股火。

新搞的对象有风流绯闻,自己怎么想怎么说都行,可这事一经别人的嘴说出来,对广清的打击就非同一般了,他心里那股子邪火突地陡然而起。他就觉得自己的肚肠子抽筋,胃口拧巴,五脏六腑在翻腾,腹腔里就像开了锅,难受劲儿没法形容。这口恶气就在心口窝里横冲直闯,他觉得再不发泄出来,他就得憋死,他感觉胸口都要爆炸了。他抬腿猛地朝地上的空酒瓶子踢了一脚,就见那空酒瓶子打着转儿撞在了路沿砖上,碎了。

"啪",一个弟兄也照广清的样子,把一个空酒瓶子踢到路沿砖上,也碎了。

此刻,在镇政府门前来来往往的人群中,从西面来了一个四十岁上下的汉子。那汉子骑着车,经过小餐馆门口时,一下叫李广清给瞧见了。李广清一愣神,眼睛就有些发直,这当口那汉子已经过去了。李广清也没跟那哥几个打招呼,起身就离开了小餐馆,瞪着眼睛,瞄着那汉子的身影追去。

李广清尾随着那汉子,果然就到了柳云芳的住所。他怒不可遏地砸门,他脚还没迈进去,柳云芳就把他紧紧地抱住。他有些惶惑,那眼神就朝里屋扫描。他闻到了柳云芳身上的气味儿,感受到柳云芳温暖的体温,心里就有些惬意的异动,但这感觉只在他心里持续了一秒钟,他就猛然惊醒。我今儿个是干啥来的?捉拿奸夫淫妇啊!他赶忙使劲儿推开柳云芳,进到里屋四处寻找,哪里还有那汉子的踪迹,屋里四角,干净利索。他猫腰看了看床底,床底下,空空如也。他又拉开大衣柜的门,衣柜里只有几件衣服。怎么回事?难道活见鬼啦?明明看着那汉子进了这屋,怎么屋里就没有了这个狗东西呢?

李广清打开窗户,探头看了看外面,没有任何动静和痕迹。

柳云芳知道李广清来干啥的,她嘴上不说,心里在想:你找就找,找不到也别问我,我啥也不知道。

捉奸不成,李广清郁闷的心情很苦恼。不过总算见着了柳云芳,心里总算有点儿安慰。

广清觉得自己因为那野汉子,跟柳云芳发脾气有些不妥,毕竟自己跟柳云芳才刚刚结婚啊,他不能欺骗自己,因为他确确实实很喜欢柳云芳。但柳云芳跟前夫保持来往毕竟还是很让人难受。

"云芳,你说,刚才那个男人来你这儿干啥?"他说话时就从嗓子里冒出很浓的酒味。

"谁来了?刚才不是你来了吗?"柳云芳微笑着说。

"我来了?是啊,我是刚才来的,在我前面还有别人吗?"李广清极力把火气往下压。

"没有别人来呀!刚才不就是你一个人来的吗?"柳云芳大笑起来。

广清嗫嚅着说:"嗯,那好吧,我找着你也很不易的,你就跟我回家吧?"

柳云芳斜着眼看看广清:"回家?跟你回家吗?好吧!我待会儿还有点儿事要办。你先回去,今天晚上我就回家。"

"好,一言为定!今儿晚上,我给你做好吃的。"李广清有些兴奋。

"嗯!好的。"柳云芳说着就把嘴凑过去,在李广清脸上亲了一下。

傍晚,李广清去陈晓敏的小酒馆炒了两盘菜,买了一包五香花生米,半斤羊杂,又买了一瓶口子窖。一切准备停当,他就坐在桌前等柳云芳到来。左等右等,还不来,他几次到门口张望,也没有柳云芳的影子。他很郁闷就自斟自饮起来,不一会儿就喝了半瓶酒,他感到有些晕乎乎,昏沉沉了。眼看快晚上八点了,李广清沉不住气了,决定去找她。

李广清出了院子,刚才喝酒喝的头上有些汗津津的,被夜晚的凉风一吹,酒劲儿就上来了,就觉得头重脚轻,两腿有些发飘。

广清骑着马,速度很快,恨不得一秒钟就看见柳云芳,当他摇摇晃晃歪歪斜斜地来到柳云芳住处的时候,脑袋里的酒气、怨气已经发酵到了高潮,近乎歇斯底里了。他站在门外,高声叫骂起来:"柳云芳,你个臭娘儿们! 别以为我喜欢你,就舍不得骂你,舍不得打你! 你跟我结婚,不跟我过日子,你安的啥心? 快给我滚出来! "

任凭广清怎么骂,屋里就是没有回应,气得广清抬腿"咣咣咣"连着踹了几脚,仍然没动静。他正胡猜乱想的时候,就见不远处走来一男一女。那女的身材窈窕,姿态婀娜,分明就是柳云芳。再看那男的,却是胖胖身材,啊,认识,曾在一起玩过麻将喜欢欠钱的牌友,他娘的! 柳云芳敢情和这王八蛋在一起了! 李广清怒不可遏,晃着两腿紧赶几步,追了上去。

他赶到牌友跟前,伸左手,一把攥住了他,右手的巴掌抡圆了,这就要打。

"哎哟老兄,你干什么! 我没得罪你吧? "

李广清说:"我打,我,我打她。"说着把脸扭向那女人。

"老兄,你怎么了,一身酒气,喝高了吧? "牌友问。

李广清目光直直地盯着那个女人仔细看,还真是细白水嫩的一张俏脸,水灵灵一双大眼,乍一看还真像柳云芳,再一端详,就不是了——人家的双耳垂上,挂着一副红彤彤的耳坠,不好意思地说:"嗨,老弟,真搞错了,我他娘的眼花啦,对不起啊。"

"老兄,你发这么大的火,这是跟谁呀? "雷子又问。

李广清没有回答,却手指着那年轻女人,反问:"这是谁? "

"我对象啊,老兄,怎么啦? "牌友见李广清发红的眼睛紧盯着自己的对象,心里不舒服了,但还不好意思表现出来。

"不用看这么仔细,你肯定认错人啦。"年轻女人说话的声音真好听,态度也很和蔼。

"唉，是，弟妹，是我认错人了！你长得跟我媳妇真差不多。"李广清不好意思地摇摇头。

牌友跟他对象又搂又抱地走了。

第二十九章　错打误认

广清站在原地没动，他在纳闷，这柳云芳到底去哪儿了呢？不行，今天必须找到她。他两腿打着晃，继续往前走。拐过一个街口，就见从一个卖羊肉串的门店里出来一男一女，男的身量不高，穿一身浅色西装；那女的也是身材窈窕，细细的腰肢，走路一扭一扭的。李广清把脖子往前伸了伸，揉揉眼睛，再看，他断定就是柳云芳，但他嘱咐自己别莽撞，再仔细看看。他再次揉揉眼睛，双眼就像两道电光一样聚焦在那女的身上，没错，就是柳云芳。李广清血液冲顶了，疯了般地三步并作了两步，闯了过去。当他来到两人面前再看，不对，男的不认识，女的也不是柳云芳，是个比柳云芳难看得多的女人。

广清赶紧跟人家道歉："对不起，对不起，我认错人了。"

那男的怒目圆睁，就要动手打广清。女的拽着男的手说："算了吧，你没闻见他酒气冲天啊。这是个酒鬼，别让他搅了咱的好心情，走吧。"

正在这时，广清手机响了，是柳云芳，他赶忙接通："你……"电话里传出柳云芳声音："你死鬼野哪儿去啦，门上着锁，你不是说给我好东西吃吗？"

广清大声问："你在哪儿？"

柳云芳也大声回答："我在家门口。"

广清又大声问："真的吗？"

"我娘病了,刚从娘家回来,你快回来,饿死我啦。"

广清一听,立刻骑上大白兔赶回楼村。

来到家门口,柳云芳果然在门口等着呢。他赶紧开门,一边拧钥匙一边说:"我以为你不跟我好好过日子,戏耍我呢。我自己喝闷酒,一直等你,你不来,就去镇上找你去啦。"

柳云芳说:"傻蛋,我说回来肯定回来,我既然跟你结婚了,肯定会跟你好好过日子,怎么会戏耍你?你怎么想得这么歪,把我看成啥人啦?"

在广清看来,今天的柳云芳,真好像一朵出水的芙蓉花,那么轻盈,那么漂亮。

柳云芳拿过掸子,掸了掸床,说:"我累了。"说着,仰面躺下。

"云芳,以后你就是我媳妇了,我一定听你的话,这一辈子,保证让你过得舒舒服服。"

两人你一言我一语地交谈着,越说越热乎,柳云芳就浮想联翩,心绪不宁了,只觉得浑身一阵燥热,肚皮上有些刺痒。她想洗个澡,就说:"你先喝酒,我去洗澡。"于是,她开始脱衣服,穿着拖鞋,立在大衣镜前,上下打量欣赏着镜子里的自己。

广清坐在一旁欣赏着柳云芳的容貌,品味着柳云芳的身材,不时地赞誉着,夸奖着。

广清久违的感觉突然爆发了。广清抢身过去,把柳云芳抱住……移步床边,两人坐下。柳云芳闭着双目,沉醉在美妙的境界中,又过了一会儿,柳云芳轻轻地,柔柔地问道:"广清,我婆婆的事你怎么打算的?"

广清没有回答。

她又问:"怎么了,你是啥意思?"

广清还是没有回答。

柳云芳睁开眼睛，还想再问，却见广清在自己怀里睡着了。

广清请宝明主持，举办了婚礼。柳云芳是个野心强、控制欲强的女人。结婚后，广清事事都要听她的，稍有不顺心，就对着广清一通责骂。广清不愿跟她计较，所以常常就是她一个人的"独角戏"，而广清就是那个"听戏的"，等"唱戏的"累了，"这场戏"自然也就结束了。

广清喜欢骑马，平时没事喜欢打打小牌。柳云芳管得严，小牌也不让玩，两人因此吵过好几次。有一次，好多人都听见广清家一阵哐当乱响，接着是女人的大声哭叫和喊骂。周围邻居不知发生了啥，就都过去围观。原来是广清这次打牌输了钱，柳云芳就开始不依不饶骂骂咧咧，污言秽语甚是难听。也许她触到了广清的底线，广清没像以前那样忍气吞声，回骂了她几句，结果就像炮捻子碰到了火花一样开始爆炸，她把家里的锅碗瓢盆一通乱摔，又躺到地上撒泼打滚边哭边骂，好像广清虐待了她似的，简直就是泼妇。

这件事不久后，广清跟柳云芳去她娘家看望岳父母，柳云芳逮着这个机会，来了个"恶人先告状"，说广清在家欺负她，叫她几个兄弟帮她出气。广清在丈母娘家被几个小舅子打得鼻青脸肿地回来了。

广清在回家的路上不幸遭遇车祸，从车上被甩下来，摔断了几根肋骨，在医院住一个多月，宝明开车接广清从医院回家的那天，柳云芳坐在车上，又开始哭骂："李广清你这个窝囊废呀，你个不争气的呀，我怎么就摊上了你这个倒霉鬼，你想拖累死我呀。"柳云芳这次是真的哭，眼睛又红又肿，广清第一次觉得媳妇的骂声竟没那么可憎。

人们觉得广清不值,怎么娶了这样的媳妇。

尽管柳云芳很强势,但广清有时候却很自鸣得意,对于人们的议论充耳不闻,只要自己喜欢、高兴就完了,管别人说啥。他认为,男人议论是没吃到葡萄就贬低葡萄;女人议论是因为柳云芳的漂亮吸引了男人们的眼球,引起她们的妒忌。他感觉自己娶了一个天仙做媳妇,在楼村男人面前很风光。

于是,有时候广清就想到小酒馆门前空地的老人聚集区,听听老人们是不是也在羡慕自己娶了个好媳妇,因为那些真真假假的奉迎让他很享受。

第三十章　讲古斗智

陈晓敏的小酒馆是楼村一个热闹所在。小酒馆还是小杂货铺,孩子们的零食和人们的日常用品基本都有,烟酒最全。小酒馆门前空地是一块不大但却很敞亮的地方,不远处有一块池塘,里面的荷花年年开放,荷叶在夏天最好看,池塘岸边好多柳树,应该算是楼村的一处绝佳胜景。

清晨,太阳升起来,白亮亮的阳光下,树木的叶子散射着逼人的绿光,潮湿的空气让人感觉到沁人心脾的清爽。早起的人们已经浇完了自家的菜园回家吃饭了,只剩下几个半老头子还在拾掇,远处咋咋呼呼的几个半大小子还在疯跑,后面紧跟着各自家的狗。

门前空地向来有一些老人在这里聚集聊闲天,陈晓敏为了方便大家就让双庆从河边弄来几块倒地多年的木头,树皮早就没了,放在空地上就成了人们的座椅。于是,几乎春夏秋冬,天天有人来,每当人们吃过早饭,小空地就陆续地热闹起来。早些年,于姓跟李姓不和,谁看谁都不顺眼,更不会坐在一起,后来才慢慢融洽得能在一起说话了。这些老人的服装千奇百怪,有的不合时令,长相也是猥琐怪异,有的满脸的皱纹深刻入骨,有的混浊的眼睛深陷眼眶,有的脸色蜡黄无光。他们个个神态迟缓,表情麻木,有的蹲在木头上,有的坐在木头上,抽着自家种的旱烟,整天只是晒太阳。偶尔有个生人从小酒馆里出来,老人们便像看电影或是欣赏艺术品一样从头到脚咋咋叽叽,揣摩不已。村外的世界如何变幻,时空如何轮转,这些老人却是始终如一,自顾自暇,自赏自乐。

但是,这些老化的面具背后,却是蕴含丰富,意味深远。楼村里里外外、上上下下已经过去的历史,正在上演的新事,这些老人都无所不知,无所不晓。他们当年也曾是这些故事的主角,现在呢,年老体衰,精力不济,只有退居幕后,做个旁观闲人。这些闲散人群里面也是层次分明。每天准点上班,按时作息,直到有一天,某个老人驾鹤西去,才算真正隐退,但随后就又有新的老人加入这个行列,所以,这块空地竟是经久不衰。

近年来空地前每天必不可少的就是李家喜。他肚子里有点墨水,当过会计,看过不少古书,什么《三侠五义》《三国演义》《薛仁贵征西》《杨家将》《岳飞传》都给人们讲过。他还是村里红白喜事的大主持人,让楼村人很是折服。可能是红红白白的事情经得多了,李家喜成了胆大、不惧鬼神、为人豁达的人,在这些老人里威望最高。老人们也离不开这知东晓地,说东道西的学问高手。村里谁家长谁家短,大家争论不休,只要李家喜一句话,那就是板上钉钉,无人反驳,就成了人们公认的定论。久而久之,楼村普通平凡的日子就被这些老人品得迷离悠远,又滋味十足。

这天早上,眼看着日上三竿了,李家喜还没露面,这让老人们放心不下。有人就说:"嗯,李大学问送走数不清的死人,别是一觉醒来起不来了,等着人们送他归西。"

此话刚落,就有人愤怒地驳斥:"你白活这把子年纪,说出个话来就跟放屁一样,你咒人家干啥?李大学问怎么招惹你啦?"

正议论着,李家喜来了:"我说你们这些老家伙,我晚到一会儿,就瞎编派我,好像我真的怎么着了似的。别背地里嚼舌头根儿胡咧咧,我这不是来了。"只见李家喜摇摇晃晃直奔过来,倒背着双手,腰后斜插一杆烟袋,下面挂的黑布烟袋左摇右晃,头戴一顶防晒遮阳帽,年深日久退了颜色,帽檐已经软软嗒嗒,半垂半翘,随着他的步伐张牙舞爪;迈开的大步更是矫健有力,东一晃西一晃,似倒非倒,扣人心弦,却自有章法。李家喜不慌不忙,找准自己平时坐惯了的老地方,一屁股坐下去,伸手从后腰摘下烟袋,烟杆上挂的黑布烟袋左摇右晃着,他环视四周,看着那些老人,一个个抻着脖子,咧着嘴,黄牙龇着,心里好不得意,兴致立马高涨起来:"哎嗨,今天我给大家说一段比《聊斋志异》还邪性的老故事。"嗡嗡嘤嘤的人们一下子静了下来。

李家喜猛抽几口烟,干咳两声:"话说,在一条官道旁边有一座孤坟,据说那家没了后人,一年到头也没人烧纸。后来经常出邪性事,只要有女人路过,就会从坟里钻出怪怪的声音,就被人们传得沸沸扬扬,知道此事的女人们便绕路而行。再后来不知是谁在那座坟的后面立了一通无字石碑,坟后立碑可是犯大忌啊。"

李家喜顿了顿脖子,抬起胳膊擦了擦嘴角的口水:"据看风水的人讲,坟后立碑是为了压邪气,那是镇住那座孤坟的,要不然的话,会出邪乎事。

"再后来,听说是孤坟里的人本来是个风水先生,但他给人看风水,心术不正,贪钱害人,谁有钱就为谁服务,哪怕是请他看风水的为了报复人呢,他也照人家的意愿去办,名声很坏,师父与他断绝关系,他对师父使狠招、阴招。师父被逼无奈,下了狠心整治他,在徒弟的住房上用了招数,结果不久,徒弟就死了。说来这师父也忒狠了,人死了,一了百了,但那师父怕他作怪害人,说如果不把他镇住,他当师父的临死都闭不上眼。这师父够狠的,坟后立碑,坟里插上桃木橛子,为了镇住徒弟,不给自己留后路。"

老人们听了都默不作声,一阵阵浓郁的旱烟味在空地里弥漫着回旋着,烟雾飘游着散去。阳光越来越亮,气温也慢慢地升起来。李家喜的老故事讲完了,老人们便感慨起来,你一言我一语,一递一唱,品评再三,长吁短叹。李家喜在鞋底子上磕了磕烟灰,清了清嗓子:"咱也别戏台口流眼泪,为古人担忧啦,还是多忧虑忧虑眼前咱楼村搬迁的事吧。"

王老歪说:"李大学问,你每回都是说完了老故事再另加一个新故事,虽然说大家都知道那些故事有的有出处,有的根本就是你瞎编的,但我们还是很爱听啊,今儿个新故事讲哪一段啊?"

李家喜望望即将升到头顶的太阳,又看了看各家各户都在升腾的炊烟,就说:"那好,咱来个短的。话说,某村有一户人家,老头子死了老伴儿,跟儿子一起过日子,说是一起过日子,其实就是在一起吃饭,到了夜晚,老头儿就抱着一个半导体听评书,想找个人说话都很难。孤独、寂寞、折磨得他决心续弦,就托人给介绍了个后老伴儿,也没啥仪式,就是搬到一起住了,女方户口也没迁过来,因为婚前协议是等到两个老人百年的时候,各自回归,女人还要去和原配男人合葬。尽管如此,老头儿也很高兴,脸上有了光彩。可是,儿子、儿媳妇、闺女全反对。老头儿苦恼,但还是忍着,自己做饭吃,尽量不跟儿女见面。不见面就相安无事,哪知道,一个拆迁的消息把这个家搅得乱了套,闹得不可开交。怎么回事呢?就是老头儿这个续娶的女人没有户口,分房的时候,儿子说把老头儿的面积和他的分在一起,将来也好办,但老头儿说啥也不同意,但老头儿只有一个人的指标,要想分到房子还需要掏钱买一些面积。老头儿跟儿子商议,借点儿钱给他买面积,儿子不同意,说如果给钱买面积,房子得写他的名字。老头儿说啥也不同意,村干部出面调解多少次都没解决……"

王老歪挥挥手,打断李家喜:"李大学问,行啦行啦,你说的这段人们都知道,百分之六七十是于世林家的事,还用你在这儿瞎白话。"

李家喜大笑:"好好好,我不瞎白话了,各位,不要瞎联系,更不要对号入座,闲谈别惹是非。今儿个到此为止,明天接着说。大家回家吃饭去吧。"说着,看了看在场的老人中有几个于姓家族的人,又补充一句:"各位,我说的新故事不是于世林,不要对号入座,更不要添油加醋。"

这时候,就有孩子们三五成群地相互追逐着往家里跑,有一条狗也欢快地乱叫乱窜。稀稀拉拉地有几个女人来小酒馆买东西。老人们也一个个慢腾腾地打道回府了。

那些老人中有一个人没有直接回家,而是奔于世林家去了,他就是于世林的堂弟于世民。于世民一进门,见于世林正闭着眼,斜躺在炕上听戏呢,就拍了一下堂兄的大腿,说:"今儿李家喜在小酒馆空地那儿又编派你了,明摆着就是拿你的事当笑话讲。"

于世林坐起来,把收音机关掉,问:"编派啥?"

"就是说你家的事呗,他说是新故事,人们一听就知道说的是你家的事。"

于世林皱着眉:"这李家喜是吃饱了撑的,没事找事。我又没招惹他,干啥编派我?我找他去。"

于世民赶紧摁住:"别,你沉住气,别一听我说就动火,反过来人们会说我传舌头。"

于世林瞪着眼仔细看了看这个堂弟:"世民,你要是怕,干嘛跟我说啊,别告诉我不就得了。"

于世民说:"咱是一个姓的,听着他编派你,心里不是滋味,这不才来告诉你吗。"

于世林呵呵一笑:"行了,你别管了,我有主意了。"

于世民问:"你打算怎么报复李家喜?"

"报复?我不会报复他的,我自会有办法让他知道我也不是吃素的,你等着瞧好吧。"于世林说这话的时候竟然面无表情,让于世民猜不透了。

这时,梦花抱着孩子直奔于世林来了,边走边说:"大柱啊,来,快喊爷爷。"

于世林一瞪眼:"你少给我添堵好不好。"说完甩袖子离开。

梦花尴尬地站住,眼里落下泪来。

第二天,于世林早早就来到小空地。选个地方,坐定,抽烟。于世林轻易不来这里,没想到,他今天破天荒地来了,还自告奋勇说要给大家讲个新故事。人们心有领会,各自明白,这是昨天李家喜编派他,有人给他通风报信了,他来找补找补。人们都知道,于世林跟李家喜是两大姓的代表人物,在两大姓里辈分最高,且肚子里都有些韬略,极得本族人的信任和敬重。多少年来两大姓之间的矛盾也好,纠葛也好都是以他们为主角,或者他们就是后台操纵者。有人怕出事,就想溜,于世林打个手势:"别,别走啊,听我把故事讲完。"说着,用眼角余光盯了一眼李家喜。李家喜却很坦然,坐在那儿不停地抽烟,吧嗒吧嗒的声音很大。于世林顿了顿,说:

"话说有一个村,村里有一帮子老人,喜欢凑在一起聊闲天。聊天本来是好事,可凑在一起免不掉要取笑逗乐子。去年春节,人们照例在一起聊天。上到七仙女,下到赵本山,一会儿说美国,一会儿说日本,正聊得热闹,有个长着猪尿泡眼的老头站起来,指着天上说,你们看,天上有一只鹰。人们顺着他的手指头一看,还真是,有一只鹰在天上盘旋,可人们看了一会儿,那鹰的双翅却不动弹。"

听到这里,人们意识到,那个长着猪尿泡眼的人不就是李家喜吗?于是人们都把目光投向李家喜,但李家喜却表现出很沉稳的样子,慢条斯理地正往烟袋锅里装着烟,用大拇指按着,然后鼓着腮帮点上了火,白白的烟从他的鼻孔缓慢地冒出来。

于世林接着说:"等人们看清了那不是鹰,而是一只风筝的时候,猪尿泡眼老头才臊得满脸通红,自己打自己的嘴,脖子上鼓起的血管比手指头还粗。哈哈哈,天底下人多,一样的人一样的事也很多,万一说得跟谁相像,别多想啊,影响胃口吃不下饭别怨我。"

于世林说完刚坐下,李家喜站起来,脸上很平静,把烟袋锅在木头上磕了磕,说:"我再给大家讲一个新故事,喜欢听的坐稳了,别看我口渴,还得把故事讲完再去喝水。"

有个瘦老头起身去小酒馆拿了两瓶矿泉水,自己留一瓶,另一瓶递给了李家喜。

李家喜慢悠悠地说:"有个村里,有个老头养着一头长着长犄角的大黄牛。"

听李家喜这么说,人们立马想到了于世林当年那头老黄牛,也自然想到于世林因为老黄牛出丑的事。

就听李家喜不紧不慢,微微笑着说:"有一回,老头牵着大黄牛去河边饮水,哪知道,河边还有一头母牛也在喝水,大黄牛见了母牛,顾不上喝水,就朝着母牛狂奔。老头哪里拽得住,大黄牛挣脱了,一下子把牵母牛的女人撞倒在水里。母牛跑了,大黄牛一直追,追到一片庄稼地,踩倒了好多青苗,那青苗正好是母牛家的,大黄牛就在青苗地里把母牛上了。那个女人跟老头一边吵嘴一边追,待追过来的时候,大黄牛已经完事了。女人问老头:'怎么办吧?'老头说:'给我点钱算了,两清。'那女人一听:'你说啥?给你钱?是你家大黄牛糟蹋了我家的牛,还踩坏了我家那么多青苗,这事不行就去派出所解决。'老头说:'别呀,我家大黄牛外出给人家配牛一次是五百块,你家白得便宜啦,踩坏的青苗值几个钱啊。'一句话让女人不知怎么应答了。最后,还真就依着老头,两清了。"

李家喜说完,站起来用眼扫视一下大家,见人们没啥反应,就说:"故事故事,都有加工编造的成分,谁也别当真啊。"

当他就要坐下的时候,却发现于世林的脸阴沉沉的,特别难看。

第三十一章　巧机算命

本来自己要去报复一下李家喜,没想到又让李家喜编派了一通,于世林心里憋屈,郁闷地回到家中,左思右想,感觉不出这口气自己就会被憋死,必须想个邪招儿歪招儿治治这个李家喜。他收音机也不开了,仰面躺在炕上想邪招儿。终于,在太阳快落山的时候,想出一个怪招儿,他来到双庆屋里,问:"双庆啊,那个算命先生的电话你还有吗?"

他给算命先生打电话:"先生啊,我是楼村的于世林,您认识的,我想请您今天晚上吃顿饭,有事相烦。"

算命先生提前就来了,于世林把先生请到家中,倒上茶,坐定后,拱手作揖,说:"老先生,您熟读《周易》,精研命理,善解运途,今有一事相求,万望成全。"

算命先生呵呵一笑:"老先生过誉啦,易学博大精深,非一般人能解,小可只是跟师父学了一些皮毛而已。"

于世林也笑笑:"您谦虚啦,就凭您给楼村两大姓建俩牌坊时的用心,就足以看出您的道行不简单。"

算命先生把头尽量低下来,眼睛从镜片的上方射出两道光,在于世林脸上扫视一下,眯一下眼:"老先生,您有啥事尽管说吧,我会尽力而为。"

于世林把身子往算命先生跟前靠了靠:"我请您办的这件事,需要您保密。"

算命先生点点头:"这个您放心,这也是我们的行规,我不会破了规矩。"

于世林把嘴凑到算命先生的耳边:"我想让一个人破点儿财,需要您帮忙。"

算命先生微微一笑:"请讲,只要我能办得到。"

于世林说:"楼村李家喜,与我相斗多年,近日平白无故编故事糟蹋我,我想回击他一下,就想到了您。您去给他算一卦,就说他有灾有难,然后让他出钱求您破解,戏弄他一回,让我出一口恶气。"

算命先生说:"我也不能瞎算啊。"

于世林神秘兮兮地说:"李家喜年轻时当过会计,肚子里有点墨水,他老婆常年有病,儿子出过车祸,但没大碍。前几年,他被查出有胃病、肾病,别的我也不知道了,先生您肯定会见机行事的。"

算命先生点点头:"嗯,好,我记住了。"

然后,于世林请算命先生在小酒馆喝酒,临走,塞给算命先生五百元钱。

算命先生一边往兜里装钱，一边在心里说：这倒好，俩老头子斗气，我得利，哈哈哈。然后，望一眼于世林，颠颠儿地走了。

于世林望着算命先生远去的背影，轻声说了一句："骗人的玩意儿，借你臭嘴替我出口恶气。"

第二天上午，算命先生早早就来到楼村，在村东头，来回转悠，两手打板儿，眼睛不停地四下张望。胡同里、村街上不时有人走过，但没人找他算卦，他也不和任何人打招呼。眼看快晌午了，这才看见李家喜从胡同里走出来。他就打着板儿朝李家喜走去。李家喜一看，咦，这不是当年那位帮忙安排牌坊的风水先生吗？这又打板儿算卦啦，就上前打招呼："先生啊，近来可好。"

算命先生赶忙拉住李家喜的手，把眼镜往上推了推："哎，今天我来楼村是专门给有缘人消灾解难的，我见老先生您印堂发黑，近期怕是有难啊。"

李家喜一愣："你说啥？我近期有难？"

算命先生直瞪瞪地看着李家喜，点着头说："没错，快让我给您批批八字，看看流年，万一真有灾有难，好提前想办法化解。"

李家喜一听，心里翻腾起来，这算命先生说的话让人心里犯嘀咕。干脆，让他给算算。于是就把算命先生带到家里，好烟好茶摆上来。

算命先生说："还请您把您的生辰八字告诉我。"

李家喜郑重其事地把自己的出生年月日和出生时的时辰告诉了先生。

算命先生在一张纸上写了好多术语，李家喜看了也不懂，就等先生给说说吧。

过了一会儿，算命先生抬起头，正了正眼镜："老先生，您日主丁火，生于未月，有余气，年支有禄帮扶，时支寅木生，粗看丁火不弱。可是天干左右官杀混杂，年干财星助杀，日坐丑为湿土晦火泄气，月支食神本可制杀，丑未一冲，其制杀之力骤减，且未中火之余气尽失，故此，日元丁火中和偏弱，喜木火，忌湿土、金、水。今年进入庚辰大运，庚金旺，生水，辰土为湿土泻火搅局，加剧原局失衡，大凶啊。"

李家喜瞪大了双眼："啊？大凶？"

算命先生点点头："老先生先不要着急，听我继续给您讲。您原命局虽然五行不太流通，但燥湿相对平衡，可辰土一到，与丑土纠集一起，形成水土混杂，加剧八字中木火压力，命主难以支撑了，会生重病。明年未土出现，引动两未冲一丑，地支水受损，水主肾，肾水还要出问题；土主脾胃，土动则脾胃不好，故断老先生脾胃、肾脏方面会出现严重的病症。"

李家喜心说，厉害呀，我从好几年前胃就不舒服，医院确诊说胃里有两个包块，但不是肿瘤，去年又查出肾结石。

算命先生接着说："再看您八字中，食伤七杀财禄均匀，为普通人。所谓有些人发财后就有灾难，说明此人身弱财轻！正所谓：'身若不堪财，见财起祸端！'一句话，您这人命轻，无法挑动如此重财，财多压身，会出灾祸。所以说，人的一生衣禄，上天早已注定，常人是无法改变的，也是应了您命中一大劫。还有，用我们这一行的行话讲，干透伤官，也就是俗话说的'伤官见官，为祸百端'，您今年十月份此劫非同小可，必须想办法化解才行。"

李家喜问："那，化解需要多少钱？"

算命先生说："遇见您也是缘分，我历来是为人消灾免祸做善事，从来不贪钱，只是提醒您切记此劫非同小可。求得一福压百祸,信者可信,不信者不可信啊。"

李家喜有些犯傻了,当他回过神来的时候,回头一看,那个算命先生已经不见踪影了,他赶忙叫人去追,结果在村外追上了再次把算命先生请回家中,十分虔诚地对算命先生说:"老先生,刚才有些失礼啦,对不住啊,还麻烦您给破破灾。"

算命先生不紧不慢地说:"破灾,破灾,这可是泄露天机啊,给您破了灾,我可是要伤自身命运的。"

李家喜连连点头:"明白,明白,您看这费用?"

算命先生还是不紧不慢地说:"算命算命,信者必须要诚心诚意,就如同敬佛,没有诚心,难得福报,您随心随意,赏多少都可以,只要表达了您的真诚心意就可,不过,我可是真心给您消灾解难,卦金免了,化解的赏钱您看着给。"

李家喜在一旁看着算命先生在认真地画符,嘴里还不停地念叨着他听不懂的词儿,心想:这可难办,没价啊。他再三掂量,拿出一千元钱。

算命先生把三道符交给李家喜,告诉他怎样处置,然后一抱拳:"老先生,盼望您从今往后一顺百顺。"说完从李家喜手里接过钱,装进衣兜,点点头,走了。

第三十二章　湖边怀旧

算命先生出了村,见于世林正倒背着双手在那儿朝远处凝望,就走过去,笑着说:"老先生,我已按您说的意思给李家喜算了一卦,让他出了一千元钱的血。"

于世林抿嘴笑了。

算命先生走后,他就顺着大道漫无目的地溜达,脑子里不断地想搬家的事。

搬家,使楼村人的心灵经历着前所未有的剧烈动荡。以前的以前,人们有的为逃难,有的为求生,有的为抗争官家,有的为躲避追捕,从四面八方来到这里,在这里生存保命,迎娶女人,繁衍后代,渐渐汇聚成村。他们用世代的血汗艰辛地淤积着土地和岁月,拓出了这里的肥沃与文明。这片土地承载了他们太多的苦难与福祉,也创造了无数的故事和传说,潜藏和隐喻了人们的灵性,更加丰富了人们色彩斑斓的联想。随着岁月流转,时世变迁,永久地留住了那些难以忘怀的记忆。

搬家让于世林感到痛苦,感到无奈。不觉间,就来到西口牌坊下,他停住脚步,仰头看着牌坊上已经色彩斑驳的"恒兴永昌"几个大字,心里就升腾起一股疼痛感,这个牌坊曾是于氏家族的荣耀。

他的脑海里浮现出一系列往事:据老辈人说,楼村盛产金丝小枣,是远近闻名的枣乡。原来于姓家族聚居的地方叫家铺,李姓家族聚居的地方叫李家铺,中间有一条水沟作为两个家族聚居地的界线。早先有一位风水先生,说这里紧靠龙兴湖,有龙脉,风水好,将来会出大官。这个说法引起两大家族的特别关注,都想自己的家族出个大官,让全族显贵。后来,于姓家族出了个将军,将军曾跟随左宗棠参加多场战役,立下功勋。这位将军就是于世林爷爷的太爷爷,在十里八村特别显耀,太爷爷晚年荣归故里,带来一些钱财,在于姓聚居的村西,盖了一座两层小楼。那小楼在几十年没离开过这片土地的人们的眼中就成了新奇。周边几十个村庄都羡慕楼村,周边村的人带着孩子来楼村看看小楼,回去就跟人们夸耀一番,说自己看见楼村的小楼了。于姓家族的人因为太爷爷的光环,而得到了四里八乡人的尊重,外出赶集、串亲,只要一提是楼村姓于,立马就会被人高看一等。为此,于姓家族的人对这份荣耀特别珍惜。

本来两大姓并没有啥利害冲突,更谈不上深仇大恨,自打在村西盖了这座小楼,并给于姓家族带来了太多的荣耀,于姓家族中有人就看不起李姓家族的人。李姓很不甘心,想方设法跟于姓比拼,李姓家族中有位财主,就出钱在村东头也盖了一处两层小楼,样式、大小、高矮跟于姓家族的基本差不多。这座小楼的建成,让李姓家族的人们得到了心理上的满足。再来楼村看风景的人们就不光看村西的小楼,还要穿过不太直的村街,到东头看看另一座小楼。后来,外围的人们都管这个村子叫"楼村"了。"楼村"这个称谓传回村里,竟然也得到人们的认可。因为于姓人们认为,叫楼村也是因于姓的小楼而改变。李姓家族认为,既然龙脉没让李姓出高官显贵,叫"楼村"对李姓也没啥坏处,干脆就叫"楼村"得了。久而久之,人们就习惯了称呼"楼村"。

后来,那位风水先生再次来到楼村,听说村东也盖了小楼,还改了村名,就对于家太爷爷说,龙脉已被破坏,如果不采取措施,或有大祸发生。太爷爷赶紧让先生想办法,先生建议,在村街西口,建一座牌坊,这样做是为了不出邪性事,免除一些祸端。于是,太爷爷出钱,买来上好的木材,请来工匠,不久,就在村西矗立起一座雄伟挺拔的牌坊,牌坊上描金画彩,风水先生让太爷爷出个吉祥词写在上面。据说太爷爷三夜没睡觉,想出了"恒兴永昌"这个词儿,又亲自书写了上百遍,最后把满意的几个字选出来,让工匠誊写下来,描到牌坊上。

村西有了牌坊,又让李姓家族不安起来,他们先后请了好几个风水先生,暗地勘察,认为,那牌坊就如同一个高高抬起的龙头,傲视苍穹,对聚居在村东半部的李姓家族是个压制,反制的办

158

法就是在村街东口也建一座牌坊。于是,李姓家族凑钱,在村东头也建了一座牌坊。上面写的字是风水先生给出的词儿,叫"三多九如"。人们不懂,风水先生解释说:三多,就是多寿、多福、多子孙。九如就是如山、如阜、如冈、如陵、如川之方至、如月之恒、如日之升、如南山之寿、如松柏之茂,是九种祯祥的象征,祈盼护佑人们福寿延绵不绝。这座牌坊也非常有气势。

于是,就有了这样一句民谣:"楼村三宗宝,小楼、牌坊、金丝枣。"还有一句顺口溜这样说:"楼村三大怪,两个小楼对着盖,两个牌坊俩气派,老枣树百年栽,鲜的不吃晒起来。"

可惜,日久年深,小楼的主人早已不在,又因为多年失修,楼顶塌陷,墙体倾斜,在1963年那场百年不遇的大洪水中,两座小楼轰然倒塌,不复存在。人们从外地返回楼村,两座小楼变成了两堆砖土,只有东西两个牌坊依然昂首挺立。自此,楼村便名不副实了。

于世林的思绪仍在蔓延……

一晃就到了改革开放年代。楼村跟别的村庄一样,村容村貌和人们生活都发生了很大变化。但楼村由于两大姓之间不太融洽,内部不团结就成了楼村发展的最大障碍。村领导班子也是于姓和李姓两大家族轮流做。

楼村人都知道,两大姓之间并没有啥深仇大恨,就是争风水,比气派,暗斗,在人们心里形成了两姓之间不和睦的概念,不管是于姓的人还是李姓的人,在涉及两姓之间交往时都很小心在意,谁都不愿意让本族人说自己胳膊肘往外拐。哪怕是同学,甚至是很要好的男女也不敢搞对象。这种状态让两大姓的一些明事理的人看在眼里,痛在心上,很多人也看到了不睦的弊端,可谁也不敢贸然提出融合消弭这种隔阂。

因为国家号召自主创业,两大姓里都有能耐人建厂子、办公司,各自有了几个有钱人。有钱的人就敢说话,就怕赚钱的道儿不能长久。于姓几个人一合计,就暗地里请风水先生给调理房子和坟地,风水先生说你一家富不叫富,一个家族都富了才更好,然后又神秘兮兮地说:"要想延续富裕,不让李姓家族比下去,就在牌坊下立两个石狮子即可,石狮子底座下放个镇物,可保富贵绵长,但你们要舍得出钱。"

年轻人们很爽快:"只要对我们有好处,不怕花钱。"

于是,在风水先生的指导下,于姓家族派人去太行山东麓的曲阳县买来一对儿汉白玉石狮子,然后,去河北大城县的红木市场选了块草花梨木料,请一位木匠师傅抓紧雕刻成"鱼吃狸"的图案备用,将来就可以压制李姓。安放石狮子的那天,是风水先生给选的吉日,按照风水先生的说法,是等天黑以后正式安放。

于姓人哪里知道,就在他们筹备安放石狮子的时候,李姓家族的人也没闲着,他们也是请的这位风水先生,风水先生也让他们去曲阳选一对汉白玉石狮子,也答应他们在石狮子底座下放镇物,让李家人也去红木市场买了草花梨木料,请人雕刻成"狸吃鱼"备用,将来可以反制于姓。选定安放石狮子的日期时辰也和于姓的日子时辰相同。两姓的人都浑然不知,只有风水先生心里明白。

于世林是于姓家族中最有威望的人,因为于姓家族族谱存放在他家,他还是将军的正宗后人,将军的遗物都保存在他家。以前怕惹祸,曾经用油布裹了里三层外三层,埋在自家猪圈后面,直到前些年才挖出来。人们都以为遗物没了,但却保存完好,就此一项,赢得了于姓族人的尊敬,况且他家里是长门,他年岁又最大,自然就成了于姓家族中说了算的人。风水先生说安放石狮子要家族中最有威望的人放置镇物才行。于是这重任就义不容辞地落在于世林头上,风水先生叮嘱于世林怎样安放石狮子,如何放置镇物,因为他是外姓人,不便到现场参与安放,说完,拿了酬金,辞别而去。李姓家族那边也是同样的说法,风水先生拿了酬金便不见了人影。

那天晚上,没有月光,吊车的灯光白得很特别,就在人们刚刚进入梦乡的时候,按照风水先生的嘱咐,量好了与牌坊的距离、两个石狮子的距离和底座的高度,把石狮子安放好,于世林把那个用塑料纸包了好多层的“鱼吃狸”放在石狮子两条腿之间的空隙下,然后抓把水泥封上。就在他抬起手的时候,他的心里就像被刀子刺了一下,似乎在冒血,那双手不自觉地抖动了一下,同时,心也重重地动了一下。

安放完毕,吊车开走了,人们三三两地散了。于世林围着石狮子不安地转着,心里如同翻江倒海,一个个问题不断地涌出来:这样做好吗?是不是违背了与人为善的道理?这样做是不是太过损人利己?这样对立下去对两大姓的后人好吗?他不断地摇头,不断地叹气。这些天他就一直在反思,楼村两大姓之间这样闹下去好吗?他想,富贵不是靠损人利己得来的,尽管这种迷信的做法不见得就真如何如何,可毕竟出发点不对。不行,不能这样。于是他蹲下去,摸着黑用手把水泥扒开,把那个“鱼吃狸”抱在怀里,再给里面填上泥土,然后把水泥抹好,起身朝龙兴湖走去。

于世林经常到龙兴湖走走看看,每次都会获得一种雄阔而清爽的感觉。今天,他走在缠绵的细雨中,好像不经意间,他走进了楼村的烟雨。烟雨总是带点淡淡的味道,如美人眉眼之上的一抹眼神,锁住了楼村的一切。那融在眼神里的楼村,谁也说不尽多少变迁,起落沉浮,沧海桑田。相当遥远的记忆中的色彩,楼村特有的色调,让人特别怀旧。那屋檐低矮,紧紧相连的楼村,如明眸中蕴含的辉光,有点隐约,静静的如沉在时光水底的月影,泛出银白的光。

此刻,龙兴湖的水被风吹起的微浪,一层一层,很从容地向他涌来,他心中的涟漪就碎了,掉落成跃起的点点滴滴。那一瞬间,他的鼻子嗅到时光的记忆,他的心想起遗忘的人和事,他的耳朵如同沉睡了千年醒来,突然要收尽楼村所有的点滴。他听到湖水在用各种不同的声音和姿态述说历史和季节,哗哗的咆哮和轻成耳语的呢喃。

那天夜晚的风有点儿凉,但于世林当时感觉心里踏实多了。走到湖边,不大的风浪拍打着岸边,发出哗哗的声响。他蹲下身子,用手在水浸泡的岸边挖了一个小坑,把"鱼吃狸"放进去,埋好,起身刚要走,忽然听见有人咳嗽一声。谁?他又把身子蹲下了。只见来人匆匆忙忙地在湖边站了一下,又匆匆忙忙转身离去。是谁呢?看身影好像李家喜,他来这里干啥?于世林很是不解。转念一想,这个东西还不能扔,好多人都知道它的存在,我得留着它。于是他折转身,又把"鱼吃狸"挖出来,蹒跚着离开龙兴湖。

回到家中,他心里还是很不平静,坐在炕上抽烟,但心里依然在翻腾。两大姓之间的矛盾在年轻人的心里好像已经根深蒂固了,这局面应该打破了。宝明说得对,两大姓没有根本的冲突,也没有刻骨铭心的伤害,楼村马上就没了,老一代留下的芥蒂应该除掉了。

他从衣橱里搬出一个上着锁的小木箱,把贴胸挂着的那把小钥匙摘下来,打开小木箱,一件一件地把东西摆出来。原来这就是将军的遗物,那套将军服还不算太旧,那个蓝宝石珠子还闪着亮亮的光芒，尽管前些年他曾把小木箱裹上油布埋在院子里十多年，或许是他家房子地势高的缘故，到后来挖出来的时候竟然没有任何改变。每次看到这些遗物，他的心里都很复杂，太爷爷早已作古，如今自己也已经八十岁了，楼村眼看就没了，这些遗物交给谁保管，双庆行吗？那天夜晚，他失眠了。以至于多年后想起那个夜晚于世林都纠结不已。

第二天一早，搬家公司的车一到就开始搬家，于世林心情不好，就在街上溜达，他想趁着楼村还在，多看几眼这些熟悉的老房子、老胡同。走着走着，他来到于氏祠堂。每年大年初一，他要率领所有家族男人到祠堂来祭奉先人，祠堂门前残留着鞭炮燃放后的红色纸屑。

在一阵风中，他走进祠堂，凝视着那一块块古砖旧瓦，寻找着历史痕迹。好像廊檐下有先人走过，好似在弯腰施礼。过厅里依稀有挂匾额的声音，飘飘荡荡。流年真是变幻莫测。日月依旧在，祠堂依旧在，可恍惚间已经是另一个世界。此刻，清风徐徐，洒落一地阳光。

祠堂白墙灰顶，立柱翘檐。大门两侧一副对联写着"祖考懿德流芳远，宗功浩大世泽长"。正中上方为黑底绿字匾额 "于氏宗祠"。他迈着沉重的步子走进去，见祠堂顶部写着"百世呈祥"四个大字，左右分别嵌写"入孝""出悌"。祠堂正厅高悬"厚德堂"匾额，陈列于氏先人牌位。祠堂庭中挂着一副楹联，上联"慈惠仁风谱家蕴"，下联"耕读兼济薪火传"。

有当年知县题写的匾额"威灵显赫"，另有两块匾额，分别写着"敬宗睦族""敬宗绍德"。

祠堂的两扇木门是敞开着的，他发现香炉里还有几炷没有燃尽的香，他知道，那是家族的人们在离别楼村之前，前来辞别祖宗了。

离开祠堂,他走到大槐树下,仰望大槐树,心里同样波澜起伏。是啊,楼村人对于大槐树有着难以割舍的情怀。大槐树在楼村站立了几百年,如同历尽世事沧桑的老人,默默地守护遥望着岁月变迁,看着一代一代的楼村子孙在这里安居乐业。楼村人祖祖辈辈敬畏它、爱护它、喜爱它。只要在大槐树下走一走看一看,抚摸它、凝望它、亲近它,就唤起童年和青春的情感回忆。如今拆迁,大槐树依然安详,依旧大美而不言,依然是一副慈祥、一片慈爱。他忽然感觉楼村一下子变得寂寥、萧瑟,像个迟暮的老人。

于世林感觉自己苍老了很多,不由得叹了口气。

第三十三章　临风慨叹

于世林难舍故土。李家喜也是浮想联翩,彻夜难眠。

马上就要搬迁了,楼村这些老房子就要变成废墟了,李家喜想要仔细认真地看看自己生活了几十年的楼村。他来到龙兴湖的堤岸上,找一个土堆站上去,这里可以看到整个楼村的情形。那些老房子形式不一,建造的材料各异,有砖瓦房,有外面包了红砖的土坯房,有没有包红砖的土坯房,在风雨长年累月的洗礼下已经沧桑破败,但时光在墙壁上的留言依旧清晰可见,都很冷静自然地排列在那片土地上。

李家喜的视线稍微挪了一下,发现好多人都走进了楼村,好像男女老少都有。他走下大堤,直奔村里,来到街口,见人们以家庭为单位静静站在各自老房子门前,似乎是在给即将死去的老房子行注目礼,又像是在和老房子做无声的告别。

楼村人住在破破烂烂的平房内生活了一辈子又一辈子,人们

164

是既盼拆迁,又怕拆迁,整个楼村都在矛盾着、彷徨着。

他对故土对老屋的眷恋是一种挥之不去的情怀。面临和故土告别和老房子告别谁都会百感交集,毕竟在这里生,在这里长,这里的一草一木,每一寸土地,每一条胡同,甚至连空气中弥漫的气味都与他们心灵相通。人们也不是不想改变,也不是不想发展,只是对过去的生活太过依赖,住惯了小院,听惯了鸡鸣狗叫。

过去村街是一条坑坑洼洼尘土飞扬的土路,这条路一头渴望着都市的繁华,一头牵挂着乡村的静逸;空中飘浮着现代化的尘埃与喧扰,路上沉淀着历史的厚重;曾伴随着楼村人共享欢声笑语,包容泪水辛酸;也就成了一条承载人性的路。

李家喜沿着村街缓慢地走,晨曦的曙光穿破层层暗夜的迷雾,唤醒了沉睡的恬静村庄。空气中散逸着若有若无的野花清香,院落中飘洒着星星点点纯洁的槐花花瓣。村民三三两两的聚拢谈论拆迁。拆迁的一些杂音飘荡在楼村的上空。

如今,就要离开生养他们的这片土地,虽然不是搬得很远,但还是觉得这一搬走,就和过去的楼村画上一个彻底的句号。尽管就要开始一种全新的生活,他们还是想留住那些记忆,留住那些乡愁,留住那一切就要消失的楼村。

李家喜也和于世林一样身负家族重任,他首先想到的就是李氏祠堂,他是长门,祠堂是团结宗族、维护人伦秩序的场所和载体,是一个家族血缘崇拜的圣殿。他面对李氏祠堂的大门,将那副对联一个字一个字地读了好几遍:不忘祖德为家政,水源木本承先泽。进到院里,抬头仰望那块斑驳的匾额,默念着上面那四个字:祖德流芳、祖德流芳、祖德流芳……

面对列祖列宗的牌位,李家喜心潮翻滚,自言自语地说:"列祖列宗,楼村没了,祠堂也要搬家了。"说着喉头哽咽,双腿一屈,跪下了,哭着给祖宗磕头。正在这时,身后一阵脚步声,他回头一看,见来了一群李氏家族的人,人们一进祠堂就齐刷刷跪下了,祠堂屋子小,院子里一大片。他的眼泪唰唰地落下来。

　　回到家,李家喜闷闷地在屋子里来回转,看看这里看看那里,泪水就不自觉地盈满了眼眶,老房子里每一个地方,都有他无尽的印痕,每一件家具,每个门把手,每一块地砖,每个不起眼的角落,无数个日日夜夜,不管开心还是伤心,这间房子都装满了他的回忆,他真的好舍不得,一万个不舍得,李家喜眼圈红红的。

　　人们知道李家喜心里不好受,不劝,也不说啥,就都各自闷闷地收拾东西。痛快又犯罪般地丢掉了一些旧衣服和不计其数的莫名其妙的东西,鼓鼓囊囊的编织袋和一些不规则形状的包裹。

　　儿媳妇很关心老爷子需要搬走的物件,但是,看老爷子心情不好,可又不知道他的东西哪些要带走,哪些要丢弃;哪些重要,哪些不重要,但扔掉每一件东西都必须经过老爷子同意才行。儿媳妇拿着一个旧的梳头匣子,问老爷子:"这个还要吗?"李家喜说:"要,怎么不要,别的都不要了这个也带着。"

　　儿媳妇又拿来一本前后封皮都没有了,已经发黄了的老书,问:"这本书还要吗?"

　　李家喜说:"要,怎么不要,别的都不要了这个也带着。"

　　儿媳妇又拿来前些年老爷子给人们修理自行车用的工具和零件的箱子,问:"这个还要吗?以后您也不用给人们修自行车啦。"

　　李家喜说:"要,怎么不要,别的都不要了这个也带着。"

　　依然还是那句话,儿媳妇乐了:"哪件东西都金贵啊,都舍不得,咱那新楼房可没地方放啊。"

　　他看着即将丢弃的这些东西,心里也是一阵阵的痛,从感情上觉得与这些物件也是一种离别。

一直收拾到半夜,夜深人静,外面刮起了小风,院子里的苹果树被刮得呜呜地响,他就躺着,吸着烟,开着灯,两眼看着屋顶,时不时叹气。唉,过去的都一去不复返了。

李家喜冲西屋喊道:"玉田,睡了吗,看看还有酒吗?"

其实他儿子玉田也没睡,搬家也让他有些伤感。他说:"爹,别喝了,这大半夜的,快睡觉吧。"

儿媳妇说:"这破家东西多,一天两天搬不光。"

天亮后,搬家公司的车早早就到了,随车来的小伙子们干活很麻利,不一会儿就把车装好了,司机问:"还有要搬走的东西吗?"

儿媳妇忽然想起树下那些花盆,赶紧去搬。

李家喜又问:"玉田啊,你看看,还有没有酒?"

"没了,您等等,我去小酒馆买。"

不一会儿,玉田拎着一瓶二锅头来了,把瓶盖打开,递给爹,他以为爹要喝酒,哪知道,李家喜接过去,把酒咕咚咕咚倒在院子里,然后自己也"扑通"一声跪在地上,把头磕向地面。

然后起来,吩咐玉田:"来,玉田、宝贵,磕头。"

儿子玉田和孙子宝贵也跪下磕了三个头。

人要随车走,司机几次摁喇叭,催促人们上车,可是李家喜却舍不得走出那个院子。儿媳妇忽然又想起一件事,跟司机说:"不好意思,您再等一会儿。"说着,打开手机,招呼全家人站在院子里拍张合影照,又分别把每一间屋子、每个门窗、每棵树都一一拍了下来,然后给李家喜在大门前拍照。儿媳妇发现,拍照的时候,老公公的眼里闪着晶亮亮的泪光。

最让李家喜不舍的是十字街口那棵老槐树,据说是刚来立村的时候不知是于姓还是李姓老祖宗栽下的，已经有三百多年了，也是楼村一个古老的象征。前些日子，有个木材厂老板听说楼村要拆迁，几次三番要出高价把老槐树买走，可是李家喜和于世林等老人们怎么也不愿意卖掉这棵树，说卖了这棵树，村里的孩子在夏天就少了一片玩耍的阴凉地。李家喜每天坐在大树下，便想起老祖宗。

他在大街上遇到宝明，就说："宝明，你一定要把老槐树搬到新楼区啊！"李家喜嘱咐着。

宝明点着头说："肯定，肯定，您放心，老槐树是楼村的根啊！脱离了根，还怎么生存。"

村民们就要离开楼村了，即使有再多的不舍，也努力地不去回忆在这里的点点滴滴。

搬家，人们丢掉了很多东西，丢掉了属于旧房子的回忆和气息。人们带着对新生活的向往，带着对过去的生活和曾经的自己的怀念离开。

搬家，让楼村各色人等都有了表演的机会。

楼村就像电影里两军厮杀过后的场面，一片狼藉。

尽管宝明三番五次在广播喇叭里喊，不要把要丢弃的东西乱扔，就放在各家门口，收废品的会全部拉走，可很多人不听，只要想丢掉的东西，除了堆放在门口，有的就随意扔了，整条村街就成了垃圾场，五颜六色，啥都有：旧家具、旧被子、旧衣服、旧农具、旧自行车、旧收音机等等。电视台记者扛着摄像机，这里看看，那里瞧瞧，录出来的画面都很难看，宝明也着急了，冲着正往外扔东西的三驴子厉声喝道："别往那儿扔！"

三驴子一听："啥？别人怎么扔都行，我才往外扔一点点，你就横眉怒目的。你干啥？瞅我不顺眼？找我毛病？想找碴儿？"

宝明说:"谁跟你找碴儿啊,你看看,这满大街扔的都成垃圾场了,我在广播里怎么喊的?"

三驴子说:"你管不了大家,就管我一个啊?看我老实好欺负啊?"

宝明一摆手:"好好好,我不跟你理论了,你扔吧,扔吧!"

说完,去找于万江继续探讨小二楼问题。

第三十四章　鬼心告状

为解决于万江家小二楼的问题,宝明先后召开几次专题会议研究讨论。干部们都认为于万江家的小二楼属于违章建筑,不能搞特殊,所以一直没有拿出让于万江能接受的方案。搬家已在进行中,不容再拖。

宝明见了于万江,就问:"怎么样,想好了吗?不能再拖了,村里除了三驴子、二侉子几家,其他人家都已经搬得差不多了。"

于万江说:"我这小楼建造成本高,面积大,质量好,框架结构、装修讲究,光我房前屋后三十多棵南方花树就花了五万多元,不能跟村里平房一样补偿。"

宝明说:"你看啊,原来你盖小楼时,没办建造手续,所以小楼属于违章建筑,没办法,政策是这么规定的!"

"政策、政策!马列主义都要灵活运用,你们就不能灵活运用一下政策吗?"

"哎,于万江,你在外面混了这么多年,你觉得在这方面能灵活运用政策吗?"

正在这时,于万江媳妇跑过来,狠着脸威胁说:"好好的楼房按违章建筑对待,我不服!不给按村里平房一样对待我就去村委会上吊。"说着，她还真就拿出了绳子往外跑。于万江也拿了一包鼠药跑到村委会："你们把我家小楼按违章建筑对待，我们一家都不活了，不答应，我也死给你们看！"

宝明把两口子的绳子和鼠药抢过来，扔到书橱顶上。

面对于万江极端举动的倾向，宝明一面安排人安抚于万江，一面向刘镇长汇报。

刘镇长说："我提个建议，如果全村就他一家情况特殊，鉴于他建房时投入很大，又是废弃坑塘，可以考虑将他的小楼与村里其他违章建筑区别对待，给他按平房对待。但他家的那些花树要归公，搬迁到新楼区作为绿化用。"刘镇长嘱咐宝明："你把我的建议在两委会上通报一下，看村干部们有啥意见，一定注意不要引起他人攀比，不能成为不安定因素。"

于是，宝明再次召开两委班子会议，传达刘镇长的指示和建议，最后一致同意。这样，于万江接受了这个方案，一家人的情绪马上就平定下来，他家小楼拆迁也就顺理成章了。

二侉子听说于万江小楼的问题给解决了，就急匆匆地跑到村委会，高声喊叫："李宝明你要一碗水端平，给于万江小楼解决就得给我家的狗舍解决。"

宝明跟他说："你那是违章建筑，拆迁公告里说得很清楚，这类建筑一律按违章建筑对待，不能改变。"二侉子不服，跳着脚地闹，宝明说："你再这样折腾，现在的补偿款也不给了。"

二侉子一听，就更急眼了："宝明你别仗着手中有权力就不顾老同学的情分，也不看发小的面子。你牛，你跟我讲原则，好，咱俩从今天起，掰了。"说完，怒气冲冲地走了。

晚上，二侉子家里来了一群人，大家都说宝明利用手中的权力欺负二侉子,大家表示站在二侉子一边。人们七嘴八舌,有的夸赞二侉子心灵手巧;有的说二侉子有学问,会经营,善于发现商机,是楼村难得的人才。还有人提议,推举二侉子做代表去县里告状,强烈要求给那些所谓的违章建筑合理补偿,告状费用大家平均分担,不要二侉子承担一分钱。

二侉子被人们夸得有些晕,好像他一下子变成了英雄,血气上涌,拍着胸脯说:"请大家放心,我一定拿出我的真本事,让我的三寸不烂之舌发挥好作用,给大家争取合理合法的权益。"

第二天早晨,镇上来电话说二侉子去县里告状了。

这消息让宝明大吃一惊,县长、镇长再三嘱咐,要把事情考虑周全,不能出现去县里找领导告状的情况。

宝明开车直奔县城追去,一直追到县委大楼前,二侉子正要上楼,宝明来不及关车门,厉声大喊:"二侉子!"

二侉子一看宝明来了,连理也不理地登上大楼台阶。

宝明急急地赶过去,拉住二侉子:"你跟我回去,有啥事咱在家商量解决。"

二侉子一边挣脱一边说:"不,我不回去,你们当官的一手遮天,不按政策办事,我找说理的地方来了,找大领导理论理论,为啥不让我养狗?我那叫多种经营,自主创业!我养狗犯了哪家的法?为啥逼着我卖狗?为啥拆我的狗舍按违章建筑对待?"

宝明说:"当初你也是签了字的,拆迁方案是全村人同意,县里、镇上批准的,方案里就涉及了你家的狗舍。当初你是同意的,为啥现在又翻盆呢?"

二侉子有点儿气急败坏了:"宝明你不用跟我要官腔,说黑是你,说白也是你。我是平头百姓,说啥都没理,今天就找县里要说法。"

宝明说："你看啊,你的狗舍是全村一百三十多处违章建筑之一,也不是单独对你一个人。以前,你们建违章设施时已经影响了其他村民的生产生活,如果给你补偿,那些大多数遵章守制没有弄违章建筑的人怎么办?我觉得你应该通情达理,不至于连这个道理都不懂吧?还有,我听说你纠结了一群违章建筑户,在你家聚集,商量对策,想推翻拆迁方案,我告诉你,不可能!你是聪明人,受那些人怂恿,被他们当枪使,这就是你的聪明吗?你想过没有,闹来闹去,最终带头闹事的就是你一个人,你是不是糊涂傻蛋!"

二侉子咧着嘴说:"我不管别人,我就要我的狗舍补偿。"

宝明心说,我刚才这番话已经说透彻了,这小子应该明白了,不能跟他纠缠,越跟他说多了他越黏糊,就说:"你别嘴硬,该说的话已经跟你说了,回不回你自己看着,我回楼村了。"说完,宝明钻进汽车,走了。

二侉子自觉找县里领导告状理亏,本来自己不想来的,那些违章建筑的户主到我家不是我喊的啊,都是自己去的,他们撺掇我来的,说我能说会道,不怯阵,敢说话,推举我当代表来找领导,费用大家分担。想想宝明的话也是在理儿,我是被他们利用了,我真是傻蛋啊,我是说了伤害宝明的话,但内心里并不想因为这件事得罪宝明,毕竟从小一起长大,宝明一直对自己也不错,我为啥要犯傻,被人当枪使呢。于是,他望着宝明远去的汽车,说了句:"我告啥状啊,不告了,我也回楼村。"

第三十五章　蛊惑人心

宝明回到村委会,见村委会门前一片嘈杂,就走过去对人们

172

说:"大家别着急,事情一定会圆满解决。"这时,手机响了,他急忙接电话,门外又传来一阵吵闹声,刚刚赶回来的二侉子和三驴子等几个村民来了。二侉子说:"哎,宝明书记,我跟你说,我这个问题不解决的话,你说啥我都不会搬家!"

三驴子跟着说:"就是啊,你们说让搬就搬啊,我家的具体困难没解决,怎么会搬家?"另一个村民也说:"今天不给个明确的说法,我也是不搬的。"

宝明双手做着向下压的手势:"大家不要吵吵好不好?有啥问题,坐下来慢慢商量,没有解决不了的问题。再说,你们提出的困难和要求,支部和村委会都已经做了充分的调查和研究,并且正在积极想办法解决。"

二侉子说:"不拿出明确说法,就别逼我们搬家。你们赔偿的那个价格太低,我那个狗舍要是照你们那个价格赔的话,还不够我投资的本钱,我强烈要求再增加。"

宝明扭脸朝其他人问:"你们的想法呢?"

三驴子迫不及待地说:"没别的,每平方米增加五百元,我立马搬家。"

二侉子一撇嘴:"瞧你那点儿出息,五百元就满意啦?我不管别人,我那狗舍起码得增加一千元。"

宝明微微一笑:"该补偿多少,都有文件规定,不是你我说了算,更不能随意改变。"

二侉子说:"哪个文件不都是人制定的,我家狗舍是特殊情况,不在文件规定之内,应该特殊处理。"

宝明把有关搬迁赔偿的文件找出来:"来,你们自己看,农村房屋搬迁赔偿,国家和县里都有具体文件规定,不是随便哪个人想要多少就给多少的。"说着,宝明把文件递给二侉子:"你看看,我们哪一条不是严格按文件规定执行的。"

二侉子摆着手说:"我不看啥文件,反正不答应我的要求,我就不搬家。"

宝明说:"二侉子,做人做事都要讲道理。"

二侉子耷拉着脸:"跟谁讲道理? 你不要拿文件来压我,这些东西我见得多了,文件算啥,不就是一张纸吗? 我没文化,文件写的啥,我看不懂。"

宝明嘿嘿一笑说:"咱俩同班同学十多年,你说你没文化? 不认字? 好,我念给你听。"二侉子眯起眼:"我智商不高,听不懂。"

宝明严肃起来:"二侉子,你这样可就是胡搅蛮缠了,咱们之间就不好沟通了。"

二侉子说:"如果你答应给我家狗舍增加补偿,那就好沟通了。"

宝明说:"对不起,二侉子,你的要求政策不允许,我不能答应你,请你理解。"

二侉子急眼了,嚷道:"宝明,你也太不够意思啦? 当个官就撅尾巴上天啊,哥们儿感情就一点儿也不讲啦?"

宝明说:"这不是讲哥们儿感情的事,你明天需要我帮你做啥,那是咱们之间的哥们儿感情。这是讲原则的大事,公事必须公办!"

二侉子说:"原则也是可以灵活的啊。"

宝明说:"你的想法总是从自己出发,咱们没办法沟通,你今天情绪不太好,改天再说吧。"

二侉子说:"我天天情绪都这样,你今天不解决问题,怎么说都不行!"说完把桌子上的文件抓起来扔到地上。

宝明站起来,厉声问:"二侉子,你想干啥? 太过分啦!"

这时，二侉子媳妇来了："二侉子，你干啥？我看你是鬼迷心窍，要疯啊？你一天到晚不回家，也不知跟谁混在一起，你知道不知道，昨天晚上电闪雷鸣，咱家房上的油毡被风刮起来，我自己拿着砖瓦上房去压油毡，脚下太滑，我身子都要掉下去了，亏得宝明赶到，上了梯子把我抓住，我才没掉下去，没有宝明，我掉下去，命就完啦！"

二侉子一愣："你说咱家房上油毡被风刮起来啦？嗨，我昨天跟哥们儿喝酒，完事打麻将去了。"

宝明对二侉子媳妇说："那不算啥，只要不出事，安全就好。"

二侉子不好意思地说："其实，其实今天来找你闹事，不是我的主意，是三驴子他们撺掇我来的，说是不闹白不闹，多给一分钱也是钱。"

宝明说："不符合政策，闹也白闹。"

正闹着，徐三姑也来了，她家也有三间违章建筑，她提出的条件是，三间违章建筑必须按正常住宅对待，不然的话就不搬家。

宝明说："当初公告和拆迁方案是全体村民同意的，所有违章建筑的补偿办法都一样对待，你不要跟着再起哄。"

徐三姑气愤地说："你这是利用职权欺负我家是独门小姓，外来户！你信不信，我回家看看香把各路神仙都拘来，让你平地摔跟头，吃啥吐啥，半夜做噩梦，让你看看我的厉害，知道跟我作对的下场。不服我就先派两只刺猬两条蛇缠死你，派两只黄鼠狼让你全家不得安生。"宝明说："你真能行？"

徐三姑说："不信你试试，一会儿就让你头疼得打滚。"

宝明把眼眉一撩："哦，那么神吗？好。"说着，坐下了，"我就在你眼前，你施法术吧，让我脑袋疼，我等着呢，疼吧。"

徐三姑煞有介事地说："好，你等着。"说完，出去了。

宝明越等越不来,起身要走。徐三姑回来了:"宝明书记啊,你看你是共产党员,这些刺猬、黄鼠狼、蛇、狐狸都怕你呢。我拘不来它们,我也不好意思调动别的仙家在你身上用邪招儿啊,你就别跟我斗了,我小门小户的,价抬抬手,我那就是违章建筑,也投了不少钱,花了我好多积蓄,不给增加补偿,实在心疼。"

宝明呵呵一笑:"你不是有本事吗,调吧,我看看你能调动哪路神仙?你糊弄小孩子,糊弄那些脑子进水的人行,糊弄我,暂时还不行。"

宝明又是嘿嘿一笑:"以后住楼房了,你不能再搞这些玩意儿,再搞,派出所就把你抓走。"

徐三姑说:"你说啥?玩意儿?你,你,你赶紧走,得罪了神仙,以后我给人看病就不灵了。"

第三十六章　被人诬告

二侉子的要求再一次被驳回,他很郁闷。回到家,躺在床上,心里琢磨,我那狗一年总能赚十万八万的,还有那狗舍,如果给我每平米增加五百元,那是三百多平方米啊,就是十五万元,就这么拆了,我真是太亏了。宝明这小子只顾他自己风光,要我替他做牺牲,他逼着我卖狗,让我带头拆狗舍,我的损失他还不给补偿。不行,我得给他添点儿腌臜,不能让他这么顺当,我写封匿名信,给他列一些罪状,让县纪检委查查他,即便查不出问题,也让这小子别扭一阵子,反正宝明也不会知道是谁写的。万一这封信告成了,纪检委真查出点事儿,那宝明这书记就干不成了,老于家或许就有机会了,弄不好我二侉子还能露把脸。万一上级根据匿名信要求修改分房政策呢,或许就能多弄他十万八万的。嗯,这封信必须写,还不能让别人参与,万一透露出去,宝明还不把我整死。刚要将信装进信封,他突然想到这笔体会不会把自己暴露了呢？不行不行,打印。对,打印,他半夜起来,打开电脑,摸摸索索地把那封信的内容打成文档。

第二天,他来到县城,在一家复印部把文档打印出来,买了一个信封,刚要写,又停住了,他眨眨眼,不能用自己平时写字的字体模样,那也会暴露的。他用手托着下巴沉思了一会儿,一笔一画地故意把收信单位和地址写得歪歪斜斜,好像小学生的字,写完,又端详了一下,得意地笑了。他把信投进邮局信箱,就像完成了一项天大的事情,浑身轻松,到一家小酒馆喝了两瓶啤酒,返回楼村。

回到家,他得意洋洋地在大街上走了一遭,见谁都点头,还保持着笑脸。

过了两天,村里没啥动静,他心里虚得慌,就想直接从宝明嘴里探点儿口风。他找到宝明,笑眯眯地说:"宝明啊,好长时间没往一块儿坐了,心里空落落的,今儿中午给我个面子,我请你喝一顿。"

宝明说:"是真想跟我喝酒还是想利用我？"

二侉子嘻嘻地笑着:"你这人怎么老是对我有成见呢？"

"不是对你有成见,是你这个人本身就不怎么样。"

二侉子把眼挤成一条缝儿:"那都是小时候的事,你说我长大后干过缺德事吗？一件都没有吧？"

宝明也呵呵一笑:"你没干什么大的缺德事,但小的缺德事可没少干。"

二侉子咧着嘴笑着说:"快拉倒吧,缺德事还有大有小啊？走,到吃饭的点儿了,咱俩一瓶酒,还按老规矩,平分。"

宝明说："不行，我中午不能喝酒，下午还有好多事要办，改日吧，改日我请你。"

二侉子又咧咧嘴："真不给面子啊？是不是心里不清净，有啥腌臜事，跟兄弟我说，我绝对是你的左膀右臂，绝对为你冲锋陷阵，绝对为你两肋插刀。"

宝明说："行啦行啦，你不捣乱，不给我出难题就不错了，你出的难题还少吗？"

二侉子心里一惊，暗想，是不是他发觉我写匿名信的事了，是不是这官场官官相护，把我那封信转到宝明手里了？他又一想，不对啊，那封信上既没有我的名字又没有我的笔迹，但不管怎样，宝明的话让他的神色起了变化。

过了几天，刘镇长一个电话把宝明喊到镇上，劈头就是怒喝："李宝明，你是党员、支部书记、村主任，你几次三番表态在拆迁过程中坚持原则，保证楼村风清气顺，你是怎么干的？你说！你利用职权搞宗族派性，跟一些人吃吃喝喝，吃请受贿，给少数人谋利益，还要搞啥拜盟兄弟？你心思都用哪儿去了？拆迁这事儿多大啊，你不加小心，等着吧，县纪检委会找你的。"

宝明惊愕地瞪大了双眼："刘镇长，您刚才这话我听着不明白，我怎么啦？我和谁拜盟兄弟了？我给谁谋利益啦？这都哪儿来的呀？"

刘镇长沉默了一会儿说："刚才我冲动了，当干部肯定要得罪人，拆迁也肯定会伤害一些人的利益，有人不满也很正常，再加上楼村本身就有宗族问题，你的工作镇上也清楚，起码我很了解。你放心，只要你干干净净，我们镇领导也会表明态度。你自己也要端正态度，认真对待，积极配合，有就是有，没有就是没有，实事求是,最关键是不要影响工作。"

宝明离开镇政府,心情非常沉闷,甚至是愤懑,他扪心自问,我李宝明上对得起天,下对得起地,中间对得起自己的良心,更对得起楼村所有百姓,可是为啥还有人写匿名信告状呢?他心情很乱,就把车开到一个僻静地方,下车后蹲在水沟边沉思起来。他反思着问自己:在哪方面给人留下了话柄呢?在哪方面没做好,有失误?得罪谁了呢?我怎么利用职权搞宗族派性啦?我跟谁吃吃喝喝啦?吃了谁的请受了谁的贿啦?给谁谋利益啦?跟谁拜盟兄弟啦?都没有,可为啥还有人写匿名信呢?真是百思不得其解。难道村干部中有人对我有成见?还是有人想制造机会搞垮我?他一个个地剖析,一个个地否定。村干部中肯定没有人会干这事儿。村民呢,他先从老于家一个个地开始分析,于世林不会,于万江不会,于万海不会,于世龙不会,于世新不会,于万河也不会,再有就是二侉子和三驴子,这两个小子极有可能。三驴子只是爱耍横,过去别人当村干部的时候他曾经成心出难题,找碴儿打架。自从他当村支部书记后,三驴子一直跟自己很好,没出过一次大问题。从多年交往看,三驴子也没啥城府,心里怎样想嘴上就怎样说,没有弯弯肠子,估计不是三驴子。那就是二侉子。二侉子一向嘴上一套心里一套,明着一套背后一套,打小没干多少让人赞成的事。这些年,自己跟二侉子是表面上你好我好,自从他当村支部书记以后,二侉子也没少跟自己套近乎,时不时就凑个小酒局。二侉子知道宝明看不起他,也腻烦他,二侉子也知道他俩不是一路人,两人之间只不过是面子关系,二侉子心里明白,宝明心里更明白。宝明觉得二侉子写匿名信的可能性最大。

那么老李家呢,也不排除本家有对立面啊,他也一个个地过滤:李家喜是他二爷,不会;李家才是他叔伯三爷,也不会;李家兴是他远门老九爷,也不会;李宝贵和李宝山是自己的叔伯兄弟,不会;李玉田和李玉金是长辈,不会……不会……算来算去,经过一一排除,李家没有可以怀疑的人。

他把写匿名信的人锁定在二侉子身上,他就开始回想自己在哪方面能让二侉子抓住把柄,究竟是二侉子捕风捉影还是自己确实有失误呢? 他反复思考,反复回想,反复检查,没有啊。可是,没有任何把柄,二侉子为何还要写匿名信呢?

就在宝明百思不得其解的时候,已经几天过去了,他也观察过二侉子,他想从二侉子的言行中发现一些蛛丝马迹,也希望不是二侉子,因为,假如真是二侉子,这次他要跟他翻脸,必须翻脸,这小子肚子里坏水太多,不跟他动真格的,他会得寸进尺。

这天早晨,他刚到村委会,刘镇长打来电话:"估计你这几天不好过,肯定想了很多,也肯定怀疑这个怀疑那个,但我跟你说,遇到问题,一定要稳重,心里要装得下事儿,不能见草动就怀疑是蛇了。你自己是啥样儿自己最清楚,如果真有啥事,你躲也躲不过;如果真是啥事没有,你就坦然敞亮地该干啥就干啥,胸怀宽大一些。县纪检委去调查,你一定要积极配合,尽快澄清事实,搬迁工作不能耽误。"

听了刘镇长的话,宝明心里确实敞亮了许多。

第三十七章　浪波如涛

谁也想不到,这封匿名信如石子投湖,在楼村掀起很大波澜。刘镇长嘱咐不能耽误搬迁,但事实却直接影响了搬迁。

第二天,村里来了几个陌生人,也没去村委会,直接到村民家中走访,有时就在大街上找村民聊一聊。县纪检委来楼村调查宝明的消息如一阵旋风,迅速传遍了整个楼村。一时,关于宝明在拆迁工作中犯了错误的种种猜测纷纷出炉,各种版本的说法在人们交头接耳中悄悄流传,后来变成了人们见面的第一话题。整个楼村沸沸扬扬,阴云密布,谣言四起,搬迁工作只能暂停。

人们看见宝明有意无意地躲着人走,连老李家人都刻意回避,宝明自己也在纠结郁闷中,见人就低头错过,不和任何人交流。李家喜遇上宝明拉住他,低声问:"真有事?"

宝明说:"不知道啊。"

"不知道?你自己干了没干不知道啊?"

"真不知道,我也很纳闷。"

李家喜点点头:"嗯,那就好,那就抬起头走路。"

宝明心说,对呀,我为何要低头走路,我心地坦然,我怕啥?我李宝明到底是人还是鬼,相信纪检委会查个水落石出。

搬家实质上处于停滞状态。

这天下午,纪检委的人找到二侉子,让他谈谈对村支书李宝明的印象和评价。二侉子抓抓脑袋说:"李宝明很好啊,做事认真,办事公道,不吃私,不贪污,对村里老百姓一碗水端平,不错不错,是个好书记、好村主任。"

纪检委的人问:"那他在楼村拆迁过程中是不是有利用职权假公济私,搞宗族派性,欺负这个保护那个,跟一些人吃吃喝喝的事?"

"嗯,这个,没听说过。"

"李宝明跟你关系怎么样?"

"跟我好啊,我们俩打小一起长大,我们过去老在一起吃饭喝酒。近几年不行了,他当官了,人家宝明当过兵,是党员、干部。我差远啦,没混出啥来,就是养家过日子而已。"

回答完纪检委的问话,二侉子心里毛毛的,路上遇到三驴子,他就故意问:"你相信宝明有罪过吗?"

三驴子歪歪脑袋:"宝明有没有罪跟我有屁事,我才不关心呢。"

二侉子拉他一把:"哎,你这人,咱们都是好哥们儿,不关心不对,你说宝明的事是真的吗?"

三驴子说:"也不知是哪个王八蛋,闲着没事吃饱了撑的,给县纪检委写啥匿名信啊,我觉得宝明够廉洁啊,不会有那么多问题。我不信。"

二侉子心里像被针刺了一样,但还不能表露出来,就眨眨眼,附和着说:"是,这个写匿名信的人真不是东西,我也不信。"

其实这是二侉子做贼心虚的表现,他也有自己的担心,纪检委万一查不出证据,他写匿名信的事迟早会暴露,那可就和宝明结仇了。另外,查不出真凭实据,纪检委会不会调查写匿名信的人?万一查出来,那可就糟透了,到时自己里外不是人,在楼村就彻底臭了,会不会被弄个诬告罪啊。他为了压住或者掩盖内心的恐慌,告别三驴子,就有气无力地哼唱起流行歌曲来,不知不觉就来到小酒馆,看看天色已晚他就坐下了,让陈晓敏给弄两个小菜,要了半斤白酒,滋溜滋溜地喝着。心里在盘算下一步怎么办。

第三十八章　做贼心虚

半斤酒下肚后,二侉子就有些晕乎乎的了。

他掏出手机,给宝明打电话:"宝明啊,我想你啦。我在小酒馆,你过来咱哥俩喝几杯。"

宝明接了二侉子电话,有些迟疑,本来就被诬告跟人吃吃喝喝,况且还是二伢子喊他喝酒。他跟自己说:小心二伢子给我挖坑,不能去,在这纪检委调查、人们议论纷纷的热火头儿上,我不能跟二伢子有任何交流,万一哪句话让这小子抓住,说不定就是一个罪状啊。再说了,自己反复排查,最大的怀疑人就是二伢子,他说不定又打我啥主意呢,坚决不去。打定主意,他说:"我嗓子疼不能喝酒。"走了几步,又一想,或许能在跟二伢子喝酒的过程中摸摸二伢子的心理状况呢,何不利用喝酒的机会让二伢子说出真心话来呢。于是,又拨通了二伢子的电话:"你想跟我喝酒行,但必须由我请客,如果你同意我马上就过去;如果你不同意,我就不去了。"

二伢子很兴奋地说:"行啊,你是书记,请我喝酒,我就幸福一回。"

"那好,你别动,我一会儿就到。"

来到小酒馆,双庆拿着一瓶酒就迎了过来:"来,我跟你俩掺和掺和。"

陈晓敏又给他们炒了两个热菜。

二伢子笑了笑,说:"双庆啊,你去看看天,到底有多高。"

双庆说:"不用看,天很高,起码比你高。"

二伢子大笑:"天空不高,就是天上的事很迷人。"

陈晓敏端着一壶茶过来,给每人倒一杯:"都别喝了,喝茶吧,这是西湖龙井。"

宝明说:"对,酒不喝了,喝茶。"

二伢子瞪大双眼:"宝明,你刚来,酒还没喝一口就不喝啦?你当书记管酒桌以外的事,酒桌上的事也拍板吗?"

宝明说:"二伢子你误会了,我的意思是都少喝点儿酒,省得回家媳妇不让上炕。"

二侉子嘿嘿一笑："宝明啊,你别老揭我的短儿好不好,我就被媳妇关门外待过一夜,那都是过去的事了。现在我媳妇可疼我了,每次我喝酒回家都给我沏茶,端洗脚水……"

二侉子的话没说完,宝明和双庆、陈晓敏都大笑起来。

双庆说："我可听说好多回了,你就承认一回啊,半个月前,你跟三驴子喝酒玩钱,后半夜回家,不是敲了一个小时,把邻居们都敲出来了,门也没开啊。"

二侉子说："行啦,行啦,别扯远了,喝酒。"

宝明心说,本以为可以套二侉子几句话的,看来不行了,就起身说："我困了,你俩接着喝,我把账结了,先回家睡觉去。"

二侉子已经喝醉了,拦住宝明："不行,你不许走。"

宝明说："我真困了,明天还要上班。"

二侉子一边往椅子上摁宝明一边说："这几天,纪检委来调查你,你是不是害怕啦?"

宝明说："我怕啥啊,我没做亏心事,怎么会怕鬼叫门呢?"

双庆说："也不知是那个混蛋王八蛋,闲着没事干,写哪门子匿名信啊,弄得人心惶惶的,等县纪检委查不出什么,找出那个写匿名信的人,人们还不把这小子给撕碎了啊。"

二侉子说："就是啊,这个人太不是东西了,我兄弟宝明多好的人啊。"

宝明说："就怕是嘴上抹蜜,心里藏刀的人,做这下作事。"

二侉子听着他们的话,心里那个滋味可真难受,就说："宝明啊,咱俩可是最贴心的好弟兄,那匿名信绝对不是我写的,跟我没一毛钱的关系,没我的事啊,你可别怀疑我。咱俩是从小一块儿撒尿,一块儿玩泥的发小,你当书记,我维护你还来不及呢,我绝对不会写诬告信啊。来来来,咱哥仨干了这一杯,误会就消除啦,对吗,宝明?"

宝明瞅着他:"二侉子,你这是越抹越黑啊,我说是你写诬告信了吗?我从来不认为是你写的,从来没怀疑你,就是全村人都写,你也不会写,对不对?"

"对呀,咱俩的感情,你要是女的,我肯定娶你做媳妇,全村人谁不知道。"

"好啦,谁写的也无关紧要啦,县纪检委有了结论,我也不会追究,但通过这个事,让我看清了某人的真实嘴脸。别看天天好哥们儿好弟兄地挂在嘴上,脚底下使绊子狠着呢。"

"你知道是谁啦?是谁?你告诉我,我找他去,关键时刻我得替你两肋插刀!"

宝明用手把他摁住:"算啦,日后再说吧,做坏事跟做好事不一样,做了坏事的人就像做贼一样,心虚。做了亏心事的人,夜里睡不好觉,会做噩梦,哈哈哈……"

第三十九章　终归清白

人们依然对宝明持怀疑态度,因为人们不知道纪检委调查的结果,好像宝明身上有了传染病,人们怕和他说话被怀疑有啥瓜葛而招来不测,见了都躲避。宝明很苦恼,心说我是瘟疫啊,你们都躲我。

连续好几天,县纪检委没来人了,人们怀着复杂的心情,等着结果。

宝明心里也很不安,他在刘镇长面前很委屈地说:"我是一张白纸一样啊,没想到,还是有人去告状,我真的很委屈,人心难测,自己一心一意为楼村百姓服务,一封匿名信就把自己扔到狗屎堆

185

了,好像臭不可闻了。"他跟刘镇长说:"不行换人吧。"

刘镇长白了他一眼,问:"那县纪检委如果查出来是谁写的匿名信,你说怎么办?"

宝明沉思一会儿,说:"写匿名信实在是可恨,我恨不得用牙把他嚼碎了。但我仔细想过,即使查出来,我也要向县纪检委求情,不能抓,可以处理,一个老百姓,估计也不会处理多严重。可如果抓了,甚至定个啥罪名,那可就不是好事了。虽然让大家解了恨,但后面好多事就不好办,我估计就是二傻子,一是他姓于,处理他就会加剧于、李两姓之间的矛盾,二是我和他是发小,我得容他,以后他会觉得欠我的。我放过他,他以后会收敛,会改变,也就在全村人面前展示了我的胸怀,对以后开展工作有好处。"

刘镇长点点头:"嗯,说得有些道理,但有时候不能以个人情感来处理事情。到时候看情况吧,如果造成重大损失,那写匿名信的人肯定要重罚处理。"

几天后,县纪检委来人了,镇领导也来了,马上召开村民大会。村民们三三两两地来了,村委会的院子里挤满了人。

刘镇长主持会议:"今天,把大家召集到一起,通报一下关于楼村党支部书记兼村委会主任李宝明被村民写的匿名信检举他在拆迁过程中利用职权收受贿赂、假公济私、给他人谋取好处等问题的事情真相以及经纪检监察机关核查的情况。下面请县纪检委赵主任宣读通报。"

年轻的赵主任声音很洪亮:"县纪检委收到匿名信,说楼村党支部书记兼村主任李宝明在拆迁过程中利用职权收受贿赂、欺上瞒下、假公济私、给他人谋取好处。对此,县纪检委高度重视,快速介入,突击审理。组成专门人员深入调查,走访村民一百多人,又对匿名信中涉及的村民进行个别谈话核实,发现信中内容与事实出入很大,有的情况与事实根本不符,甚至是无中生有。鉴于此,县纪检委决定在楼村召开关于该匿名信的核查结果及澄清说明情况通报会。经调查,了解到,李宝明同志在楼村拆迁过程中秉公办事、大公无私、不计名利、加班加点、一心一意为楼村百姓谋利益,根本不存信中所反映的利用职权收受贿赂、假公济私、给他人谋取好处等问题。据了解,李宝明同志作为村党支部书记、村主任,以身作则,不怕困难,不怕得罪人,一丝不苟地坚持按政策规定办事,在与部分村民因涉及个人利益发生情感冲突,遭到恶意诬陷,给李宝明的精神造成压力和影响,现予以澄清。另外,写这封匿名信的村民也要以此为教训,向上级机关反映情况本身没有问题,但必须实事求是,必须有理有据,不能捕风捉影,无中生有。还有,虽然宝明本人胸怀宽大,表明态度,一再要求县纪检委不追究写匿名信的人的任何责任,他考虑到都是乡里乡亲,自己工作上难免有失误或者不平衡,人们对他有意见,他表示很理解,也表示要以此为教训,以此为镜子,时刻对照检查自己的工作,坚持有则改之无则加勉,这是宝明同志的胸怀。鉴于这次诬告信事件没有给楼村带来太大的损失和影响,暂不追究写诬告信的人的责任,但是这次不处理,不等于以后也不处理,一旦发现写诬告信的人还有其他捏造事实、诽谤他人,影响楼村工作、影响稳定,甚至造成他人精神伤害,或者使经济建设遭受损失的行为,将由司法机关一并追究其法律责任。我们历来坚持旗帜鲜明、依纪依规对党员和公职人员侮辱、诽谤、诬陷他人行为进行严肃查处,让侮辱、诽谤、诬陷他人的行为没有市场。对受到侮辱、诽谤、诬陷的党员干部,及时予以澄清和正名,还以其清白,为担当者担当,为负责者负责,保护广大党员干部干事创业的积极性,进一步弘扬正气、激浊扬清,营造风清气正的政治生态和干事创业的发展环境。"

现场响起雷鸣般的掌声,宝明的眼睛湿润了。

李广清说:"真没想到,县纪检委除了查案子处分人,还为蒙冤受委屈的村干部正名,今天这个会议太好了!今天这会上说的事,必须得给大家伙儿念叨念叨,让大家知道宝明是清白的!人间正道是沧桑,歪着嘴说歪话的人永远没有路可走,诬告别人自己必将受到惩戒!"

宝明说:"这么多年,我一直叮嘱自己,对全村百姓,不论姓李还是姓于,还是其他小门小户,保证一碗水端平,绝对没有宗族概念。做到一分不义财钱不贪,一件缺德事不做,但工作中难免还会出现失误,甚至错误,虽然说没做亏心事,不怕鬼敲门,但是我承受的压力实在是太大了。感谢组织的信任,给我正名,还我清白,我心里敞亮多了,对工作又信心满满了。今后我一定更加努力工作,正确面对群众监督,接受组织的检验,回报组织的关心、关爱。这次会议的召开,也给了我思想动力,我放弃了辞职不干的想法,今后一定继续尽心尽力为楼村群众多做好事,多干实事。同时,我也会更严格要求自己,遵规守纪,警钟长鸣,绝不辜负组织的信任和群众的支持!"

刘镇长说:"今后镇党委镇政府要吸取这个教训,引以为戒,对于好干部一定要敢于'护犊子',更要敢于支持基层干部敢作敢为,为担当者担当,为干事者撑腰,为全镇和谐发展做贡献。"

由于诬告信的事,耽误了搬迁进度,刘镇长急了,直接来楼村现场开会。

刘镇长仔细询问了搬迁情况后,表情非常严肃,他不说话,别人谁也不敢吱声。

会议室里几个人抽烟,弄得屋子里烟雾缭绕,烟雾中笼罩着一张张凝重的脸。室内死一样的静寂,空气好像被冰冻了一样。李会计偷偷地看了一眼刘镇长那张沉得几乎掉下水来的脸。

就听刘镇长非常严肃地说:"楼村的拆迁,被列为县里的重点工程,利在当代,功在千秋。我问你,宝明书记,我知道匿名信影响了你的情绪,但我一再强调,不能耽误工作,你看看距离国庆节还有几天啊,你有没有压力?"

接着,刘镇长用冷峻的目光扫了大家一眼:"我们常说,办法总比困难多。长个脑子干啥用?眼前的情况就是困难时期,但越是困难我们越要看到光明。李宝明同志,镇党委政府提出要求,限楼村月底必须完成搬迁任务,否则,你这支书记村主任就别干了。"前句话说得是一字一顿,后句话说得是斩钉截铁。宝明脸色苍白,一边点头心里一边翻腾。

散会后,刘镇长依旧阴沉着脸,转过身缓慢地走了出去。

这些日子,宝明一天到晚在楼村转悠,鞋都磨破了两双,楼村的一草一木、一砖一瓦,村里的男女老幼,每个人的脾性他都了如指掌,谁家有啥困难,谁是刁钻鬼他都知道,主要是除了李家就是于家,藤缠树、树缠藤,论起来都是亲戚,尽管两大姓历来不睦,亲戚关系在那儿摆着,婚丧嫁娶的礼数还是来往不断。对谁都狠不下心来,对谁都得有看处,自己是本村人,今年是支书村主任,下一届选不上,就是别人的了,不像政府机关的人,拿着工资,实在不行可以调到别出去,还是干部。本村的人行吗,不当村干部了还得在村里生存啊,况且因为公事已经得罪了不少人,他觉得自己一肚子的苦水无处倾吐,但转念一想,不对呀,当初上任时自己曾信誓旦旦地要如何贯彻党的方针政策,如何为楼村人搞好服务,不能食言啊,刚才的想法太狭隘了。于是,他站起来说:"请刘镇长放心,我们一定要克服一切困难,保证按时完成搬迁任务。"

刘镇长走后,他脑袋有些晕乎乎的,回到自己的办公室,拿出烟,一根接一根地抽着。他不知道好办法在哪里,只能用猛抽烟的办法来为自己减压。心里暗暗说:搬家继续进行。

第四十章　悲喜乔迁

这天,晨曦微露,宝明早早就在广播喇叭里不厌其烦地广播:"各家各户注意啊,这几天因为匿名信耽误了搬家进度,请大家务必抓紧,把耽误的时间和进度补回来。准备带走的东西,都打好包,放到各个胡同口,不带走的物件不要乱扔,放在自家门口回头统一由收废品的收走……"

拆迁就像在小河扔了一块石头,打破了楼村人静如止水的生活。

磨损得仅剩砖瓦残块的街道上零零散散的古旧家具演绎着拆迁的狼狈。

于世林家的小白狗成了惊弓之鸟,一改原本的乖巧,显露出凶残和暴虐狂吠不止。四处散落的砖块已然掩盖不了墙面上大大的"拆"字。心神不定的人们不停地讨论着,搬家如一阵飓风席卷了整个楼村。

对于楼村的年轻人来说,等待动迁的日子,是焦灼和难熬的期盼。对于老人们来讲,他们希望搬家的时刻越晚到来越好,他们不想早早地跟楼村告别。年轻人嘻嘻地笑着,老人们却怎么也笑不起来,老人和老人见面彼此心照不宣,一种淡淡的忧伤,弥漫在一声声叹息之中。

十几辆橘黄色的搬家车,缓缓开进了楼村。听见汽车喇叭响,于世林来到门外,他感觉今天的天特别的亮,抬头看看,天空蓝得那么澄澈,几朵白云如碧海中的孤帆在晴空里飘游,此刻,他的心情也如这里的天空一样干净透明,虽然不算富有,但每天的一分耕耘一分收获的日子也让旁人羡慕不已,邻里之间的友好和睦的氛围,构成了这里最美好的画面。

于世林老爷子头顶上的头发几乎掉光了,仅剩的几绺灰白的头发稀疏地散披在头上。其实他这座房子不大,也很简单,院子很传统,一棵枣树,一棵柿子树,树下有一些花盆。但他这房子所处的位置却很特殊,无论从哪个方向看都是楼村的中央,因此这里就有了楼村唯一的十字街口。

他对老宅子的感情真的很深,最初居住在这里的岁月很艰苦,尽管身世朴素,他很钟情于他在这个院子长大的快乐记忆。过去,他和哥哥弟弟们在院子里互相追逐、爬树、上房摘枣,院子里总是洋溢着欢快的笑声。据他父亲讲,当年于将军也曾在这个院子里玩耍过。逢年过节时母亲为他们做喷香的饭菜,他的哥哥于世江和他都是在这座房子里结婚,然后才搬到院子里的不同房间各自抚养自己的孩子,哥哥的孩子中最大的比他也小不了几岁。

这些天,他一直就很担忧很纠结,时常站在院子里出神。他的这些担忧昨天就更进一步加剧了,因为搬迁已迫在眉睫了。

要搬迁了,住了一辈子老宅的于世林,在八十多岁的高龄面临第一次搬家,可以说是在留恋不舍中矛盾着、纠结着,情绪时高时低。老宅子即将不复存在,当年在老宅子里过着很艰苦、很煎熬的日子,现在想起却觉得特别珍贵,仿若就在眼前。在老宅的最后一晚,老爷子睡得很不安稳。

半个多世纪的日积月累,于世林看着很多堆在家中经年不用的老物件,记忆就这样一点儿一点儿被唤醒。他看看这个,看看那个,反复掂量着那些放了多年不用丢了却很可惜的东西,他在纠结要不要保留。心急如焚的于世林有些不知所措。他很痛心这样的一个村庄,这样一个布满幸福痕迹的小家,就这样即将消失。

于世林站在远处,细细地注目着自己的老宅。这座房子的地基是他父亲用两亩地换来的,也是他和父亲一起亲手建起来的房子。他知道这座房子一会儿就将不复存在。

准备带走的东西,都开始打包。

于世林一遍一遍地翻看、检查,生怕漏了啥东西,把各类物件,分门别类地放进各种规格的箱子里。

双庆说已经把被褥打包,最后的生活用品也已经收拾妥当。他对父亲说:"以后住楼房了,您这些破旧的东西不能要了,要了也没处放,总不能让咱家楼房还照样是垃圾屋吧?"

于世林撅撅胡子,说:"看看这老盐坛子、醋罐子,都是你爷爷留下来的;老梳头匣子是你娘嫁给我时的陪嫁;老木锯、老刨子,那是我年轻时干木匠的用具;锄头、铁锹、洋镐,都是我年轻出河工时的用具,跟了我多少年啊;还有那一对儿老箱子,那个老槐木板凳,都是我爹娘留给我的,为啥要扔?"

双庆说:"住新房了,我买了一色的新家具,这些物件摆在一起太难看。"

于世林:"我自己爱看就行!"

父子俩争执不下,于世林不言语了,把他喜欢的老物件一件一件地往外搬,放在需要搬走的这一堆东西里。双庆趁老爷子进屋拿别的东西,就把老物件扔到确定要丢弃的那一堆。

于世林搬着一个三条腿的凳子出来了,一看那些物件被双庆挪了地方,气冲脑门子了,跟双庆发火:"你混蛋,我的东西我舍不得扔,你要扔也得等我死了再扔!"

这时,宝明来了,见父子俩为丢弃老物件而争得面红耳赤,就掺和进来说:"双庆啊,四爷喜欢的,舍不得扔掉的东西,你就都弄到楼上去,有的可以放到阳台上。你们忙,我到处转转。"

没办法,双庆只能依着老爷子,皱着眉头帮着把那些陈年老货搬出来。

报社记者和电视台的摄像机在村里来回穿行,不断地捕捉着一个个楼村搬迁过程中的瞬间。或许这一个个珍贵的瞬间,就会成为楼村人永远的纪念。

报社记者见于世林老爷子脸色非常难看,就凑过去说:"您好,要住楼房了应该高兴才是,来来来,您把身上的灰土掸干净,站在门口这儿,我给您照个相,留个念想。"

于是,于世林老人绷着脸,噘着嘴,拧着眉倚在门框上,一绺白发搭在鬓角处,肩膀上还有一片灰土。记者拍完,仔细看了看,很高兴,自言自语地说这张照片很有特点,可以投给《大众摄影》。

当于世林扫视着院子各个角落的时候,一眼瞥见柴房里那口棺材,心里骤然疼了一下。

第四十一章　棺材风波

于世林看到自己那口棺材后心思马上沉重起来,他跟双庆说:"搬到楼上住,这棺材怎么办?"

双庆也是皱眉:"是呢,其实我早忧虑这个事了,住楼房,没有柴草屋子,也没地方搭草棚子,楼区不可能盖一处棺材房啊,也不能把棺材弄到楼上去存放啊。"

于世林没说话,转身就走,双庆问:"爹,您去哪儿?"

于世林说:"我去问问宝明。"

结果宝明不在，老爷子闷头耷脑地回来了，蹲在门前的石榴树下，一锅接一锅地抽着旱烟。这种旱烟他种了一辈子，也抽了一辈子，谁给啥好烟也不抽，就觉得自己种的烟好，味儿足，劲儿大。他低垂着头，眯着眼自顾自抽烟，那幽蓝幽蓝的烟从烟袋锅里慢慢地飘出来，像他的思绪随风飘散。

这时候，宝明又转回来了，问："于四爷，您找我？"

"是啊，我想问问咱搬家能把棺材一块儿搬到楼区里去吗？"

宝明心里咯噔一下：可不是，楼村有给病重或年岁大的老人提前准备棺材的老传统，棺材贴上"福"字，放在柴房，过年时老人亲自用五谷杂粮押福求寿。于世林老爷子这一提，让宝明心里打个激灵。楼村老人可不少，于世林提前预备了棺材，那么其他老人也会提前预备啊，这个情况还真是疏忽了，他在心里责备自己粗心，没有过细摸情况，还有于家祠堂、李家祠堂，怎么就没想到这些问题呢？

"棺材肯定不能带过去，于四爷，据您了解，咱楼村还有哪位老前辈提前准备了棺材？"

"这个我可说不准，但我知道的就有十多家。老于家除了我，还有于世友、于世海、于万鹏。老李家有李家喜、李家兴、李玉林、李广生，别的记不清还有谁。"

宝明点着头，把这些名字写在小本子上。

宝明很有耐心，一家家登门，一遍遍做工作，沉甸甸的话倒了一筐又一筐，仔细听着老人们的诉求，一边抽烟，一边微笑地点着头。

宝明最后又来到于世林家。于世林说："宝明啊，你是我看着长大的，你说得都有道理，知道你是为楼村人办大事，办好事，我也不给你出难题，但是我那副棺材总得有地方放啊！"

宝明感叹,拆迁工作真是一波未平一波又起,摁倒葫芦起来瓢。满脑子乱事搅得他昏头涨脑,处理棺材又是一个大难题,怎么处理?他犹豫着,给不给刘镇长打电话?刘镇长知道了肯定又得发火,肯定又得说楼村支部工作粗,不过硬,考虑问题不周,本村的情况了解不全面。不说也不行,捂着盖着,一旦解决不好,捅出娄子,就更不好交代了。他思忖再三,决定给刘镇长打电话,把情况一五一十地进行了汇报。庆幸的是,刘镇长没有发火,沉吟一阵儿后说:"这个情况还真是没想到,我们都忽略了,不过现在国家不允许用棺材土葬了,以后会更严格,我看还是要仔细认真地做好有棺材的人家的工作,讲明国家政策。搬迁迫在眉睫,不容耽误时间太长,你赶紧组织人入户摸底,看全村到底有多少家存着棺材,然后把政策跟大家宣传一下,看看反应,有多少人家可以通过做工作把棺材交出来,有多少户做工作也不行,分分类,好制定针对性的措施。同时,还要做第二手准备,假如人们都不交,怎么办,那也不能迁就,那就看你们支部和村委的工作能力了。回头有了方案告诉我一声,我给你们把关,不能出任何纰漏。"

宝明放下电话,立马召集两委班子成员开会,把刘镇长的话原原本本地进行了传达。然后,他说:"按照国家提倡的移风易俗,用新的殡葬方式取代旧的殡葬方式。但是,要把全村老人所有提前预备的棺材收上来,统一处理,估计难度不小,目前还不知道到底有多少。"

李二奎表态说:"我建议按木材价格把村里所有棺材都集中收购,拆解后,用于建设新楼区里的公用设施。"

宝明说:"你的建议很好,但老人提前准备棺材是楼村传袭几百年的老习俗,突然要彻底更改,还要把置办了二三十年的棺材收了、拆了，老人们恐怕接受不了。目前摆在咱们面前的难题就是如何尽快做通做好这些棺材的处理工作。"

人们对这个问题都很挠头，因为老人的工作最难做，磨破了嘴皮子恐怕也说不通，一个个都嗫牙花、搓手、歪脑袋、皱眉。

最后决定，先组织几个小组入户摸底调查，核实情况，如果一些老人现场提问棺材处理问题，可以暂时不回答。

宝明亲自带一小组，第一家来到于世海家，一进门见于世海正抱着棺材哭呢，嘟嘟囔囔地说赶在搬家前死，把棺材占上，喊闺女儿子，快去给他买农药。说他不死，棺材就用不上了，一定要在老宅子里给他办丧事。老伴儿捶着他的后背说："你个老不死的死鬼，遭天杀的，想那么多干啥啊，好死不如赖活着，死了管它是啥棺材啥葬法，随便让活着的人去折腾吧，没听说为自己死后的事操心的。"

宝明把老人劝到屋里坐下，安慰了一会儿，见老人平静了，不好再提棺材的事，告辞出来。

然后宝明等人来到于世林家，跟老爷子说："于四爷啊，您是有文化的老人，接受新思想、新观念应该比没有文化的要快，有一定的适应能力，反应不比我们年轻人慢……"

于世林端着烟袋准备点火："宝明啊，你就别给我戴高帽啦，我喝了多少墨水我知道，哪能跟你们年轻人比，我只是讲道理，不胡搅蛮缠。"

宝明伸出大拇指："对，为您点赞。"

"宝明啊，其实我也不愿意天天看到那个阴森森的棺材，一看见棺材就想到自己将要死去，心里就不是滋味。"

"是啊，一口棺材放在家里，既占地方，又瘆人，让孩子们看见了害怕。现在国家提倡文明丧葬，以后人死了就不用棺材了，都要火葬,用骨灰盒。"

"死了入土为安,是多少辈子传下来的习俗,火葬只剩一把骨头渣子,还没有棺材,我接受不了。"

宝明说:"我们年轻人非常理解老人的心情,但实在是不能带着棺材进新楼区。"

"你别老盯着我,你二爷李家喜不是也有棺材吗?你先把你老李家人的工作做通了,他们上交,我绝不落后,保证上交,而且我还可以让于世海等老于家人痛痛快快地上交。"

宝明心说,是啊,我还是把重点放在我本家老李家吧,于是他直奔二爷李家喜家,与另一组会合。见了李家喜,宝明笑了笑:"二爷啊,您知道我来找您干啥?"

李家喜说:"知道,肯定是棺材的事。"

"嗯,二爷脑子就是好用。"

"别拿嘴抬轿子,抬多高我也晕不了。"

"二爷啊,您看,道理用不着我讲,您比我还明白呢,您那棺材是不是带头上交?"

"你是逼我还是跟我商量?"

"二爷啊,您得为您这个孙子做做劲。全村十一口棺材,绝对不能带进新楼区啊。"

李家喜半眯着眼看着宝明:"按说呢,我很想得开,人死如灯灭,死了啥也不知道了,还管住啥棺材不棺材的,最终只剩一把骨头。我也知道住楼房没地方放棺材,可你们收过去怎么处理,拆了烧火?"

"有用啊,新楼区绿地零零散散地摆一些长椅子,中心小广场还要弄一个长廊景观,都可以用上啊。"

李家喜轻轻地点头。

"二爷您同意啦？"

李家喜没点头也没说话。

晚上，村委会办公室里灯光明亮，各小组反馈工作进度和情况，差不多都一样，老人们抵触情绪非常强烈，都说不通。

宝明急得脑仁疼，彻夜不眠，反复思考，方案想了一个又一个，又一个个推翻。他的脑子里不断回响刘镇长曾经说过的"当村干部就要敢于担责，善于担责"？怎么叫敢于担责，怎么叫善于担责？

第二天早晨，宝明告诉各小组，不入户调查了，把各位老人请到村委会来。人们知道宝明肯定有主意了。

李家喜来得早，宝明把他拉到外边，悄声说："二爷啊，我想好了方案，一会儿我把方案跟大家说完了，您带头表个态。"

李家喜微微一笑。

工夫不大，老人们先后来到村委会，李二奎给各位老人倒茶水，不抽烟的宝明特意给每人买了一包黄金叶。

于世林冷笑着说："我们这些老棺材瓢子今天待遇够高啊。"

宝明说："都是老前辈，都是为楼村做过贡献的人。"

"别扯远了，还是快点儿回答我们那棺材怎么处理吧？"

宝明微笑着说："现在国家提倡厚养薄葬，反对薄养厚葬。老人在世时多尽孝，老人去世时丧事从简，不用高档寿材、寿衣，不搞带有封建迷信色彩的丧葬活动。简化治丧仪式，控制治丧时间和丧葬规模，严格殡葬管理，不乱埋乱葬，树立文明、节俭、平安的丧葬新风。以后死了人就不允许用棺材了，为了处理好各位老人家的棺材问题，我们两委班子先后开了几次会议，专门研究这个话题，最后拿出一个初步想法，今天把各位老前辈请来，就是跟大家探讨一下。"

于世林说："别讲大道理啦，快说实在的。"

宝明笑笑："嗯，好，经村党支部和村委会研究决定，以村党支部和村委会的名义跟大家签约，在这里，我郑重地以共产党员的身份向大家保证，以后假如国家政策有改变，允许使用棺材，村委会负责给每位老人买一口好木料的新棺材。"

于世林问："你就敢保你这书记村主任干到死？敢保证自己不犯错不会被开除党籍？"

宝明情绪有些激动，站起来，脸色有些涨红："不会，绝对不会！我以我的人格担保，只要我死在各位老前辈后头，只要国家允许用棺材，我保证给各位选最好的木材，做最好的棺材！现在收回棺材，村委会给大家付钱，登记存档，到时如果允许使用，保证免费给做！大家跟村委签一份，跟我本人签一份，到时候即便我不当支部书记、村主任了，我自己出钱也要给各位老前辈置办，如果不兑现，各位谁都可以拿着这份协议书去法院告我！"

宝明说完后，现场一片沉寂，老人们都不吱声了。

见大家不说话，宝明又补充一句："各位交上来的棺材，我们会参考市场价格按棺材质量和木材给予折价收购，然后拆了改做新楼区绿地的长条椅子和楼区中心小广场的长廊景观，这也是各位老前辈为楼村新楼区做出的大贡献。"

李家喜站起来说："我同意。"说完迅速离开了会场。

于世林一看，既然李家喜同意，我也不做僵死虫，站起来，把那包黄金叶扔回到办公桌上："我也同意。"说完，转身也走了，走了几步，转回来，指着于世海说："你快同意，别磨叽。"

于世海说："行，你这两天跟我说了那么多话，我想通了，我听四哥的。"说完起身也走了。

剩下的这些老人一看,两大姓的代表人物都表态了,跟着表态吧。

宝明没想到于世林老爷子暗地里替自己做了好多工作,他从心里敬佩起这位老人。事情如此顺利,让宝明心里舒坦了许多,长出一口气。

第四十二章　老屋现宝

棺材问题解决了,人们又专注于搬家了。

人们怕遗留下值钱的、有用的物件,多少年的老房子都被翻个天。于世林的老宅子是楼村最古老的,于世林站在堂屋里环顾四周,他在想,这个屋子只有他住的时间最长,屋里有啥物件他最清楚,但他总感觉好像屋里还有啥重要的牵挂。就在他苦思冥想的时候,一家人都进来了,姐姐、姐夫、双庆、小虎和陈晓敏也来了,大家全都肃立在屋子中央,对着这座祖上传下来的老宅子,充满了无限的留恋和对祖先的愧疚。每个人都沉默不语,有的不断叹息,有的用手反复抚摩着发黑的墙壁。虽然年代久远,但是这老屋却很亮堂,一点儿也不显得腐朽不堪。这一搬家,这老屋就会消失在尘烟中,永远地消失了。再看一眼,再看一眼。突然,小虎在西屋叫了起来,大家以为出了啥事,赶紧都往西屋跑。看见小虎站在老破柜子上脑袋顶着屋顶。人们齐声大喊:"快下来,爬到那上面做啥。"小虎从最靠边那棵房檩的大疙瘤子上拿出一个发黑的红布包朝人们晃了晃,喊着:"看!我发现了一个东西。"人们眯着眼睛使劲儿往上瞅,看见小虎手里抓着一个发黑的红包袱。这是啥?

全家人都愣了。这是啥东西?怎么会在西屋房顶上?但是这个时候也顾不得多想了,先把小虎安全接下来再说。双庆早就冲

200

到外面搬来梯子,在大家的帮助下,将梯子稳稳地支在了老柜子上,慢慢爬上去,把小虎抱在怀里,又慢慢蹭了下来。小虎根本没有害怕的意思,抓着手里的小红包袱,脚一沾地,就赶忙蹲在地上,要把包袱拆开来。双庆阻止了小虎,把包袱接过来,一边打量着一边把包袱送到于世林手上,所有的人都望着于世林,要从家里这个年龄最大的老人脸上找到答案。是于世林把包袱放到上面去的吗?里面包的是啥东西?是老爷子偷偷攒下来的钱还是啥有纪念意义的东西?

于世林望着手里的红布包,问小虎:"你怎么爬到那上面去了?"

小虎还沉浸在寻宝有获的兴奋中,大声嚷嚷着:"我看家里都已经乱七八糟的,原先一直想爬到那上面去看看有没有鸟窝,是爸爸说不许上到那上面去,但是这房子就要推倒了,我就想上去看看如果有小鸟就把它救下来。刚才没人理我,我就爬上去救小鸟去了。"

于世林充满慈爱地说:"那也太危险了,小鸟不会在那儿垒窝的,它们的窝都在外面。"说着,于世林摸了摸小虎的脑袋:"以后可不能再爬这高啦,摔下来,胳膊腿就断啦,吃饭就不香啦,还得去医院打针吃药。好了,去玩儿吧。"然后招呼大人们:"你们几个跟我到我屋里来。"

大家互相望望,更加感觉于世林一定知道红布包袱里面是啥东西,肯定也是非常重要的,要不怎么这么神秘。一堆人先后跟着于世林进了房间。于世林示意走在最后的双庆把门关上,转身坐到了床上,说:"你们几个都搬凳子坐到这里来。"大家赶忙找了椅子,围坐在于世林身边,所有满怀疑问的目光再次集中在于世林脸上。

于世林低着头，用手抚摩着红布包袱，轻声问："你们知道这个东西是啥吗？"

人们摇头："不知道啊。"

于世林又问："那么你们想知道里面装的是啥吗？"

人们纷纷回答："想知道啊，是不是您老人家放的东西呢？"

但是，出乎人们意料的是，于世林竟然摇了摇头，缓缓吐出了几个字："我也不知道。"所有人听到这话，面面相觑，这可太奇怪了！连于世林都不知道里面装的是啥，姐姐问："那么这东西又是谁放上去的？是啥时候放上去的呢？这个您总应该知道吧？"

姐姐把大家的疑问说了出来，没想到的是，于世林仍然摇了摇头，说："自打我住进这个房子，就从来没有听说房顶上放过啥东西，从来没有。"

大家惊讶万分，兴趣更大了。人就是这样，你越不明白，别人越不想让你知道的事情，反而就越想知道，越想搞明白，否则饭吃不下去，觉睡不踏实，成天地惦记着，心里难受得要命。

目前，此事看起来是越来越蹊跷，仿佛是有一个巨大的秘密包在于世林手中那个不大的包袱里。大家恐怕此刻心里都在想，自己天天在屋里吃饭，怎么会想到房顶上会有一个红布包袱，可是里面包的究竟是啥东西？但是于世林不说打开看看，谁也不敢先开这个口。

沉了一会儿，于世林叹一口气，说："我看，还是这样吧，你们都先回自家房里去收拾收拾吧，我自己再想想，回忆回忆，兴许会想起啥。"

人们几乎是齐声说："打开看看不就明白了吗？干啥还费这事儿？"

于世林断然说:"我说让你们回房就回房,哪里来的那么多废话!"

大家见于世林好像真的生气了,不敢再吱声,一个一个相继走了。于世林看着人们都出了房门,回了自己的家。低头对着红布包自言自语道:"到底是啥东西呢?不会是啥见不得人的东西吧?还是祖传的宝贝?我怕他们都在,如果是见不得人的东西哪能让那么多人看到;如果是宝贝也不能让他们一起看到。"于世林心说虽然双庆是自己的儿子,但是也都有自己的小打算。如果包袱里是家里哪个先人不能公开的秘密,隐藏着一段不好告人的历史,那么根本没有必要让他们知道;如果是祖传的宝贝,那么作为家里的老人,他有权力决定怎么处置它。

想了好大一会儿,于世林深吸一口气,好像是做好了打开包袱的心理准备。先解开了捆着小包袱的锦绳,揭开红布,里面是一层防尘的油纸;打开油纸,里面是一层黄色的绸子;拨开黄绸,里面的东西出来了。竟然是一本书!

一本看上去是经历了多年风雨的线装书。连红色缎子的封面都已经呈现出浓浓的棕黄色,黄色的印记丝丝缕缕,仿佛飘浮在书上的云,缥缥缈缈。于世林怎么也想不到会是一本书,一本看上去如此古老而散发着霉味儿的书。他又抖了抖小包袱,想发现一些其他的东西。但是没有,除了书,啥都没有。于世林很奇怪,翻开书,想看看书里面到底是啥。

见书的扉页上有一幅画,上面也有字,有形状奇怪的圈和各种形状的仿佛阿Q画出的一块一块说圆不圆的圈圈,还有一些曲线,从这个圈引到那个圈,看上去很乱,并看不出啥,没有山、没有水,也没有树和美女。跟于世林见过的画都不一样。再翻一页,密密麻麻地写满了毛笔字,内容主要是战场经历、诗词、描述和阵地地形图,他越翻越快,可是一直翻到最后一页,却再别无他物。

于世林把双庆叫了出来,说:"双庆,你去,把他们都叫到我的房间里来吧。"不一会儿,人们在于世林的房间里再次聚齐了。于世林说:"你们都是读过书的人,来吧,看看这上面写了啥?"说着把书递给了双庆。

双庆接过书,几个人的头全都凑到了一起。半天,没有人讲话,只见双庆也像于世林一样不停地翻着书。

红包裹里是一本书,大家倒不觉得奇怪和惊讶了。

于世林说:"这本书稿肯定是咱们祖上将军留下的,这也应该算是宝贝啦。"

人们纷纷点头。

于世林又说:"这本书还是由我保管,以后我不在了就由双庆负责保管,记住了,宝贝是要传下去的,坚决不能卖。"

双庆点头。

打发人们离开后,于世林自己在屋子里转了转,他还有一份儿心思,那就是当年没扔掉的"鱼吃狸",不能丢在这里,万一让人们发现,就不好了。他到院外看了看,没有人,就回到屋里,把柜子底下把那个发黑的布包拿出来,掸掉灰土,揣进怀里。

来到楼上,他琢磨"鱼吃狸"是迷信的东西,不能放进小木箱,跟将军遗物放在一块儿。扔掉又觉得不妥,因为以后还有用处,可又没好地方存放,只好委屈一下将军遗物,和这个"鱼吃狸"一起栖身在床下。

第四十三章　怀旧情深

李家喜也是一夜没睡,不是兴奋,是对老楼村的难舍难离,想到这是在楼村睡的最后一觉了,最后一个夜晚,怎么能不思绪万千呢?多少年来,何曾想过要搬家要离开楼村,他看着即将丢弃的这些东西,心里也是一阵阵的痛,从感情上觉得与这些物件也是一种离别。那难过劲儿可以用无数个特别也说不尽。

是啊,平静的生活带着幸福的满足,多少年过去了,老人已经习惯了这样的温馨,街坊四邻的走街串巷,茶余饭后聊着生活中的小趣味,诉说着五味杂陈的酸甜苦辣。

在这片古老的土地上一个个悲欢离合都成了难以忘怀的记忆,一时间,在这个被拆迁密盖的小小村庄里,到处都弥漫在紧张的氛围,对房屋的依恋、对土地的不舍。

好像这一搬迁就为祖辈世世代代庇护居住的楼村卸下了百年苍老的肩膀,祖辈留下的故事,儿时小伙伴的欢快影像也随着记忆逐渐消散,更因这次大拆迁,将会连旧时仅存的遗迹遗物的拆毁,祖辈根源也随着拆迁而湮灭在历史长河中,从今往后无人想起,百年老村楼村的文化内涵也会因这次拆迁荡然无存!

如今,就要离开生养他们的这片土地,虽然不是搬得很远,但还是觉得这一搬走,就和过去的楼村画上一个彻底的句号。尽管就要开始一种全新的生活,但他们还是想留住那些记忆,留住那些乡愁,留住那一切就要消失的楼村。

他在屋子里来回转,看看这里看看那里,泪水就不自觉地盈满了眼眶,老房子里的每一个地方,都有他曾经的足迹,每一件家具,每个门把手,每一块地砖,每个不起眼的角落,无数个日日夜夜,不管开心还是伤心,这间房子都装满了他的回忆,他真的好舍不得,一万个不舍得,李家喜忍不住落下泪来。

搬家,不仅是搬书、搬电脑、搬家具,搬生活用品,更是搬心情东西好搬,而心情却难搬走。在老房子里住了那么久,从心理上完全接受了它的一切，即使它有点破旧，远远比不上要去住的楼房。感伤、留恋的人是那么多，以至于乡愁历经千年而不衰。

前几天，家具、电器、锅碗瓢盆、被褥、衣服，大包小包的东西，已经上了楼。

他瞅着即将拆迁的院子，眼睛里转动着泪花，李家喜从出生开始，就住在这个院子里，一晃，春去秋来，风风雨雨地住了几十年。人的一生，有几个几十年？他如今整八十岁啦，他的少年青壮年都是在这里度过的，他对这个院子，这里的一砖一瓦，有着难以割舍的情感！

他拍了拍老柿子树，自言自语地说："老伙计，我走了，这一走，就再也看不见你啦。"

他回到他的老屋，环顾一下，见无人就闪身进了院子，找到一把小洋镐，来到厢房，蹲在门后，抡起小洋镐挖起墙砖来。

正撬着，玉田来了，说："爹啊，我怕您难受，不放心，过来陪您。"说着就去抢爹手里的小洋镐。李家喜猛地抓得更紧了："你出去吧，我没事。"

玉田迟疑着退出院子，他怀疑爹有事瞒着他，他就在大门外不时朝厢房里张望。

李家喜把砖撬开了，露出一个红布包。玉田突然闯进来，抓过红布包就要打开。李家喜厉声喝道："别动！"

玉田说："爹啊，原来不光老于家有祖传宝物，咱李家也有啊。"

李家喜急了，上去夺过来。

玉田说："早晚不得传给我。"

李家喜把红布包揣在怀里："这个事不许说出去，这也不是啥祖传宝物，但不许任何人知道。"

玉田很诧异地看着爹。

李家喜说:"你们快搬家吧,我到村外走走。"说着他怀揣着红布包来到村外。他想找个僻静地方扔掉,又怕人见到此物,就来到一条沟里,蹲下,找了根木棒,挖了个小坑,埋上后,刚起身,就发现玉田在不远处跟踪自己也来到这里。他发怒地大吼:"玉田,你跟着我干啥?"

玉田走了。李家喜心说不行,一会儿玉田还要来找,再说,这东西留着还有用,还得抓机会揭开谜底消除误会呢。于是,他又把东西扒出来,装进一个袋子,返回村里,跟着搬家的车来到新房。玉田打开房门,他把玉田拉住,自己先进屋,把提前准备好的硬币和老铜钱撒在地上,嘴里念了一句:"双脚进新屋,富贵带进来。"然后示意儿子儿媳妇进来。

然后,他把装了八分满上面放了红包的米缸、绑了红布条的簸箕和新扫帚、一个小火炉,还有装了三分满的水桶,放进厨房。他让玉田把二十双筷子放在水桶中,儿子数了好几遍,他不放心,自己又数了两遍,这才放进去,说不能有单数。

他嘱咐玉田说:"今天是第一天住新房,睡觉前你先在床上躺五到十分钟,然后起来在屋里走动一下再上床睡觉,这是你爷爷那会儿告诉我的,说是保佑住新房后没病少灾。"

玉田一笑:"这么多老例儿啊,都是老迷信。"

李家喜非常严肃地说:"即便是老迷信,也要按我说的办。"

玉田又是一笑:"嗯,好好好,一定一定。"说完跟媳妇做了个鬼脸,两人偷偷地笑了。

当李家喜把红布包塞进床底下,用别的东西掩盖好,就站在阳台上,眺望视野里陌生的风景,再回头看看同样陌生的居室,心里涌起一股酸酸的滋味,说不清是喜还是悲。

第四十四章　入住新区

一切安排就绪，隆重热闹的乔迁仪式在新楼村大门口举行，搭了彩门，没有主席台，十多辆搬家车的两侧车门插着彩旗，车头挂着红彩绸，一拉溜排列在马路上，人们喜笑颜开，现场锣鼓喧天，热闹非凡，县电视台记者扛着摄像机不断穿梭忙碌。从县里请来的舞狮队、高跷队、舞蹈队随着锣鼓和音乐跳起来，舞起来。

宝明穿着一身西服，脖子上系了领带，他是今天仪式的主持人。

他手持话筒，来到最前面，双手做着向下压的手势，锣鼓声和音乐声停了下来。他清了清嗓子，举起话筒："各位父老乡亲，各位朋友，今天，我们在这里举行楼村新楼区入住仪式，楼村的拆迁工作自始至终得到了县领导和镇党委政府的大力支持，领导们为了楼村的拆迁付出了相当大的心血，楼村的父老乡亲也给予了极大的支持与配合，在此，我向领导和乡亲们表示最衷心的感谢。"说着，他深深鞠躬，当他抬起头的时候，人们看见他的眼里闪着泪光。他顿了顿："县长一直关心楼村的拆迁，得知我们今天举行入住仪式，特意发来贺词，下面由我宣读县长贺词：楼村拆迁是实施新农村建设的民心工程、德政工程、千秋工程，对于推进集约、节约利用土地，盘活土地使用效益，拓宽经济发展空间，推动居民生活方式的根本性转变，实施乡村振兴战略，推进城乡一体化具有重大意义。让我们以热烈的掌声对县长的贺词表示感谢！"

掌声过后，宝明宣布："下面请刘镇长致辞。"

刘镇长今天的表情很轻松很愉快，他接过话筒，扫视一下现场，也是一个鞠躬礼，然后用清亮的嗓音说：

"尊敬的各位领导、各位来宾、同志们、乡亲们,正值中秋国庆两节即将来临之际,我们迎来了楼村村民乔迁之喜。在此,我代表镇党委政府,向入住新楼区的各位村民表示热烈祝贺!向一直关心、支持楼区建设和为之付出辛勤劳动的各位领导、同志及社会各界人士,表示衷心的感谢并致以崇高的敬意!

"近年来,在各级党委、政府的关怀下,楼村村民的生活有了大幅度改善,生活水平逐年提高,但是受到各种条件的制约,农村的基础设施建设比较落后,脏、乱、差现象普遍存在,楼村人梦想有一天也能住上城里那样的楼房,过上城里人那样的生活。通过两年的艰苦努力,通过全镇上下高度关注、全力参与、扎实推进,克难攻坚。目前,新楼区已经建成,相关配套设施已建成投入使用,今天大家就搬迁入住啦,这是个大喜事。此时此刻,看到大家的梦想已经成为现实,我作为镇长感到无比欣慰和自豪。

"楼村新楼区的建设是提升新农村功能、改善人居环境的民心工程、幸福工程。大家搬进新楼区,标志着新生活的开始,标志着我镇在新型社区建设上又迈出了坚实的一步,也掀开了我镇新型社区建设的新篇章。新型社区建设是一项光荣而艰巨的历史任务,是一项惠及子孙的宏伟事业,有利于进一步改善群众居住环境,提高群众生活水平,增强群众文明意识,促使群众和谐向上,保障群众同享城市改革发展和文明进步成果;有利于进一步规范农村建设,促进农村土地集约利用,提高土地利用效益和利用水平,拓宽经济发展空间;有利于进一步解放农村生产力,促进农村第二、三产业发展,增加农民收入,提高农民社会保障水平。新型农村社区建设是在统筹城乡发展、构建和谐社会、推进新农村建设的背景下把城市社区管理服务模式引入农村的尝试。

"以后大家的身份就不再是村民了,而是社区居民,你们的日子从此彻底改变了。可以这样说,楼村拆迁不仅仅是居住条件和生活习惯的改变,更是一场新旧观念和新旧文化的碰撞与融合,是一次农村、农业、农民变迁的大推进。过去,咱们的村名叫楼村,但名不副实,今天,我们全部住上了新楼房,这才是真正的楼村!

"最后,我代表镇党委政府祝大家中秋国庆佳节快乐! 衷心祝愿楼村居民在新社区的生活幸福安乐祥和!

"谢谢大家!"

现场又响起一片热烈的掌声。

欢快的音乐响起来,狮子、高跷、舞蹈再次舞动起来。

随着一阵震耳欲聋的鞭炮声响过,搬家车队徐徐开进了楼区。

第二天,县报上发表了记者采写的通讯,上面有这样两句话:"楼村人身上流淌的是中华坚守了几千年的孝悌、诚信、勤俭、感恩,传承着中华传统文化谱系。楼村人的乡土情怀,记取了土地背后的文化价值,体现了讲仁爱、重民本、守诚信、崇正义、尚和合、求大同的时代价值。"

第四十五章　牌坊搬家

人们沉浸在搬家后的喜庆中,李家喜却提不起来那股子高兴劲儿,住进楼房第一夜,李家喜几乎没有合眼,他总觉得是住进了旅店,不像自己的家。到天快亮时,他起身到阳台上朝远处瞭望,他的心神还没转过弯来,脑子里还是对老楼村的怀念和不舍,他记挂着牌坊和老槐树。等到村委会一上班,他立马去找宝明,说:"你忙东忙西,可别忘了牌坊和老槐树啊。"

宝明说:"忘不了,正安排呢。"人们听说要拆牌坊,立马就想到了石狮子底座下的秘密。

于家和李家分别聚集在于世林家和李家喜家开小会。

因为两大姓都隐藏着不能让对方知道的秘密，万一被对方知道，两大姓之间的矛盾就会突然加剧，甚至会导致一场不好收拾的纷争。

于世林对于家人们说："秘密就是秘密，大家更要把嘴管好，这些年两大姓都没出啥邪性事，我觉得很好，那'鱼吃狸'看来就是个摆设，根本不是啥镇物。"

李家喜也对李家人们说："这个秘密是多年前的事了，到底对于家有没有伤害，大家有目共睹，没伤害，说明'狸吃鱼'没起啥作用。现在看，放啥镇物只是风水先生糊弄人赚钱的方法，咱只是被他利用而已。咱们都注意别把这事说出去就行。"

这天早晨，宝明调来一辆吊车，还有几辆大板车，准备拆牌坊。拆西牌坊的时候，于世林站在最前面，目不转睛地看着工人们把一块块绘画色彩已经斑驳的木块拆解开，小心地放在吊车斗里，然后一捆捆码好，装车拉走。拆石狮子时，于家人自动把石狮子围成一个圈，为的是不让李家人看到石狮子底座下的秘密，石狮子被吊了起来，人们七手八脚把底座下的水泥扒开，十几双眼睛盯着底座，扒完了，没找到那个"鱼吃狸"，人们你看我，我看你，怎么回事？是不是被人偷了？二侉子说："弄不好是老李家人偷走了。"

于万江说："肯定是李家人啊，小姓人家谁敢？"

双林说："在石狮子底下，水泥封着，怎么就丢了呢？真是邪门儿呀。"

于世林不紧不慢地说："别瞎猜疑，镇物没了，也不一定就是李家人偷的，别出点儿不好的事就往老李家想，这些年咱老于家不是很顺当吗,大家知道就行了,不要到处乱说。记住,谁也不许把镇物丢失的消息说出去。"

于世林一说话,人们自然就不瞎呛呛了,只是那怀疑依然萦绕在人们心头。

西牌坊拆除后,紧接着就去拆除东牌坊。东牌坊比西牌坊简单一些,拆得比较快。然后就是吊石狮子,石狮子被吊上大板车后,老李家人们也围成一个圈,把石狮子底座围住,有人拿来洋镐,把水泥底座砸开,也没有那个"狸吃鱼",老李家人们也是大吃一惊,这些年一直以为,是那个"狸吃鱼"发挥了作用,李家比较平安顺利。哪知道石狮子底座下并没有"狸吃鱼"。怎么回事?人们脸色一下子都变得很难看,一齐把怀疑对象定在老于家。李广清说:"我看就是当初安放的时候走漏了风声,老于家派人把'狸吃鱼'偷走了。"

玉田说:"老于家啥事都做得出来,说不定就是二傻子那小子干的。"

李广清说:"你没逮到人家,别瞎怀疑。"

玉田说:"那小子从来不干人事,绝对是他,我找他去。"说着就要走。

李家喜伸出双手,往下一压:"别冲动,怀疑也是要有根据的,你凭啥怀疑是二傻子偷走的?"

玉田说:"这些年他老于家就跟咱老李家作对,说不定咱放石狮子的时候让二傻子知道了,把'狸吃鱼'偷走,扔了。"

李家喜微微一笑:"这么多年过去了,两大姓都相安无事,你们也别乱吵吵了,这样吧,'狸吃鱼'虽然没找到,但这些年咱老李家也很顺当,没出啥邪乎事,说明牌坊和石狮子给咱带来了好风水,'狸吃鱼'没作用,就别瞎猜瞎说了,回家也不许跟家人说,这件事就让它烂在肚子里。"

李家喜的话并没消除人们心里的怀疑,而是因为李家喜的话,大家都把想说的话咽下去了。有人歪脖子瞪眼,有人就暗暗攥拳头。

牌坊和石狮子拆完,就搬迁老槐树。

对于楼村的人来说,老槐树被奉若神明,不但逢年过节,就是平时也有人到树前祈祷。凡是遇上烦心的事,或是有啥高兴的事,都要跑到树下烧上一炷香,双膝而跪,双手合十置放胸前,双目紧闭,默默私语,也许是想借助这灵气,向老槐树诉说衷肠,烦心时以求化凶为吉,高兴时也让老槐树分享。在楼村人看来,这棵饱经风霜、历尽磨难的老槐树与河边、路边的树不一样,这次兴师动众地移栽已经迫在眉睫,然而它的位置更加尴尬。原来老槐树是在村街一侧上,多年来村街不断改造,越来越宽,老槐树就到了街口中央。

据老人说,楼村建于元末明初,原来这棵树是于家先人在于家铺和李家铺中间栽下的。是由于于家男儿与李家女儿结亲,为纪念联姻而种下了这棵槐树,至今已有三百多年了。如今这棵古槐直径超过两米,树围有四五米,树高约十几米,树干高耸挺拔,年年花开花落,年年燕去燕回,春风化雨,枯木逢春,古老的楼村矗立着一棵古树,真是别有一番滋味和情趣。这棵老槐树,外观虽说已是老态龙钟,但它的枝干舒展昂扬,树冠上嫩绿的叶片真是青翠欲滴,叶茂荫茸,抬头望去,遮挡了老大一片天空,呈现出一派雄伟壮观生机勃发的景象。

关于老槐树,还有一段传说:很久以前,一位路过的南方人说这棵老槐树具有超凡的灵性,不论男女,凡在大槐树下许的愿都能实现,特别是男女之间的爱情。这话还真有验证,据说是辛亥革命时期,有一对男女相爱至深,男的每次总是约女的到大槐树下见面。那男子每次都迟到,而且每次迟到后他都会腼腆地说:"对不起,我来晚了。"而女的总是笑着对他说:"我也刚到。"那男子起初信以为真,后来有一次他准时到,却故意在一旁等了一个小时才走过去。没想到,那女孩一样露出微笑说着同样的话,那时他才知道,不管他迟到多久,她总是为了不让他尴尬而体贴地骗他。后来男子要去从军,怕一去不知要多少年,更怕回来时人事已非,他便与女子约好回来时若找不到对方,就到那棵大槐树下等。

时光荏苒,转眼二十年过去了,男子一直没有回来,因为他在一次战斗中,不幸被炸药击中,失去了记忆。后来偶然的一次车祸,他竟然又恢复了记忆想起那段刻骨铭心的旧情,他带着缅怀的心情回到楼村,来到老槐树下,原先两村之间那条界河已经不见了,两个小村已经合并成一个楼村。他正在原地发呆呢,忽然看见不远处有个摊贩。他想买包烟抽抽,于是他走上前,向那位摊贩买了一包烟。那蹲在地上的摊贩缓缓地抬起头,两人目光交会的一刹那,他猛然发现眼前这个摆摊的妇人正是他昔日的恋人,他激动得热泪盈眶,无法抑制激动的情绪。心中暗想:她一定是怕我回来时找不到她,又不知我啥时候才会回来,于是就在这个地方摆摊等我。他不知该说啥才好,只好依旧轻轻地对她说了句:"对不起,我来晚了。"让他万万没有想到的是,她还是微微一笑,温柔地回答:"还好,我也不是等了很久。"两人激动得热泪盈眶。

据说在很多年以前老槐树曾被大风刮倒过,被人们扶起来,用木杆子夹住,不久便又挺立起来,依旧生机盎然,欣欣向荣。在这饱经风霜的老槐树身上,已经不仅仅是欣欣向荣的内涵了,它似乎还昭示着一种生命的力感和大自然和谐平等的生存法则。

老槐树经历了多少风风雨雨,坎坎坷坷。一代代的楼村人在这老槐树下成长,而又在老槐树见证下故去。老槐树目睹了几百年的沧海桑田,朝代更换。

如今,老槐树要跟随楼村人一起搬迁了,在热烈的鞭炮齐鸣和村民祝福声中,于世林从家里拿来一块大红布,围住树身。随着挖掘机一阵轰鸣,老槐树被挖了出来,紧跟着锣鼓队就敲起来,舞蹈队舞起来,人们簇拥着老槐树搬迁到楼村新楼区内的中央位置,周围是一片草坪。当最后一锹土落下后,这棵饱经沧桑的老槐树跟随楼村人来到新的住地,开始了它的新生活。但老槐树能否成活,就只能听天由命了。

第四十六章　非常早餐

搬进新楼区了,楼村人开始还真不习惯,尤其是每天早晨的早点,过去都是每家每户自己做早点。

在建设楼区的时候,就规划了几处早点铺,宝明怕大家不习惯,让会计李二奎每天早晨拿着喇叭在楼区里喊人们去早点铺吃早点。李二奎的嗓子有些沙哑:"各家各户注意啦,咱们过去吃早点呢,一般都是自己做,现在住楼房了,生活习惯也要改改啦,为了大家方便,咱们特意招来几家早点铺,就在大门口外。我们要养成新生活新习惯,大家可以在早点铺吃,也可以买回家吃,还可以自己做着吃,主要是大家要体会到新生活带来的幸福感觉……"

随着李二奎的叫喊,人们三三两两地来到大门外,这里除了陈晓敏的小酒馆外,还有三家早点铺。一家专门卖馃子、豆浆、老豆腐、馄饨。一家是大饼夹一切和鸡蛋灌饼,还有一家是炸那种酥香的油饼、茶鸡蛋,外加各种粥。

二侉子穿着休闲裤,穿着拖鞋,揉着眼睛,摇晃着身子,一边走一边说:"李二奎,大早晨的叫丧啊,谁还不知道吃早点啊。早起就往早点铺跑,你把咱农村人看得太低了。"

李二奎说:"不是,这是宝明想得周到,让我提醒大家,形成跟城里人一样在外面吃或买回家吃早点的习惯。"

二侉子冲李二奎把鼻子往上一撅,鼻尖挤出好多褶子,两个鼻孔就朝天了。

李二奎把脸一绷,从两眼里射出两道光,直冲二侉子。

二侉子哼了一声,扭着屁股走了。

二侉子想吃馃子豆浆,就走进这家小店,店主是一对五六十岁左右的夫妻。男的身形敦实,满头花白发。女的粗短头发,粗糙的大盘子脸,眼睛大,大嘴叽叽咕咕说笑不止。两人性格开朗,说话幽默风趣又恩爱。他们干活手脚都非常麻利,做事时,都要故意做些秀恩爱的忸怩小动作,人们看了忍俊不禁。他们也常常和客人开玩笑,所以店里总是笑声不断,暖融融的。早上生意挺忙活。夫妻俩也没请帮工。小本生意,不容易。

店面虽是新的,但店里却显得凌乱不堪,小菜有黄瓜、白菜丝、海带丝、咸菜丝等,顾客自己动手,二侉子把小碟装得满满的,找个地方坐下,刚拿起馃子想吃,忽然有人喊:"哎,我这馄饨汤里怎么有苍蝇啊。"

店主赶忙过去:"是吗?真是对不起,对不起。"说着就把那碗馄饨端走,边走边说:"别着急,我给您换。"

那人没说啥,二侉子却不干了:"怎么,在别处干不讲卫生,被人家取缔,跑我们这儿糊弄人来啦?是不是给我们村书记送了好多礼啊,不然怎么会有你干早点的位置。"

店主说:"您说的啥呀,我不认识你们书记,我也不是在别处被取缔,我在龙兴镇干了好多年,不信您去打听打听。"

二侉子站起来:"我吃饱啦,撑得难受,去打听你呀?你这样,那位的馄饨今天就免费吧,顺便把我那份儿也免了,要不然我就到处宣传。"

店主说:"您看,小店地方小,吃早点的人又多,门是敞开的,说句实在话难免有苍蝇飞进来,您多原谅,多原谅,我们下次改进,一定改进,今天您和那位的早点就免费了,以后还仰仗您多多照顾。"

二侉子很得意地说:"这就对了,我在这一带也是有名号的人物,以后你在这儿淘金,肯定会麻烦我,我也会肯定为你压地面。"二侉子说着,就觉得自己的肩膀好宽,自己的形象好高大。

二侉子刚要走,宝明来了:"二侉子别走,你刚才的话我都听到了,又胡咧咧啦,赶紧把早点钱付了。"二侉子咧咧嘴:"你这书记管得太宽了。"他很不情愿地付了钱。

第四十七章　攀比温居

宝明吃完早点,来到村委会刚坐下,刘镇长来电话了:"宝明,这几天你忙啥啦?"

宝明说:"别提啦,天天忙得四脚朝天。"

"都忙些啥呀?"

"乱事很多,主要就是喝酒。"

"喝酒?喝啥酒?别人请你?还是你请别人?"

"是这样,这不是人们搬到楼上住了,心情都很好,人们按照老习俗,互相温居,所以这几天酒局多了。"

"我听说这几天,咱们镇上的几个像样的饭店都让楼村人订出去了,外来人无处吃饭了。有的人家订不到饭店,就去县城,甚至去市里的豪华大酒店,人们忙着你请我,我请你,车轮般转换着请客。但是你别忘了你是支部书记,要把握好原则和度,不能乱喝酒,喝烂酒,你不制止,还参与,这样会犯错误的。"

"我没乱参与,只参与了自己家和亲戚家的。"

"那也要把握好度,注意影响。"

"好的,好的。"

放下电话,宝明心想,还真是,这几天有些昏头了,该拒绝的还真就得拒绝,高兴也不能无度。

正想着,李广清、二侉子和三驴子等人过来了。二侉子高声喊:"宝明书记,宝明主任,明天我温锅子,特地邀请你参加。没别的意思,你不要带任何礼物,人到了就是你赏我最大的脸,我家就蓬荜生辉啦。"

三驴子说:"对,二侉子家温完了,我接着,你得给面子啊。"

广清说:"我应该也能排得上吧,我后面挨着,宝明啊,我可是有两瓶十几年的五粮液,到时候,二侉子、三驴子你们都去作陪啊。"

宝明心想,刘镇长刚刚嘱咐完,我正反思呢,怎么能答应你们,就说:"我很忙,再说,我答应你们,全楼村的人都来邀请,我应付不了啊,那不得把我喝死。不去,不去,谁家也不去,只要大家生活好,心情好,我就满足了,比喝了你们的酒还高兴。"

二侉子一听:"咦,宝明啊,怎么,还摆架子啊?请你喝酒不是害你吧,你怎么还拒绝啊?"

三驴子说:"是啊,宝明,咱哥几个是发小,从小一起长大,没想过这辈子还能住楼房,是你小子当支书、主任后给人们带来的福,咱得庆贺庆贺好生活嘛,你不能拒绝。"

二侉子又说:"你就是个当官的,不也是十八品吗,没名没分没级别,但你可别高高在上啊,你又不是神仙,更不是皇帝,哪能这么没人情味?"

广清说:"是啊,是啊,宝明,大家都不是外人,也没别的意思,不就是聚在一起高兴高兴吗?"

宝明沉思一下,说:"这样吧,今天晚上我请客,算是给你们三家一块儿温居,你们看好不好。"

三个人互相看了看,同意了。

"那好,但你们一定要保密,除了你们三家,以后楼村任何人家的温居酒宴我概不参与。二侉子,你小子嘴没把门儿的,楼村最出名的白话蛋子,肚子里存不住隔夜的屁,这回你要再说出去,说歪了,咱俩就彻底掰,我到死也不会再搭理你。"

二侉子嘻嘻笑着说:"你放心,我向楼村党支部书记、村主任保证,绝对不说。"

几个人都笑了。

温居是楼村祖上传下的一个习俗,"温居"也叫"暖房",既是一种互助活动,也是一种感情交流,来"温居"的亲朋好友、街坊邻居纷纷送礼,有送公鸡、大鲤鱼、豆腐、豆芽的,鸡寓意大吉大利;鱼寓意年年有余粮;豆腐与"都富"谐音,寓意发家致富;豆芽寓意主家在新居生根发芽。有送桌、椅、板凳的,有送锅、勺子的,还有送匾联、镜子、茶具等日常生活用品的,充实一下新房,增进亲朋感情,促进邻里和睦。所以"温居"被寓意为日子红红火火。

既然是去温居,应该带点礼物,做个纪念。宝明下午专门去了趟县城,在一家字画店给李广清选了一个"家"字,给二侉子选了个"家和万事兴",给三驴子选了个"福"字,都是木框木雕的,很精致。

喝着酒,宝明兴致很高,拿出手机在网上搜了一下,说:"来来来,我给你们念一段贺词。"然后一字一顿地念起来,"喜迁新居喜洋洋,福星高照福满堂。客厅盛满平安,卧室装满健康,厨房充满美好,阳台洒满好运,就连卫生间,也是财气逼人。恭贺乔迁新居!"

念完了,几个人共同举杯,刚要喝,宝明手机响了,他低头一看,是李家喜的电话,李家喜说:"宝明啊,你快过来,玉田跟我打架啦。"

宝明问:"二爷,为啥打架?"

李家喜气哼哼地说:"你来了就知道了。"

宝明放下酒杯:"你们先慢慢喝着,我去看看。"

他急匆匆来到二爷李家喜家,见二爷还在怒气冲冲地吼叫:"你今儿不把我那些物件找回来,我跟你没完!"

宝明进屋一问,原来是是李家喜非要把他用了十几年的锄头、铁锨等几件农具带到楼上,放在阳台上,说是要留个念想。哪知道被玉田偷着给扔了。老爷子去地里寻找,找了半天没找到,回到家立马就跟玉田吵起来。

宝明斥责玉田:"论辈分您是我叔,但今天我必须以小犯上一回,二爷对那些农具的不舍,是老一代人对过去的怀念,是对楼村的情感体现。您这样不理解二爷,还要强行偷着扔掉,您知道您这样做对二爷是多大的伤害吗?"

玉田低声说:"我寻思,地也流转了,菜地也没有了,这些农具没用了,还放在楼上干啥啊,占地方又碍眼。"

李家喜愤怒地说:"碍你啥事?碍你啥眼?不下地干活就不能保存这些农具啊?这是我的想法,我带来了,就想好好保存。等我死了你爱扔多远就扔多远,扔大海里去我也不知道了,我活一天你就不能扔!"

宝明接着说:"对,二爷说得对,这种心情很宝贵。"转而对玉田说:"叔啊,今天这事,您必须当着我的面给二爷道歉。"

玉田皱眉道:"都是用不上的老物件了,挂在屋里土里土气的,多难看。"

李家喜把眼一瞪:"你说啥?难看,这些年你吃啥,没这些家伙什你用手种地啊?我用了这么多年,锄杆上都渗透了我的汗水,我就舍不得扔。"

宝明冲他挤挤眼,示意他抓紧道歉。

玉田犹豫着,吞吞吐吐地说:"爹呀,您看,我已经错了,我也不知道怎么道歉啊,宝明他非要我跟您道歉……"

宝明歪歪脑袋:"嘿,叔啊,您这是道歉?痛痛快快地跟二爷说一句我错啦。"

玉田说:"爹呀,我错啦,以后不扔了,您那些家伙什爱放哪儿就放哪儿,行吗?"

李家喜的脸这才放松:"留着那些物件我看看心里想起咱老楼村,想起那些土地,心里就热乎。宝明啊,你是大忙人,别耽误你了,快忙你的事去。"

宝明说:"没事,我帮您把那些农具找回来。"拉着玉田的手说,"走,快领我去找。"

玉田一时还转不过弯儿,嘟嘟囔囔,不愿意去找,宝明说:"看来您真不理解二爷的心思,他是上年纪的人了,住楼房与土地不亲近了,但他以后看到这些农具,就会想起过去那些使用农具干

221

活的场景,就会勾起他对过去生活的回忆。"

玉田不说话,带着宝明直接去了龙兴湖边,在一片草丛中把那几件农具从水里拿出来。

宝明嘱咐说:"回头找点儿白灰抹上,不然就生锈了。"

送到楼上后,李家喜又瞪了玉田一眼:"哼,再扔我这些家伙什我就把你手机也扔了,看你整天手机不离手,一点儿干活的心思也没有。"

玉田说:"不种地,不养猪,您说让我干啥?"

李家喜说:"那也得琢磨点儿事干,不能就这么待着。"

宝明心说,是啊,人们整天无所事事,时间长了,就会无事生非,回头得重点研究研究这个事。

第四十八章　旧宅藏珍

宝明从二爷家出来,心想,应该去看看于世林老爷子是啥状态,却没敲开门。

于世林确实没在家,自从搬到新家,于世林有些不习惯,一连几夜都睡不好。

他今天早早起来,在屋里转了几圈,就躺在床上听评书,听着听着,忽然想起,今天开始拆除旧村。他一骨碌爬起来,来不及穿好衣服就往外走。出了楼区门口,拦下一辆出租车,说:"走,去老楼村。"

他来到楼村,见几台挖掘机、推土机、铲平机一溜排开,就等宝明手里小红旗往下一压,拆房工程立马就开始了。镇政府来了一些人,村两委班子成员分散站在施工现场周围,以防有人拦阻,更要防止出现意外。

这时,一辆挖掘机高高举起闪着白光的铲斗,上面挂着鞭炮噼噼啪啪响过,蓝色的硝烟随风飘散。宝明手中的小旗子举起来,那些推土机、铲车、挖掘机、铲平机轰鸣着涌向房屋,就在宝明手中小红旗往下一挥的时刻,于世林跟跄着跑了过去,拉住宝明:"不行,先别拆。"然后转身,跪在地上,好半天没起来,一股风吹过来,鞭炮的碎纸屑就在于世林身边旋转。这时候,宝明看见二爷李家喜也来了,老街道上远远近近跪了上百口子男男女女,他的眼睛湿润了,泪水几乎掉下来,但他还是用力一挥小旗子,推土机、挖掘机、铲平机一起轰鸣起来,一处处房屋倒下了。哪里有尘土飞扬,洒水车的水柱很快就跟到哪里。

　　时间不长,楼村就变得狼藉不堪了,满眼都是拆得七零八落的旧屋老房,到处是碎砖乱瓦,残墙断壁。挖掘机、推土机停在街口,随着一声令下,这些机器就吼叫起来,老房子在这些现代化机器面前变得不堪一击,那些斑驳的老墙瞬间就碎成一堆灰土。一处处房子在机器的轰鸣声中瞬间倒塌。人们嘴巴微张,眼神呆滞一动不动地看着眼前的一幕幕,不知是时间瞬间静止,还是被老房子倒下的巨响惊呆了,又或者是想到了其他别的东西。承载着祖祖辈辈的痕迹和气息的老房子此时此刻化作乌有,人们心里空落落的。

　　于世林突然想起了啥,急速地奔到自己家老屋前,见挖掘机正朝老宅子开来,他挥着手把车拦住,高声喊:"先别拆,我家房子上有宝贝。"

　　司机听说有宝贝,就下车问:"啥宝贝,你快弄走,我得赶工时。"

　　于世林把司机叫过来,指着黑漆大门说:"我家这座老宅子是楼村唯一的一处百年老宅,有三百多年了。你看,大门上这双钩雕刻对联:山河新气象,诗礼旧家声。还有四个砖雕:渔、樵、耕、读。我跟你说啊,渔就是打鱼,樵就是砍柴,耕就是种地,读就是读书,是老祖宗们说的农耕四业。你看我们家这门楣、戗檐和墀头上的砖雕,那叫'和合二仙'。'二仙'说的是唐朝人寒山和拾得。据传说有人介绍一位姑娘给寒山,但那姑娘早就跟拾得相好了,迎娶时寒山得知,为成全拾得,自己便出家了。拾得得知后也离开了姑娘,手持荷花寻找寒山,后来找到,寒山手举食盒迎接拾得,两人开山建庙,取名寒山寺。'和合'取'荷''盒'谐音而得。到了清代,雍正皇帝钦封寒山为和圣,拾得为合圣。你看这个,上面的文字是'福''禄''寿',图案是一位仙翁骑在梅花鹿上,手捧仙桃前有白猿献寿,后有仆人替寿星拿着葫芦仙杖。寿星寓意长寿,'福禄'取梅花鹿、葫芦的谐音寓意幸福,仕途远大。你再看大门两侧戗檐砖上雕刻的'鹤鹿同春',墀头上的花篮牡丹,牡丹代表富贵,花篮下还坠着流苏。这些东西毁了可惜啊,你们先别推倒,我去喊人,把这些砖雕都挖下来,我带走,这是我家老祖宗留下来的。"

司机听得很入神,也觉得这些砖雕毁坏了可惜,就说:"还真是很珍贵的,你家老宅子年代不少了吧,是不是还会挖出金元宝啊?"

于世林哈哈大笑:"我在这儿住了一辈子,没听说还有金元宝。你挖吧,挖出金元宝都归你。"

司机也笑了:"要有金元宝,您早就发财了,对不对?"

于世林又是一笑:"从来没想过。就是看着老祖宗留下的这些砖雕很金贵,搬到楼上去,看不见这些老东西,心里就空得慌,没着没落的。"

司机说:"住楼房多好啊,又干净又方便,吃喝拉撒不用出屋。"

于世林呵呵一笑，见双庆来了，就嘱咐他："挖的时候小心点儿、别磕伤了、碰碎了，留着是最好的念想。"

没想到，到了楼上父子俩就吵了起来。双庆说："这么多破旧砖往哪儿放？"

于世林说："都放阳台上，阳台放不开，放我睡觉的屋里。"

双庆咧着嘴说："您当这是老平房啊，逮啥放啥，屋子一年到头乱哄哄。楼房啊，就得干净利索，您弄这么多破烂摆在屋里干啥啊？又不能换钱。"

于世林把眼一瞪："这是咱家的老宝贝，我舍不得扔，等我死了，你随便扔，现在我活着，就得守着，我看不见心里空得慌。"

双庆说："真是老脑筋，不开窍！"

老爷子要急眼："告诉你，别瞎数落我啊，惹急了，我还去拆老门框、老门墩。"

双庆说："行行行，我不管行吗？"

第四十九章　公墓之争

父子两人还在争辩，这时，广播里传出宝明的声音："各家各户注意啦，按照既定搬迁计划，人员住进新楼区之后，就进行迁坟，公墓已经选好位置，根据两委班子会议研究决定凡是初次进墓地的坟墓，可以在公墓里按姓氏宗族抓阄划块安葬，但必须是顺着地块安排，不允许自行安排穴位，以保证公墓的秩序。大家先有个思想准备，具体细则回头告诉大家。"

于世林说："双庆别瞎吵吵了，你听，宝明说活人挪窝了，死人也跟着挪窝，挪吧，于家先人们啊，你们也要搬家啦。"

搬迁祖坟的消息在村里传开后，这件事就成了人们茶余饭后闲谈的主题。

在楼村，人们信奉死者为大，死者为重。

李姓家族的主要成员近日天天晚上都聚集在李家喜家。李广清说："迁坟一定要占上风，赶紧找个风水先生提前把那块墓地看看，不能让于家把好风水占了。"

玉田说："搬到公墓以后，清明节、中元节、送寒衣、过春节上坟还得挑着哪座坟姓李哪座坟姓于，很费事，弄不好就上错了坟，干脆两大姓从地块两头各分一半，互不参与，互不干扰，自家还可以按辈分排下来。"

李家才说："迁坟历来是大事，不能马虎，我看还是先请风水先生看看墓地，究竟那块地有没有风水，怎么取风水，咱老李家是先迁坟好还是后迁坟好。"

三驴子说："肯定咱老李家先迁，宝明是书记，能不带头吗？房子拆迁不也是宝明带的头吗？"

玉田又说："反正咱李家当权，不能让老于家占咱的便宜。"

李家喜微微笑着说："你们哪，心眼太小啦。公墓是整个楼村的，不是咱老李家自己的，咱们分楼房抓阄，分墓地也得抓阄。"

对呀，大家一听，可不是，肯定要抓阄，那就没办法提前占风水了。

三驴子说："抓阄也不怕，咱请风水先生看好地方，李会计做阄时留个记号，到时候我去抓阄，准保把好地方抓到手。"

李家喜说："行啦，你快别说了，老李家人从来不做下作事。我算看透了，咱楼村老李家一个你三驴子，老于家一个二傍子，你俩简直就是糟馕球一对儿。"

大家你看看我，我看看你，都不说话了。

正议论得热闹，宝明来了。

没等宝明说话,李家喜先开口了:"当初只说活人搬家,没说死人也搬家啊。"

宝明说:"二爷,搬迁是上级的决定,建公墓也是上级的决定,将来所有农村都一样,全都把坟地改成公墓。"

"为啥啊?咱李家坟地还是有些风水的,一搬迁,那风水不是就改了吗,对你们年轻人对后辈儿孙不利啊,你跟镇上领导说说,活人搬家了,死人就别搬了。"

一个年轻人蹿上来,厉声说:"宝明,你当书记,要业绩,可以,从别方面找,不能迁坟啊!挖坟掘墓是缺八辈子德的事情,会遭报应的。弄不好会家破人亡的!"

宝明耐心地解释:"这是上级的决定,也是农村未来的发展方向,将来各村都要建公墓。我姓李,咱老李家应该带头先把祖坟搬迁。"

李广清说:"宝明,你混蛋啊,当了两天破芝麻官就找不到东南西北了?唱啥高调?迁祖坟是缺德带冒烟儿的勾当,会遭报应的!当初老祖宗立的规矩就是不准迁坟,你不知道吗?"

原来几百年以前,李家先人们找来风水先生选了住宅和坟地的位置,并给子孙留下遗言说住宅和坟地不准换位置,谁敢擅自迁坟就要遭到九泉之下祖先的责罚。

宝明苦口婆心地解释:"楼村老村子已经推平了,那周边一大片土地就连片成方了,人家农业公司投资搞农业项目开发建设,是要机械化作业的,您看现在那些地块里,这儿几座坟,那儿一片坟,几乎所有地块都有坟墓,没办法作业啊。"

李玉山说:"祖坟搬迁,怕是要改变咱李家的运道啊。"

玉田说:"挖祖坟,破了风水,首先倒霉的就是你,你官帽一丢,咱老李家就不能统治楼村了。"

宝明哈哈大笑："还官帽呢,顶多不就是一个比芝麻粒还小的官吗,不值得心疼。谁干也不能胡作乱为,也得按规矩办事。"

李家喜双手做着向下压的手势："行了,行了,咱不能让宝明太为难,他也不是存心要毁老祖坟,就这样吧。"

李家喜用眼斜着看宝明,叹口气："唉,赶上啥算啥吧,人再大,大不过天。是上级让搬迁,老祖宗估计不会怪罪咱的。可如果咱老李家搬了,他们老于家硬顶着不搬迁,那不是坑了咱自家吗?宝明,你觉得老于家能顺顺当当地迁坟吗?"

宝明说："我觉得于世林老爷子很明事理,不糊涂,只要他不反对,老于家就好办了。"

李家喜说："很难说啊,这是动他家祖坟啊,别忘了他们老于家可是出过将军,不会轻而易举答应迁坟的,你要琢磨好。"

宝明说："二爷啊,您放心,绝对不会出岔子的,您号召一下,咱老李家先带头迁坟,行吗?"

李家喜又叹口气："你当了个露水官,整个老李家都得给你做劲啊。"

宝明嘻嘻一笑。

然后李家喜吩咐："既然这么定了,各家回去,该怎么准备抓紧准备,回头请个风水先生给选个日期,点点墓穴。"

坟地要搬迁,也就是要把散落在田野里坟堆下的老祖宗们乔迁新居。这件事牵动了楼村所有人的神经。

李家在争吵商议,于氏家族有几个代表就聚集到于世林家里,七嘴八舌地议论着,有的说:"于家坟茔风水好,不然怎么会出来将军?这一搬迁,怕是要坏了风水。以后和李姓在一个墓地了,坟头不能太小,不能低于李家坟头。"有的说:"以后李家于家混葬了,肯定没有规矩,但咱老于家的一定要在坟后栽松树,坟前立石碑,要有气势。"于世林摆摆手,说:"你们呀,头脑就是简单,你这么想,人家老李家就不这么想吗?既然是公墓了,坟头大小高矮也一定有规矩,不可能让你随便堆坟疙瘩、栽树立碑啊。"

这时,广播喇叭里传出宝明的声音:"昨天晚上召开了村民代表会议,通过了坟墓搬迁方案,我在这里再重申一下。经过讨论研究,村党支部和村委会出于尊重人们的宗族观念,决定允许各家将现有的先人遗骨按家族排列安葬,但必须按公墓地块方方正正地布局。还有,按国家要求,一律不许用大棺材,可以用水泥小棺材。坟头占地面积、高矮、大小都必须一致,不许超高超大,可以立碑,墓碑一律限制在一米五以内。以后村里死了人,不管姓李还是姓于的还是其他姓氏,都按进入公墓时间自然顺序排列,不能预留墓穴位置。还有一点,请大家务必注意,任何人都不得在公墓里搞封建迷信活动,更不允许请风水先生搞邪门歪道。公墓内不允许随便栽树,公墓绿化由村里负责,会按照需要和布局进行合理绿化和美化。公墓是安葬祭奠楼村先人的场所,请大家自觉维护秩序按规矩办事,让楼村的先人们安静安然。"

于世林说:"听到了吧,肯定有规矩。咱老于家的村民代表呢?怎么不把昨晚的会议情况告诉大家?"

有个村民代表往前靠了靠:"四爷,我参加会了,没来得及跟您汇报啊。"

于世林说:"好了,宝明说的那些规矩都有道理,我认可,大家也不必在意这个那个,我只想告诉你们,在迁坟这件事上,不要跟李家较劲。咱先别动,不是半个月的时间吗,看看李家怎么动,咱再让咱于家先人们安稳地搬家,平静地休息,就行了。"

帮老祖宗乔迁新居,家家户户都不马虎。尽管公墓是政府规定的,哪村公墓在哪里是村主任抓阄决定的,每个村子里的公墓再由村民抓阄大致确定坟址。

李、于两大姓分别提前请风水先生选个好日子,还要折元宝、祭祀等。钱多的人家更讲究,他们除了请人选吉日,还要请风水先生看具体的坟墓地址。

楼村每户人家的上辈都不是独生子,几弟兄共一对父母,兄弟、堂兄弟又共一对爷爷、奶奶……以此往上推,家家都有老祖宗、老老祖宗、老老老祖宗的祖坟,需要大家一起商量决定迁坟事项。有些小辈想看个好日子迁了,有些小辈不同意请风水先生。请风水先生要花上千块钱,这钱由谁出?有的人家夫妻俩都统一不了。为此有的人家犹豫不决,有的人家争执不休。

中午吃饭的时候,宝明又开始广播了,声音很大,口气很严厉:"迁坟是国家号召,不是咱楼村的个别行为,据我了解,有的人家偷偷托关系,找熟人,投亲戚,到别的村庄买墓地,这是绝对不允许的。现在楼村实行公墓了,过了不多久,所有村庄要实行公墓,如果这时候不迁进公墓,以后别的村实行公墓的时候,你入不了外村的公墓,想再回楼村,村里也绝对不接收!我提醒你们已经准备外迁的几户,不要怀有侥幸心理,赶紧把外村的墓地退了,按部就班地往楼村公墓迁。"

于世林在屋里躺着,听了后对双庆说:"双庆啊,到外村买墓地迁坟的有咱老于家的人吗?"

双庆说:"没有。"

于世林点点头。

风水先生请来了,双庆陪着喝酒,风水先生告诉双庆:"迁坟的时辰以不过午时最好,以免午时的阳气灼伤尸骨。如你家先祖人数多,可以在午时先暂时停止挖尸骨,用黑布蒙穴、盖骨,等过午时后再起迁尸骨。"双庆不懂这些,不停地应和着说:"一切听先生的。"

风水先生给选的正日子是农历九月初十。

按照村里规定,迁坟的日期在半个月以内,各家可以自由选择。

于氏家族迁坟那天早晨七点,双庆的堂嫂先在祖坟旁烧纸,哭了一通,请来帮忙的人们就冒着细雨来到坟地。于世林也来到现场,他站在偌大的坟场里,环顾四周,望着那一座座黄土堆成的坟包。此时,有几只麻雀飞过,他把目光避开阳光,心想,多少年了,于姓先人们守着这片土地,守着于氏家族的血脉。他凝视那座将军坟,好像看见将军骑着一匹腾跃而起嘶鸣吼天的骏马,又像是一条逶迤而去的河流奔向混沌的荒原。

这时候,风水先生让双庆把带来的干鲜果品、饺子、糕点都摆在祖坟前,然后,双庆上香、烧钱、跪下,双手合十,祷告说:"各位列祖列宗,由于楼村全部拆迁,坟地也要迁移到公墓,那里地势高,风水好,还望先祖对后人多多福荫、多多护佑。"

风水先生说:"你们听好了,挖坟的头三锹土,应该由先人的正宗长门嫡孙亲自动手。"然后冲双庆说:"你来吧。"

双庆挖了三锹土之后,请来帮忙的人们便七手八脚挖起来。工夫不大,有的棺材已经腐烂成土,再挖,遗骨便露出来了。人们抻长脖子凑到跟前,风水先生问:"有先人的女儿或者孙女吗?按照老习俗,先人的遗骨不能让阳光暴晒,不然先人会魂飞魄散,不得轮回的。"几个女人凑过去,按照风水先生的吩咐,撑起一张芦席,遮挡阳光。

待将遗骨装入水泥小棺材之后,风水先生让双庆把带来的萝

231

卜扔进原有的墓穴茔坑内,然后将破旧棺椁和没有腐烂的寿衣分别烧化,说是按照老例儿不能把这些东西带去新阴宅。

拉灵柩的车路过楼村新楼区的时候,靠边停住,有人搬来一张桌子,双庆的堂嫂摆上干鲜贡品,倒上三碗酒,点燃三炷香,于家老小,齐齐跪下,祭祀后,一起到新墓地去安放。

到新墓地一看,人们差点笑出声来。新墓地里一片赤橙黄绿的彩旗招展,尤其是那一面面红幡也是拖着长长的飘带。每个小家族的水泥小棺材被摆成一列式,左右两边都插着彩旗,就跟拆迁人家一起造房子,一起搬迁似的隆重喜庆。坟前的贡品也上档次了,南方水果、北方糕点,花样繁多。有的人家在磕头祭祀,有的人家在放烟花爆竹,有的人家在分糖吃,有的人家在吃素饺子。

新墓地里热闹极了,都是自己村上的人或邻村的人在给老祖宗迁新居。二侉子开玩笑说,老祖宗们都搬到一起住了,以后再也不孤独,不寂寞了。夏天可以一起聊天,冬天可以一起晒太阳,他们肯定也喜欢拆迁。于世林说:"严肃一点儿好不好!"说完,拿着铁锹给祖坟和自己的父母坟墓培土。

人们将一块块石碑立起来,上面披上彩带和红绸,接着铺上几张纸,把水果、点心、酒等祭奠的贡品摆好。于世林又把墓碑上的灰土擦拭干净,然后上香,带领着人们一起跪下磕头行礼。随之,鞭炮齐鸣,青烟升起,墓地里唢呐声、风声、吆喝声混在一起。于世林起身拿着一瓶酒围着祖坟洒了一圈。

此刻,清脆的鞭炮声在静穆的旷野显得单调且沉闷,但秋风依然吹拂着大地,阳光照在一座座坟头上,那些新土闪着昏黄的光,不远处那棵老榆树上的几只麻雀叽叽喳喳叫着。一切都充满了生机,一切都焕发着青春和活力。

于世林再次缓缓向祖先行礼,闭着的双眼分明看见了先人那哀戚戚的目光，他轻声说："愿楼村所有乔迁新居的于家老祖宗，在新居更加快乐幸福！"说完，缓缓地转身要离开，双庆想扶他，他一甩手，说："不用。"双庆就没再坚持，可就在他走出公墓边缘下坡的时候，脚下一滑，摔倒在地，还骨碌了几下。这一摔还很厉害，于世林登时就闭眼不说话了，吓得双庆手足无措。宝明也赶过来，指挥着人们赶紧送老爷子去医院。做了核磁共振，医生说老爷子脑干出血了，所幸出血量不大，需要住院输液治疗。

第五十章　噩梦惊魂

于世林躺在病床上昏昏沉沉，半夜，他做梦了，梦见前面影影绰绰一大片的白色人影，渐渐朝他走来。待走到近前，他这才看清，竟然是一支格外庞大的出殡队伍，队伍长得一眼望不到头，也数不清究竟有多少人。队伍前列，好几十人披麻戴孝，分作两队，每人手中高举一面白色引魂幡。一阵旋风过后，白幡无风自飘，让人感觉说不出的诡异。引魂队伍中，正有人不停地将大把大把的纸钱撒向半空。他看得呆了，不自觉退到了路边，愣愣地看着。引魂的队伍过后，便是同样白褂、白裤的抬棺队伍。这抬棺的队伍一眼望不到头，棺材一口接一口从他眼前经过。这些棺材各式各样，既有八人抬大棺，也有两人抬小棺，有的装饰华美，上刻珍禽异兽，有的短小简陋。他这时才想起害怕，不知不觉间两腿一软，瘫坐在路边，双臂抱着膀子，一个劲儿地哆嗦。就在这时，这支送殡的队伍似乎注意到了他的存在，就停了下来，一口四人抬的中号棺材刚好停在他面前。这四个抬棺人站得笔直，也不把棺材落地，就这么直挺挺站着，仿佛这棺材也没有丝毫重量。他正看着棺材发愣，微风拂过，蓦地出现了一个白衣女人，垂首盘腿地坐在这口棺上。说是女人，是因为这人虽穿着白袍白裤，却不像送葬队伍中的其他人，还戴着连接上衣的遮耳尖顶帽子，而是将一头白色长发暴露在外，连她的眉毛似乎也是白的，长度足有一米，自然地从眼睛上方垂下来，搭在身下的棺材盖子上。这，这不是死去多年的老伴儿吗？于世林又惊又怕，张大了嘴，想喊，又感觉被啥憋着，发不出声，就如同眼前的出殡队伍，数不清的白色人影，却没有一丁点儿的声响。只见那像老伴儿的白衣女人缓缓转过头，看了看瘫坐在路边的他，沉默一会儿，然后，一声长叹，用一种怜悯的语气，说道："于世林啊，你的寿数怕是到头了，快回去瞅一眼吧，晚了，就瞅不着喽。"说完这话，那女人又缓缓把脸转了回去，垂下头，不再看一眼。他上前伸手想抓住那女人问她是不是自己的老伴儿，却被那女人用力一推，自己好像掉进了万丈深渊，那个白衣女人，连同数不清人的出殡队伍，瞬间消失得无影无踪。

于世林蓦地醒来，原来是南柯一梦，他感觉有汗珠从发稍滚落下来。

但他还想接着做那个梦，就紧闭双眼，憋着劲儿让自己尽快进入梦乡，好继续刚才那个梦，还想在那出殡的队伍中找到那个白发白眉的女人。可是梦不是电视连续剧，没办法继续做下去。那个梦却始终在他的脑子里转来转去，好几次甚至又栩栩如生地浮现在眼前。

第五十一章　晓敏生子

一晃几个月过去了，于世林始终没有走出那个梦的阴影，双庆也很纠结，但他又没有办法让爹高兴起来。陈晓敏说："等咱们的孩子一出生，老爷子就高兴啦。"

双庆说:"对呀。"说着,就把耳朵贴在陈晓敏圆鼓鼓的肚子上,轻声说,"孩子啊,你爷爷盼你快出来啊。"

陈晓敏用手抚摸着双庆的头发说:"傻蛋,生孩子的事能着急吗?差一分钟也不行啊。"

双庆说:"儿子啊,你快出来吧,爸爸也想你啦。"转而抬眼冲着陈晓敏说,"我盼着咱的孩子是男孩儿,要是女孩儿也高兴。"

陈晓敏抿嘴笑笑:"你嘴上说得好听,女孩儿也高兴,其实骨子里还是盼着是男孩儿。"

陈晓敏跟双庆想法正好相反,陈晓敏嘴上说要生男孩,可心里更愿意要个女儿。俗话说"闺女是娘的贴身小棉袄",等自己老了,有个知疼知热的孝顺女儿,陪在身边多开心。不过她不能跟双庆说实话,怕双庆烦恼。

自从怀孕后,陈晓敏就在脑海里不断想象勾画闺女的模样,想着想着就甜甜地睡着了。

双庆望着屋顶,自言自语地说:"可惜这孩子没分到房子。"

陈晓敏说:"房子,房子,你脑子里就是房子。"

双庆笑了:"男孩儿长大了不得有房子娶媳妇吗?"

他刚闭上眼,在心里默默地念着孩子快出来吧,宝贝,正这么默念着,慢慢就睡着了。突然就听陈晓敏嘟囔着说:"妈妈来了,好孩子。"

双庆推推陈晓敏:"说梦话啦,想孩子想急眼了。"

陈晓敏没睁眼:"嗯,是做梦呢,你快睡觉吧。"

双庆很快就打起了呼噜。

又过了一会儿,双庆被陈晓敏抓醒了,他猛地起身打开台灯,见陈晓敏脑门儿上挂满了黄豆大的汗珠。双庆吓一跳,赶忙穿衣服。

陈晓敏说:"已经疼了一会儿了,越来越厉害。"

"哎哟!那你快穿衣服,我给宝明打电话,让他开车送咱去医院。"双庆急急地说着,拨通宝明的电话,可连续响了老半天宝明就是不接,双庆急得团团转。

这时,陈晓敏已经忍不住大声哎哟起来。

宝明电话还是打不通,双庆急得直搓手,看看表,已经是凌晨三点了。再看看陈晓敏,疼得龇牙咧嘴,浑身淌汗。他拿毛巾给陈晓敏擦了擦头上的汗,说:"你坚持住!我去喊宝明。"双庆说着,开门跑了出去。

宝明很快就来了。

路上,双庆抱着陈晓敏,陈晓敏不断地呻吟。

宝明回头瞅一眼双庆:"恭喜你又要当爹了。"

双庆咧着嘴,嘻嘻一笑:"怎么眼红啦?现在二胎放开了,你让你媳妇再生一个啊。"

陈晓敏呻吟着,抬手打了双庆一下:"宝明受累送咱去医院,你胡咧咧啥啊。"

双庆咧咧嘴:"我没啥意思,闲说话。"

宝明说:"双庆啊,你看,你家要添人口了,还赶上搬了新家,还能分到面积,真是双喜临门啊,难怪你叫双庆呢。"

双庆嘻嘻地笑了。

结果陈晓敏真的生了个大胖小子。双庆乐得见了谁都呵呵地笑,见人就发糖,还特意给宝明送了两瓶白酒。

第五十二章　起名斗气

得了孙子,扫除了于世林心头因为那个梦带来的阴霾,高兴得没有酒瘾的于世林天天让小虎去给他买酒,买花生米、兰花豆,天天晚上喝杯小酒。

双庆跟爹说:"孩子生了,您得琢磨起名啊。"

于世林说:"咱是长门,大辈儿,起名还真得琢磨琢磨。"

正说着,于万江来了。

于万江是于世林的叔伯侄子,大排行是老五,晚辈们喊五伯、五爷。于万江高高兴兴地把两瓶老白干放在于世林面前:"四伯啊,我来给您道喜,咱老于家又多了个传宗接代的,您这辈儿的又多了个喊爷爷的,真高兴。"

于世林说:"是啊,这也叫人丁兴旺,好,高兴。"

双庆说:"您别忘了起名啊。"

于世林暗想,李家喜编派我好多次,我都忍了,这回我羞辱他一下,还不能让他找出毛病来。他沉吟一会儿说:"我早就琢磨好啦,添丁添口是喜事,又刚刚搬到楼上,这也是双喜临门啊,就叫大喜吧。"

双庆心里咯噔一下,心说,小时候听老人说过,李家喜老爷子小名就叫大喜,我爹这是拿孙子小名报复他的老冤家啊。双庆觉得不妥,就半笑半不笑地说:"爹啊,咱家生个孩子是大喜,但是,我听说李家喜老爷子小名就叫大喜,怕不合适吧?"

于世林一听,眼眉竖起来了:"你,你说啥?我可没那意思,就觉得的确是大喜事,才这么起名的,你要觉着不好自己去琢磨更好的。"

双庆哪敢得罪爹,连忙点头:"嗯,好,好,好,就叫大喜。"

于万江也说:"双庆啊,就依四爷,叫大喜。"

第二天,双庆到村委会开证明去派出所登记上户口,会计李二奎问:"双庆啊,你家孩子怎么起这么个名啊?"

双庆说："不是我起的，是我爹起的。"

"你爹？于世林？"

"是啊，我们于家，一般生了男孩儿，都是请我爹起名。"

李二奎沉吟一下，说："你先等一下，这个证明先不能开，我得跟宝明商量商量。"

双庆不爱听了："啥，上户口还用商量啊？起名是我家的自由，我想给孩子起啥名就起啥名，国家《宪法》也没规定啥名字不许叫啊？"

李二奎说："不行，你家孩子的名字涉及楼村的安定团结。"

"啊？你这话怎么说？我家孩子起名还涉及楼村的安定团结？"

"是，没错，你先回家，等我跟宝明沟通一下，再告诉你。"

双庆咧咧嘴，皱着眉："这事儿闹的。"

他回到家，进门就说："爹啊，我去村委会开证明，李会计不给开啊，说咱家孩子的名字涉及楼村的安定团结。"

于世林听后大笑："看来我这个孙子不简单，起个名都这么重要，将来最差也可以做楼村的顶梁柱。"

双庆也笑了。

正说着，宝明来了，于世林赶紧让双庆倒水。宝明坐下，示意双庆也坐下，然后说："于四爷，刚才李会计跟我说您给孙子起名叫大喜，我觉得有些不妥。您是村里德高望重的人，对楼村的历史也非常了解，和您同龄或者年岁差不多的人更是非常了解，从小一起玩一起乐，一起打打闹闹的，叫小名是不是叫了好多年。"

于世林微笑着点头："是啊，一个村住着，谁不知道谁啊，过去我小时候，跟我那帮子发小玩得可疯了，基本不喊大号，就叫小名。"

宝明说："那您还记得我二爷李家喜的小名叫啥吗？"

于世林一笑："叫大喜啊。"

"是啊,他叫大喜,您家的孙子也叫大喜,这不是拐弯抹角损他吗?说得更直白一些,您天天喊孙子大喜,他是不是成了您孙子啦?"

于世林一听,赶忙摆手："啊,不不不,不对,不能那么联系,我可没那意思,我是说,这孩子出生正赶上刚刚搬到楼上住,于家添丁进口,两喜合一喜,应该叫双喜,可他爹叫双庆,这孩子的名就不能带'双'字啊,就叫大喜吧。"

宝明说："您也得考虑我二爷的感受啊,如果这么叫下去,势必引起李姓家族对于姓家族的不满。"

于世林问："你二爷知道我给孙子起名叫大喜了吗?"

宝明说："没有。"

于世林又是一笑："那好,你就告诉李家喜,我这个孙子小名叫大喜,但只叫一个月,过了满月就改名。"

宝明歪歪脑袋说："四爷您就别固执啦,早晚也是改。"

于世林说："你要不同意,那就不改了。谁家孩子不起名,天下重名的多了,我记得你们李家不是还有个年轻人叫李世民吗?那不是更重名了吗?国家哪条法律说不许姓于的孩子叫大喜啊?"

宝明说："于四爷,您就别较真了,咱这不是特殊情况嘛。这样吧,也别一个月了,十二天,行吗?"

于世林撇撇嘴："真是的,行,就依你,十二天。我这可是给你面子啦。"

宝明又摇摇头："好,那就一言为定,十二天后改名。"

双庆顺便跟宝明说："按咱楼村老习惯,孩子过十二晌,要送喜馒头,我已经在镇上馒头房订了一百个喜馒头,你说我怎么个发法？"

宝明说："我建议你再多订两百个,到时候,你就挨家挨户全村一家也不落地送,不能再分你姓李他姓于的,只给姓于的,不给姓李的。楼村的喜事,全体楼村人都应该分享快乐。"

双庆点点头。

宝明走后,于世林跟双庆说："咱答应人家过了十二晌就改名,那就在十二晌这天把喜馒头送出去。"

双庆点头答应："好,我马上跟镇上馒头房打招呼,顺便买几张红纸。"

送喜馒头是楼村的老习俗,也不知传流多少年了,不管穷家富家,只要生了孩子过小满月,都要给各家各户送喜馒头,为的是图个老例儿"嚼灾"。喜馒头被人们吃了,意思就是这孩子一生的各种灾都被人嚼完了,就平安了。因此,人们把送喜馒头这个习俗看得很重。

到了孩子十二晌这天,双庆家一派喜气洋洋,屋里笑声不断;小孩们围着桌子剥糖块、嗑瓜子;大人们喝茶、抽烟、侃大山,女客们关切地去看望刚过十二晌的孩子和陈晓敏,又是问长问短又是祝贺。亲戚们纷纷带着礼品来了,孩子姥姥送来的最丰盛:虎头鞋、长命锁,姥姥亲自给孩子穿上衣服。这是孩子第一次穿衣服,裤子、袜子、鞋子一应俱全,头上还戴了一顶用手帕扎成的小帽子,胸前戴上长命小银锁,专门请来理发师给孩子剃了胎头。那虎头鞋最抢眼,虎头上虎眉、虎目、虎须、虎牙真是一应俱全。虎为百兽之王,穿虎头鞋祛病避邪。双庆心说,孩子过十二晌就这么热闹,仅次于娶媳妇儿啊。

双庆早早到镇上馒头房去取预定的三百个馒头,让人家给馒头顶上都点了五福点儿。弄到家以后,姐姐指挥几个妇女一起忙活,把红纸裁成一个个方块,然后用红纸把馒头裹好。太阳升起来之后,双庆去找于世林询问送喜馒头的规矩。

于世林问:"孩子胖吗?"

双庆说:"胖,很胖。爹,您说这喜馒头怎么个送法?过去咱姓于的生孩子,基本都是送给姓于的,按人头送。那时,咱姓于的都在十字街口河沟西,送不错。可现在可不行了,这一住楼房,姓于的跟姓李的都混在一起了,您说怎么送呢?"

于世林摆摆手:"这还问我,现在跟过去不一样了,不分姓于还是姓李,家家送。别按人头送了,按户送,一家送一个。"

双庆又问:"过去是隔着墙头往院里扔,现在都是防盗门啊,怎么扔?也不能一家一户地敲门啊,送喜馒头要悄悄地送,不能直接送到人手里。"

于世林噏了下牙花:"你小子这么笨啊,脑子灵活一点儿,去买三百个小红塑料袋,一个袋子装一个馒头,不管谁家有人没人,挂在防盗门门把儿上。"

双庆乐了:"嘿,还是爹有好招儿。"

回到家,双庆把喜馒头分别装进红色塑料袋,就一个门洞一个门洞地开始送,一家一个,几个门洞下来,累得双庆呼呼直喘。

就在他站在大院里歇口气的时候,突然眼前一晃,一个红色的东西从对面楼的窗户里扔出来,正好落在他脚下,一看,是喜馒头。双庆登时心里就来了火,他想骂街,又觉得不妥,他想上楼去找那家,看看是谁家,就在他犹豫的时候,就听刚才的窗口有人说话:"没品相的东西,至于这么缺德吗?生个孩子起名还这么发损!"

双庆看清楚了,说话的正是李家喜的儿媳妇。

双庆皱着眉,心里一时没了主意。

他又回到家，跟爹说："李家喜儿媳妇把喜馒头扔了出来，这明显是斗气啊。"

于世林听后，抿嘴一笑，紧接着就是放声哈哈大笑。

笑得双庆满脸疑惑。

第五十三章　尴尬寿面

听着爹爽朗的笑声，双庆忽然想起再过几天，就是爹七十九岁生日了，双庆对姐姐说："楼村做寿的习惯是男做晋，女做出，意思就是男做虚岁，女做足岁。男人做寿也叫过九不过十，今年就可以过八十大寿，可以大庆一下。"姐弟俩跟爹商量，怎么庆祝这个八十大寿。

于世林说："按楼村的老例儿，做寿不能杀生。如果杀生，我不做。另外，不张扬，不请客，只招呼最亲近的几家人聚聚，吃顿面条就行了。"

姐姐拿出一套崭新的唐装，说："穿上吧，你儿子和陈晓敏买的，花了五千多，老美华的。"

于世林一听花了五千多元，立马就黑了脸："有钱也不能这样花，糟蹋日子。"

姐姐说："那不行，人可以少请，楼村几个跟您说得来的老人必须请，给全村人送长寿面是楼村多少年的老规矩，您又不是不知道。给您做寿，您就看着吧，我跟双庆操持。"

姐弟俩经过商量，爹的寿宴在镇上龙兴湖大酒店举行。

双庆把要请的楼村七十岁以上的老人列了个单子：于世忠、于世海、于世清、于世民、于万江、于万河、于万里、于万成、李家喜、李家旺、李家兴等二十多个名字，递给爹过目。

于世林接过来看看,点点头,但他从双庆手里要过笔,在李家喜名下画了两道横杠,说:"他恐怕不会来,到时候下不来台,怪丢人的,没把握就别送请帖了。"然后叮嘱双庆:"请客的人要提前三五天通知到。"

双庆请人用梅红纸按拟定邀请的客人给每人写了一封庆寿请酒柬帖,然后一一送到。

然后双庆跟酒店商量提前安排寿堂,人们要拜寿行礼,就把寿堂安排在酒店宴会大厅,寿堂上张灯结彩,寿堂正中用红纸金粉书一个磨盘大的"寿"字,下方挂着一幅于世林放大的生活照片,那张照片很喜庆,于世林身穿红色唐装,头发梳理得顺顺溜溜,笑得很灿烂。两旁贴一副对联,写着"福如东海,寿比南山"。寿堂正中设礼桌、摆香案、点寿烛、摆寿桃、寿糕、寿面、鲜花、水果等。香案上摆放着蜡扦,上插寿烛,还有一对插花用的花筒,香炉盖上有仙鹤叼莲花、灵芝的造型,案上还摆了鲜桃、面鲜、点心各五碗,上边插着金"寿"字的供花。

按照过去做寿的程序是先给村里各家各户送寿面,然后再举行家宴。

于是,双庆用一辆小卡车把面条拉到楼区,去村委会借来手持喇叭,在楼区里不断地喊:"今天是我爹八十大寿,请各家各户来吃寿面!"一遍一遍地重复着喊。人们拿着大碗或者铝盆接连不断地从各个楼的门洞里来了,纷纷说着祝寿的话,把一碗面和配菜、作料等倒在自己碗里回家。双庆一边忙活,一边关注着李姓家族的人谁来了,谁没来,最关注的还是李家喜家的人,而恰恰李家喜家真就没来人端寿面。双庆心里有些发沉,他也知道爹和李家喜这些年不对付,始终在暗斗较劲,虽然互相没撕破脸,但彼此你知我知,楼村人全都知道。

眼看就剩一碗了，双庆又喊了几遍，还是无人来，他转身要走，还得赶去酒店呢，他是爹寿宴的主角。刚要走，就听身后有人说："别走。"

双庆回头一看，正是李家喜。双庆立马把目光像钉子一样"钉"在李家喜脸上，心说寿帖给他送了，他不去贺寿，送喜面不想吃，哼，不给面子拉倒。心里这么想着，就要发动汽车离开。李家喜微笑着把一个铝盆递过来。双庆咽口唾沫，不情愿地把那最后一碗面条和其他作料通通倒进铝盆。然后又抬眼看看李家喜，李家喜脸上仍然保持着微笑，不像其他人接过面条都要说一句祝寿的话，而是点点头，转身离去。

双庆正要开车离开，就听楼上有个女人的声音："真缺德，给孙子起名都这么损人，怎么不叫'淘气'呢？"

双庆心里又是一沉，看来李家喜因为我儿子起名，跟我爹较劲呢。他想回击楼上，就听哐当一声，窗户关上了。

双庆闷闷不乐，心里就琢磨那女人说的"淘气"是谁呢？

来到酒店，他悄悄地问爹："谁叫'淘气'啊？"

于世林嘿嘿一笑，没说啥。

双庆又问于万江，于万江也是嘿嘿一笑，歪着脑袋说："你不该知道'淘气'是谁。"

双庆追着问："为啥我不能知道？"

于万江悄声说："其实告诉你也没啥，谁没小名啊。'淘气'是你爹。"

双庆一愣："啊，李家喜儿媳妇怎么这么说话，我找她去。"

于万江拉住了双庆："你想干啥？咱老于家先用的人家李家喜的小名，人家还气不过呢，你还找人家去。"

双庆耷拉着脸："重名的多了，就咱老于家还有重名的呢，怎

244

么啦？谁也没跟谁争斗,不都很好吗？"

于万江笑着说:"行啦,不是这俩老人有过节吗？要不然人家也不会多想啊,算了算了,该干啥快去干啥,时辰到了,快安排祝寿。"

于世林精神很好,但面色有些发黄。这是真正的家庭宴会,五服之内的本家人来了几十个,姑爷姑奶奶来了四个,表亲来了几十个,这些人都是有血缘关系的亲人,一次性这么齐的聚首而又没有掺杂别家的人,这应该是于姓家族第一次。原来预计八到十桌客人,结果有的人没被邀请也来了,就多出一桌。桌席很丰盛,烟酒也很高级。

一切准备停当,有人提议让双庆讲几句。双庆红着脸直摆手:"这么多人,我可张不开嘴了。"但人们一个劲儿地要求双庆说几句,双庆一看,没办法,硬着头皮说:"各位长辈,各位宾客,我嘴笨,不会说啥文词儿,我就说说我的心里话吧。今天大家来呢,都是为了给我爹祝寿,我代表我爹我姐还有晓敏和孩子,欢迎大家,感谢大家。

"我爹他这个人呢,大家都了解,他对我爷爷奶奶就非常孝顺,对我和姐姐特别心疼,特别宽厚,也特别严厉。他这辈子很不容易,对这个家,对我们于姓家族都费了很多心思。盼我爹身体棒棒的,心情好好的。别的我就不多说了,大家吃好喝好啊。"

双庆讲完后又给爹一鞠躬,双庆的姐姐趁着掌声响起的时候将一捧鲜花送到爹的怀里,当场把酒席上的一些老人感动得眼睛都红了。

然后拍了全家福照片,以于世林为中心,一群人围成扇形,拍照完后姐姐说:"有请老寿星吹灭生日蜡烛,大家快吃生日蛋糕。"

吃完蛋糕,寿宴开始,姐姐把爹安排在上席的首座。每桌都是八个菜喝酒,八个菜吃饭,意思是"八仙庆寿"。工夫不大,菜就已经上了四道。第一个节目是姐弟俩给爹祝寿,两人先后分别跪在桌案前那块红垫子上给爹磕头。然后就是姐弟俩为宾客敬酒,先从寿星老开始。

姐弟俩和于姓家族的晚辈们轮流给于世林敬酒祝寿,给各桌的客人敬酒,客人们也开始互相走动敬酒。酒席宴上,觥筹交错,杯盘狼藉,人们喝得满面红光。

寿宴快要吃完了,十几个喝酒的表亲就喝到一张桌子上去了,他们开始赌酒了,一人一杯转,不知喝了几杯,反正是都喝晕乎了。

于世海也八十多岁了,他也是一脸红扑扑的,拉着于世林的手说:"你这一儿一女好啊,我参加过好多做寿的,没有谁比你八十大寿做得这么好,这么有档次!"

于世林点着头,呵呵地笑了。

第五十四章　不期之遇

做完寿,于世林心情大好。这天,微风习习,细雨蒙蒙,于世林心烦意乱地在屋里打转转,有时就走到窗前,朝远处张望,他想看看老楼村,但老楼村似乎早就没有了任何踪迹,怎么看也找不到老楼村的影子。他很失望,老楼村的样子在他心头萦绕着,显现着,好像在召唤他,他索性走出屋子,奔向回老楼村的路上,他要去看看老楼村,不然会睡不着觉的。他从大公路走上龙兴湖堤岸,来到老楼村的旧址,原先小楼旧址在哪里?自己家房子在哪里?十字街口在哪里?小酒馆在哪里?牌坊、老槐树在哪里?都找不见一丝一毫的痕迹了,这里已经变成一片平地,有不少地方已经钻出一片片黄绿色草芽儿,在这片废墟改造的土地上显得那么扎眼。他站在那里,任凭雨水从头上淌下来,很快就泪眼模糊了。他摇摇头,抹把泪水,踉跄着离开,下坡时,脚下一滑,摔倒在地,挣扎几下想站起来,却感到浑身无力,心说不好,还想再努力一把,还是不行,于世林只好坐在地上,四下看看是否有人。李广清骑马正好打此路过,李广清稍一迟疑,还是翻身下马,想把于世林抱起来放到马背上,于世林一边躲闪一边说:"不,不,你受累给双庆打个电话,让他来接我。"

李广清心里明白,是于世林心里有芥蒂,不好意思让老李家人送他回家,就说:"别想那么多,我先把你送回去再说。"说着就把老爷子抱上马背送回家。双庆和陈晓敏赶紧找车把老爷子送到县医院,经过一番检查,胳膊摔破了,胯骨摔碎了,核磁显示脑干又出血了,只好再次住院治疗。

从医院回到家以后,于世林就不能起床了。双庆姐姐来伺候了十多天,家里突然来电话说姐夫在企业上班被车碰了,大腿骨折,送进医院。姐姐赶紧和双庆商量怎么办,双庆说:"晓敏是儿媳妇,伺候公爹怕有不便,实在不行就雇保姆。"

姐姐同意,保姆找来了,是个五十多岁很热心的东北男人,干了几年的保姆,很有经验。安排妥当,姐姐去了医院。哪知道于世林说啥也不要保姆伺候,饭不吃,渴了也不要水喝,尿了也不告诉保姆。双庆急得又是摇头又是搓手,怎么办呢?最后双庆还是辞掉楼区保安工作,自己伺候。于世林这才心满意足开始正常地吃喝拉撒。

陈晓敏每天晚上小酒馆关门后就过来看望公爹,来了就收拾房间,擦擦洗洗。

那天小酒馆人多,忙活了一身汗,站在门外被冷风吹得感冒了,她怕感冒传染给公爹,就一连几天没来。感冒好了,第一件事就是来看望公爹。一进屋,见屋里凌乱不堪,味道也很难闻,她就说:"双庆啊,你可够懒的,你鼻子闻不见吗?满屋子都是馊味。"

双庆说:"我没伺候过病人啊。"

陈晓敏再一问,公爹的衣服都已经半个月没换洗了,她就瞪一眼双庆:"快去找衣服,咱俩帮他把衣服换了,我去洗。"

双庆说:"你?不合适吧?你刚过门。"

"有啥不合适的啊,他又不是外人,我是他儿媳妇。"

见陈晓敏要帮自己换衣服,于世林脸上挂不住了,一个劲儿地往外推,不让陈晓敏碰他,陈晓敏就跪下了:"爹,我是外人吗?您要拿我当外人,就是不接受我,那我就和双庆离婚。如果您接受我,承认我是您儿媳妇,那您就按我的意思办。您是老人,我伺候您是天经地义的,我还要和双庆给您养老送终呢。您答应我吧,把我当成您闺女一样,就像姐姐伺候您,您那么坦然,行吗?您不答应我就跪在这儿,不起来。"

于世林听着,看着,一双老眼涌出泪水,又是摇头又是点头。

双庆说:"爹,您就别不好意思啦。"

于世林双手捂住脸:"好吧,好吧。"

洗了衣服,又给公爹喂饭,和双庆给公爹洗了澡,尽管陈晓敏感到很是羞怯又手忙脚乱,但还是很坦然。然后她又给公爹剪指甲、剪头发、修胡子。

感动得于世林不时地摇头叹息。

陈晓敏和双庆商量,两人换班,双庆去小酒馆打理,她自己一边带孩子一边伺候公爹。

可是不久,于世林的思维发生了很大变化,有时就像小孩子一样,每次陈晓敏都是先喂公公吃完饭后自己和双庆才吃,可一看到她吃饭,于世林就又哭又闹,说:"我还没吃饭。"有时外人在场时,陈晓敏就觉得特别尴尬,说:"您不是刚吃完吗,怎么说没吃呢?"

于世林就说:"我没吃饱。"

她只好赔着笑脸给公爹继续喂饭。

为了让公爹吃得舒服可口,陈晓敏天天单独开小灶,或者熬粥,或者做面汤、馄饨,然后吹凉了用小勺一口口地喂到公爹嘴里;怕公爹身上长褥疮,她一天要十几次地给公爹翻身挠痒,用毛巾蘸着温水给公爹擦身、洗手、洗脚。

最让陈晓敏头痛的就是连续阴雨天,因为公爹换下的尿布、床单、被子没法及时洗晒。她只好用火来烘烤尿布、被子。陈晓敏没经验,不知道被尿浸过的东西特别容易着火,烤着烤着被子就烧起来了,为了灭火,慌忙中她掀翻了桌子,没想到自己前面的头发、眉毛全都被火烧到了。晚上双庆回家后看到一脸狼狈的她,又是埋怨又是心疼,喏喏地说:"你呀真是⋯⋯我也不知怎么说你,下辈子我还娶你。"

陈晓敏一笑:"下辈子我不一定还嫁给你啊。"

双庆在场的时候,于世林总是叹息,埋怨搬迁,把棺材弄没了,还老自言自语地说:"我那棺材啊。我那棺材啊⋯⋯"

一想到棺材,于世林的思绪仿佛回到了十年前。

就在于世林六十九岁的那一年,老伴儿去世了。于世林嘱咐人们谁也不许哭,他对着已经没有气息的老伴儿说:"啥都给你准备好了,去黄泉的路上自己多小心,别摔跤。"说着,自己就哭得像个小孩子一样。准备封棺的时候,于世林亲自给老伴儿整理好衣服,正正鞋子,再次嘱咐老伴儿:"记住了啊,别走太快,走快了会摔跤。"

　　按照楼村的习俗,老人七十大寿要大办,其中最重要的一件事就是做棺材。还请来算命的说,于世林活不过七十岁,于是他为自己挑了一口好的棺材,放在厢房里。到了七十五岁,他活得好好的,正好村里有个老人突然过世,没有棺材,从他这借了过去。于世林想,自己七十岁没死,算命的不灵,但还是提前预备棺材为好,自己可以挑选那个永久的屋子,就又买了一口棺材。后来,于世林自己提出,还是提前把棺材买回家为好。棺材运到家里来后,于世林围着棺材挪了一圈,又挪了一圈,一圈又一圈,这里摸摸那里看看,嘴里时不时碎碎念着些啥,表情很满足。亲戚们也都来了,双庆跪在地上,给他祝寿,那一刻让那些看热闹不懂事的小孩子也感到很隆重很沉重。

　　于世林穿戴整齐,喝下双庆敬的酒,然后躺进棺材试试,在场的人们立马就泪眼婆娑了。因为人们知道,从那一天开始,于世林已经在为后事做准备了。双庆心里更明白,作为儿子从今往后也要做好准备,在不远的将来,不知哪一天,可能是某个早晨,或是某天半夜,爹就会不再醒来,自己得把他抱进棺材,那一天就是永久的告别,今天是告别的预演。想到此,他就哭出了声。

　　那口棺材依然放在厢房里,旁边堆着柴火,日子久了就有了蜘蛛网。不久,他的脚被狗咬了,本来没大事,他非让双庆找算命先生给掐算掐算,算命先生说他熬过五月,熬不过十月,最长熬不过春节。他可就当真了,让双庆把棺材刷漆,准备着。等天气转凉,脚不疼了,伤口恢复得完好,他说是先祖在保佑他。就这样,他又生龙活虎了十年。

　　于世林在楼村一辈子光鲜,老伴儿死得早,是他一手抚养儿子双庆长大成人。有一天跟双庆聊天,他说:"人啊,上到皇家,下到寻常百姓,这一辈子最重要就是三件事:出生、成家和死亡。"他特意告诉双庆等他死了要给他穿啥,包括鞋的式样都说到了。双庆听得很认真,告诉爹:"放心吧,我都记下了,回头我们去买,你喜欢穿啥就买啥。"

这么多天来,于世林一直恍恍惚惚,日子迷茫得不知道早晚,几次深夜甚至被噩梦惊醒,一身冷汗,茫然地坐在床上,一直到天亮。此刻,或许对过去的回忆是最好的良药,能让他暂时忘记一些事。他忽然说了句:"双庆,你看,你娘回来了,接我来了。"这句话刺痛了双庆的神经,把他拽进了哀恸的旋涡,刚缓了点儿神,可他悲哀的神情又感染了于世林,他也哭了,谁还能劝慰谁? 谁还能安慰谁呢? 屋子里到处都充斥着泪水的味道,那般肆虐,没有了任何掩饰。

于世林迷糊了,一会儿说是双庆娘来接他了,一会儿说一些已故之人的名字,还说给他们开会,指着屋子的任何一处,甚至是衣橱顶上说:"你别在那儿,快下来。"这些话说得双庆和陈晓敏脑袋发炸,毛骨悚然,甚至不敢在爹身边待着。

姐姐抽时间过来看望爹,见爹的病有些蹊跷,自然又想到了徐三姑:"不行让徐三姑给看看。"

双庆向来最听姐姐的话,起身跟着就来到徐三姑家。

徐三姑家是一楼,做道场的屋子有三十平方米,屋里布置得十分别致,正对门的墙上被一块宽大的黄色布幅盖住,布幅下面有一个凳子,凳子上放着一个元宝形的黄色香罐,旁边放着几百元现金。右侧墙上贴着一个红色纸质条幅上有"神款莫欠"四个黑字,格外醒目。两个大香炉紫烟升腾,房内昏暗阴晦,徐三姑端坐正中,双目微闭,一副神秘莫测的样子。

由于徐三姑在四里八乡有些小名气，来找她看病的人不少，此刻已有四人正在排队等待。苦苦等了两个多小时，才轮到他们，刚刚迈入门槛，一股浓重的香味扑鼻而来，里屋的桌子上摆放着成堆的礼品，点上一炷香后，身穿花褂的徐三姑半倾着身子趴在桌上，看着青烟徐徐升起……

然后她坐在黄色香罐旁的另一个凳子上，闭着眼睛，手里拿着点燃的香，口中唱着一些难以辨清的词语，一只手不时做着手势。每当看到唱词的徐三姑摆手，姐姐就让双庆趴在一块垫子上，朝着香案磕头。

过了一会儿，徐三姑睁开眼看了看，点了点头，拿出一炷香点上放入香罐，随即对着香罐闭眼张嘴轻声念叨，过了大概一分钟才又睁开眼。

"我爹到底怎样？"双庆急切地问道。

"倒是没啥大事，他身体里进了一股风。"徐三姑眯着眼睛，一脸严肃。

双庆问："是不是着凉进的风？"

徐三姑马上呵斥："你不懂，别瞎掺和。"

随后，徐三姑把姐姐叫到身边，耳语了一通悄悄话："要慢慢看，一个星期后再来，然后再隔十来天。"说完悄悄话，徐三姑又交代双庆说："买几盒烟吧。"徐三姑让双庆到附近一个指定商店买些"贡品"送来。

徐三姑对姐姐说："你爹的病有一'解'，现在我来给你姐俩做解。啥叫'解'呢？'解'就是消灾，人的命是天注定的，老天爷要你爹死，你爹就活不成；老天爷说你爹阳寿没到，你爹就死不了。你爹命中是有一劫数，过了这道坎，就没事了。我违背天意给你爹消灾看阳寿，那是要遭天谴的，我是要折寿的，但是为了你爹的病，我折点儿寿没啥,我有办法自己解决。古代有句老话:轻身重财者不治,爱财不要命的那可是不好搞,看你姐俩心诚不诚,不诚的话,老天也不会帮你们的!"

双庆问:"那要多少钱算心诚?"

徐三姑说:"你先交五百块吧。"

双庆说:"这么多呀?"

话音未落,姐姐伸手拖了双庆一把,努努嘴,示意他别说话。

徐三姑说:"你看看,我说轻身重财者不治的。算了,你们走吧。"

姐姐说:"别!我给,那我爹要是没好呢?"

徐三姑说:"那就要看你爹的造化了。"

双庆说:"那我爹要是死了呢?"

徐三姑说:"那就是天意,老天要收你爹,我等凡人岂能扭转。"

双庆说:"那,我不白出钱了,还不如就住在医院呢。"

徐三姑说:"嘿,医院就不死人吗?医院天天死人呢。昨天还有人来我这儿,愣要给我三千块钱呢!"

双庆说:"怎么呢?"

徐三姑说:"我给他做了'解',他好了,出院了,来感谢我呢。"

双庆说:"哦?啊!好,给,五百块。"

一番作法之后,徐三姑说:"我已经替你们做'解'了,你姐俩回去,你爹的药还是要接着吃,现在流行神医药医两结合。"

姐弟俩从徐三姑家出来,路遇宝明,宝明问:"是找徐三姑了吧?"

双庆说:"是啊,我爹快不行了,找徐三姑看看还有救吗。"

宝明说:"有病找医院,不能信这个,小病耽误成大病。"

姐姐不爱听了:"不许瞎说,仙家会怪罪的。"

第五十五章 终归弥合

听说于世林病重,宝明带着几个村干部前来看望,安慰了于世林和双庆,临走,对于世林说:"于四爷,您德高望重,凡事看得清,看得准,一辈子给人们办了不少好事。"听到宝明这话,于世林张了张嘴,想说啥但没说出来。宝明问双庆:"村里来看望的人多吗?"

双庆说:"不少。"

"有李姓家族的人吗?"

"大部分都是姓于的和他姓的人们,李姓的人有打电话问候的,也有晚上悄悄来的。"

宝明若有所思地点点头。离开于世林家后,宝明反复思量,觉得应该抓住于世林病这个机会,弥合一下李姓和于姓之间的关系。据他了解,两大姓之间不存在不可调和的矛盾,也没发生过大的冲突,平时见面也都乐呵呵地打招呼,开会也都在一起热热闹闹地讨论问题,彼此之间只是在暗地里较劲。他觉得完全可以消除这些隔阂,其实就一层窗户纸,话说透了,满天云彩也就散了。他决定去找二爷李家喜。

李家喜正在家半躺半坐地望着窗户出神。宝明进来了:"二爷在呀,您很清闲啊。"

李家喜把目光挪到宝明身上:"你找我?有事?"

宝明点着头,坐下,把身子往前倾着:"二爷啊,我这两天一直在思考一个问题,想跟您探讨探讨。"

"你年轻,懂得多,又是支部书记、村主任,有啥事,跟我说怕是我也不懂啊。"

"不是啊，二爷，我想问问您，咱楼村两大姓之间，到底有啥你死我活的矛盾？"

李家喜叹口气："唉，其实哪有啥针尖对麦芒的事啊，过去两大姓就是好几辈子都是联姻亲戚，也就是近几十年，走得远了生疏了，甚至两姓之间年轻人搞对象的都少了。"

"是啊，既然没啥大矛盾，为啥隔阂这么大，好像有多大仇恨似的？"

"真正的矛盾就是从村西小楼建成以后开始，好多人认为于姓家族压制了咱李姓家族，就请风水先生看风水，不就有了村东的小楼吗？再后来于家建了牌坊，咱李家也跟着建，就这样，你强我要比你更强的争斗就在暗地里开始了。谁也没在明面上说对方如何如何，于家没扒咱李家的祖坟，李家也没把于家的孩子扔井里。过去也曾经因为天旱无雨争水浇地打过群架，那本来是一件小事，却有人非要把事闹大，就在背地里鼓捣，把事挑起来的。后来闹明白了，知道是被人挑拨利用了，双方的火气也就消了，只是两姓之间的隔阂越来越深了。还有就是某个人与某个人之间的个人恩怨，日久年深，积累了一些不好调和的矛盾，其实这些矛盾也都是藏在心里，并没有在公开的场合对垒较量。就拿我跟于世林来说吧，我是咱李家不折不扣的老一辈人，在家族说了话还算有人听。于世林呢，他是于家的能耐人，有脑子，爱琢磨事，是于家上下有名望的人，说话算数。他和我明里暗里较劲多少年，其实谁也没胜，谁也没败，彼此心里都有数。"

"于世林老爷子可能不久于世了。"

"听说了。"

"我觉得您应该去看看他。"

255

李家喜顿时无语,眼皮耷拉下来。

宝明说:"刚才您也说了,有啥抹不下脸来的啊,大仁大义啊,既给于家面子,也给李家做榜样,最关键是趁此机会消弭两大姓之间的隔阂与矛盾。您德高望重,您一带头,李家人就会跟着去看望于四爷,这也就恢复了咱楼村互相尊重礼尚往来的老传统啊。"

李家喜仍没作声。

宝明接着说:"您这么做也是一件功德事,给两大姓的后代们带来福气。"

"你别说了,我就是抹不下脸来,我怎么进他的门啊?"

宝明乐了:"那好办,我提前去告诉双庆,让他们出来迎接您,然后我陪着您去。"

李家喜点点头:"那好吧,就依你。"

第五十六章　揭开秘密

李家喜把一个布兜子交给玉田,让他跟着自己去看望于世林。

两个明争暗斗几十年的老对手见面了,于世林见李家喜来看他,就很激动,脸上有了兴奋的光芒。

寒暄一阵后,李家喜说:"你还记得咱小时候的那件事吗?"

于世林说:"记得,记得。"

他们说的那件事,发生在二十世纪五十年代初,那时的楼村布局是东西长,南北短,分为东部分和西部分。两部分之间有一条小河,叫界河,其实说是河不如说是一条沟,沟两头都不通河渠,里面又没有水,只有下了大雨,这条沟才有水。楼村人都知道这条沟是有来头的,因为沟东过去是李家铺,住着姓李的村民;沟西是于家铺,住着姓于的村民,早先他们就这样相安无事地住着。

后来,住房用地紧张,由于世林和李家喜两人出面协商,把象征着两大姓对垒的界河填平盖房子,界河变成了一条南北路,与原来的东西路交叉,成了楼村唯一的十字街口。从此,楼村就没有了界河。人们盖房子就没有了中间界河的概念,于姓这边有了李姓的人,李姓那边有了姓于的人,再后来,东西两部分就混合在一起了。

于世林问李家喜:"三十年前那件事,你也没忘记吧?"

李家喜说:"我怎么会忘记呢?"

三十年前,那次两姓之间因为抢水,打群架。过后,李家喜觉得不能这么僵下去,他想找于姓代表人物于世林沟通,不要把矛盾和积怨扩大。

那天下午,于世林正在自家门前逗小狗玩,忽然,他看见老对头李家喜走了过来,便连忙侧过身去,装作没看见。很快,李家喜便来到了于世林的面前,脸上堆满了笑。于世林能看出,李家喜不是来找麻烦的,但他脸上的笑却是硬挤出来的,说有多难看就有多难看。于世林不禁想:"这几十年来,李家喜每次见到我,不都是板着个脸,高昂着头吗?今天怎么这副模样?"

于世林正在心里头嘀咕着,李家喜已经搓着手,开了口:"世林,在逗狗啊?"这明显是想搭讪,于世林却连哼都没哼一下,继续和狗逗着玩。李家喜张了张嘴,没有继续说出话来,望着于世林的背影,李家喜叹了一口气,无奈地回家去了。

李家喜走后,于世林心里头不停地掂量着:按理说,李家喜求任何人,也不可能求到我头上啊……

于世林原以为,他不搭理李家喜,李家喜便会懊恼生气。谁知第二天上午,李家喜又来了,一连三天,李家喜天天赔着笑脸,来找于世林说话,于世林却硬是没开过一回口!

第四天下午,李家喜又来到于世林家门前,不停地四下张望。于世林的老伴儿见了,于心不忍,说:"李家喜,你有啥话就对我说吧,我一定转告我家老爷子!"

李家喜犹豫一下,说:"这事儿我还是得等世林回来,跟他当面说。"

又是一连几天,李家喜仍然天天赔着笑脸,想跟于世林搭上话头。可于世林对李家喜还是不理不睬,于世林躲得烦了,干脆出门去王家沟表弟家走亲戚。晚上八点多钟,忽然下起了大雨,于世林老伴儿在家左等右等也不见于世林回来,便给表弟家打了电话,得知于世林大约半个小时前就回来了,就知道他这是被大雨困在了路上。

于世林老伴儿想给他送伞去,但屋外漆黑一片,她哪里敢去?这时,李家喜撑着一把雨伞,走了过来,问:"在家吗?"于世林老伴儿把情况说给他听了。李家喜说:"我给他送伞去!"说着,便从于世林老伴儿手中拿过伞,向村外走去。

从王家沟回楼村的路只有一条,李家喜怕于世林在暗处躲雨,两人错过了,便一边大步走着,一边大声叫着于世林的名字。

李家喜走了大约半个小时,忽然听到了一声迟疑的应答:"我,我在这儿。"

李家喜连忙跑了过去,用手电筒一照,只见于世林正站在一条深水沟里,浑身都湿透了。于世林告诉李家喜,半个小时前,他正冒雨赶路,忽然脚底下一滑,摔到了那条深沟里,怎么也爬不上来。李家喜连忙伸出手去,使足力气,将于世林拽了上来。

两人深一脚浅一脚地向楼村的方向走,进了村口,于世林道:

"家喜,今晚多亏了你,不然的话我非得在那条沟里被困上一夜!我知道你想跟我和好,我也想,但于家上下都憋着气,我怎么表态?只好躲你。"

李家喜听了,哈哈一笑,说:"其实就是话没说透,把内情说明白了,两姓之间还是能常来常往,咱们越来越老了,总得想办法让孩子们和睦相处才好。"

于李两姓的两位代表人物因为一场雨消弭了仇怨。可是不久,因为抢风水又让两人互相隔了老远。且两人在不同场合、不同事情上,为了各自的家族互使手腕,也算是暗地下绊子,让本就不亲不近的关系又冷了下来。

稍稍沉默了一下,于世林声音有些颤抖地问:"当年让你们李家立牌坊的恐怕也是给我们于家看风水的那个人吧?一样的把戏。"

李家喜连连点着头说:"是啊。"

于世林说:"这件事这些年一直是我的心病,我们于家在立牌坊的时候,风水先生让弄个'鱼吃狸'放石狮子底下,那样就可以长期镇住你们李家了。他这话我听着别扭,干啥要镇住李家啊,都在一个村住着,好几代的亲戚,那样做不是缺德吗?当时人们回家后,我就偷着把'鱼吃狸'给弄出来藏在家里。虽然咱俩面合心不合,但也不能让两大姓永无休止地闹下去,伤害了谁家都是不幸啊。"

李家喜听后也激动了:"跟你说啊,我们李家立牌坊之前,风水先生让做了个'狸吃鱼',我也是在人们回家后,偷偷把'狸吃鱼'弄出来也藏到家里了。没想到咱俩还想到一块儿了。"

于世林点着头说:"是啊,是啊,我先是把'鱼吃狸'扔到龙兴湖,觉得不妥,又挖出来,当时我也看见有个人影在湖边走动,以为是李家人跟踪我,我就赶紧回家了。"李家喜说:"我也是想把'狸吃鱼'扔到龙兴湖,觉得这玩意儿留着有用不能扔,又拿回来藏到家里的。"说着,于世林伸出枯槁的手,宝明赶紧抓住李家喜的胳膊送过去。于是,两双争斗了多年的手终于握在一起,两位老人的眼里都闪着晶莹的光,几十年的恩怨就在这一刻的泪水里化解了。

玉田从布兜子里拿出一个红布包说:"从搬家那天,我就看我爹神神秘秘的,老提防着我,怕我看到他的秘密,原来秘密就是这破玩意儿。"

于世林让双庆把床底下小箱子打开,把"鱼吃狸"拿出来,说:"看看吧,这些年石狮子底下根本没有啥镇物。"宝明没想到两人争斗了多少年,到了关键时刻,竟然都有那么大度的胸怀,两人一笑泯恩仇了,宝明从心里由衷地敬重两位老人。

于世林望着李家喜离开的背影,点着头,脸上露出欣慰的笑容。

当晚,宝明就在广播里把石狮子下面的秘密公开:"根本没有互害的镇物,也根本没有两姓互相偷走镇物的事。于世林和李家喜两位老人虽然相斗多年,但关键时刻都深明大义,把两姓互相伤害的所谓镇物都藏起来了,现在两个邪邪乎乎迷信的东西就在村委会,大家可以来看看,这两个东西给两大姓带来多少误解和猜疑,这回真相大白天下了,大家可以彻底消除误解啦。"

还真有不少人来看这东西的真面目,徐三姑也来了。宝明跟她说:"以后住楼房了,你不能再看香了,那都是妖邪迷信。"

徐三姑一听就急了:"你说啥?不让我看香了,那些仙家怎么办?你给他们安排地方供养啊?我看你是欺负我小门小户,想断我的财路。没门儿，我管他是村干部还是哪级干部，谁惹我，我就让仙家整治他，不信就试试。"

宝明说："好啊，我还真就不信这个邪，你就在我身上试试吧。"

徐三姑一看，自己的鬼话镇不住宝明，马上换了副笑脸："哈哈，宝明书记，你是书记，我那些仙家没你官大，他们怕你，你还是高抬贵手，让我接着看香，我也好有个进财的路啊。"

宝明说："你那是邪门歪道，必须停止，再糊弄人，小心我报警。"

徐三姑收起笑脸，悻悻地走了。

谜底揭穿，楼村人都释然了，两大姓的人都很感叹。

从李家喜来看望过之后，于世林的心情好了许多，但身体状况直线下降，有时就混混沌沌的了。

这天早晨，他好像清醒许多，对双庆和陈晓敏说："我想洗个澡，洗完你们把寿衣给我穿上，把我的头发剃干净，然后给亲戚们报信，让他们来看我最后一眼。"

双庆不愿意提前看到那个最悲伤的时刻，就说："别胡思乱想，死不了。"

于世林有气无力地说："不行，不能等我咽了气再穿寿衣，那我就得光着身子走了，到了阴间也没衣服穿。记着，等我一咽气，赶紧把'噙口钱'放我嘴里，那叫'口中含宝'。有了'噙口钱'，我来世不受穷。还要给我手里攥上块馒头，好让我在黄泉路上有饭吃，不挨饿，来生再世也不缺口粮。"

于世林睡着后，开始出现吹气现象，"噗——""噗——"。待老爷子醒来，双庆说："爹，您睡着了老吹气呢。"于世林听了叹口气说："唉，看来我快走了。那不是吹气，是吹坟前土啊，老人都这样，把坟前土吹没了,也就该咽气了。"双庆听了就忍不住唏嘘起来。

第五十七章　苍凉别世

眼看于世林越发不行了,话已说不出来,来看望的人只要他认识就哇哇大哭。吃饭的力气都没有了。这口气太难咽了,想来虽然对人间留恋,更多的是放不下负担吧。人世间的各种情感在一口气之间了断,真的很难受。

这天早晨,于世林忽然精神特别好,指着床下含含糊糊地说话,人们都听不清,双庆问:"是那小木箱吗?"

于世林点头。

双庆把小木箱搬出来,打开,把里面的将军服装、佩饰等一件一件地给老爷子看。于世林无力地点着头,满意地笑了笑。

双庆觉得,爹的一生,正如一面镜子,能让儿子学会坦然接受生命的艰辛和曲折,让儿子清楚地认识到人性所具有的高贵和脆弱。

面对爹即将告别人世,双庆的心在流血,在疼痛,痛到肌肉痉挛,痛到手脚全然麻木,痛到不能言语,痛到难以呼吸,痛到死去活来、生不如死。

姐姐预感到爹恐怕将不久于世了,让双庆给姐夫打电话,让他赶紧过来帮忙操持准备给爹办后事。

姐夫来了,神情凝重,对双庆说:"这些日子把你熬坏了,我来守咱爹,你好好睡一觉。"

双庆对姐夫非常了解。姐夫是邻村的,文化水平不高,但很能说,而且言语生动声情并茂,不论走到哪里,不论有十几个人甚至几十人,只要他在场,那准是听他一个人在说。他最大的特长就是唱儿段京剧,跟楼村李家才关系好,两人有共同的爱好,曾在一起排过戏,所以两人关系很好。

姐夫不抽烟,喜欢喝酒,并且酒瘾非常大,有时候半夜起来撒尿后也要喝两口,不然就睡不着了。他脾气很坏,也很固执。

虽然姐夫的脾气不太好,却时常会做一些温顺的事情,他从来不打骂姐姐和孩子,对岳父更是极为孝顺,这些年,姐姐伺候老爹不能回家,他一句怨言也没有,有时来看看老丈人,就和姐姐一起精心伺候老丈人,端屎端尿,洗澡搓背。

他还有个癖好,就是双庆姐姐所有的衣服、鞋袜、发卡和围巾甚至内裤都是他亲自挑选买回家的,他最喜欢在酒后唱儿段京剧《铡美案》《打龙袍》《遇皇后》等。

姐夫来的当天晚上,已经是半夜时分。于世林含糊地呻吟着,双庆突然就醒了,前去询问:"爹,您想干啥?"

于世林用微弱的声音说:"想喝粥。"

双庆想想这深更半夜的去哪儿弄粥呢,就在家里找找看有啥可以吃的东西。还不错,找到一瓶酸奶,双庆问:"爹,酸奶行吗?"

老爷子无力地点点头。双庆扶起爹,然后用身子顶住老爷子后背,让他更舒服一点儿。伺候老爷子喝完酸奶后,双庆转身把纸盒丢进了垃圾桶。再转身时,就被于世林用力地抓住了手,而且双庆感到非常有力,见爹的面目突然变得狰狞了,声音也突然大了:"快关灯!快关灯!它们要来带我走了!快点儿关灯!"

可把双庆吓坏了,看情况也拗不过,只好让姐夫关掉了电灯。

电灯刚关上,双庆就听见爹发出一声沉闷的长叹,然后就脑袋歪向一边了,双庆一惊,眼中含着泪水开灯,赶紧喊人。

于氏家族的人很快就都来了。见于世林已是心力衰竭,气若游丝,眼角还挂着几滴浊泪,双眉紧锁,两眼微睁,似乎还有很多牵挂,很多不舍,但他已不能开口向亲人们诉说了。他在鬼门关外徘徊着,挣扎着,不知道他此刻的心灵在经受着怎样的折磨和煎熬……眼看已过了半夜,墙上的挂钟时针无情地指向零点四十五分,在所有亲人的注视下,于世林突然长吸了一口气,紧接着上半身一下子抬了起来,随着"噗"的一声吐气声响,他的上半身又倒了下去,于世林咽下最后一口气。于世林走了,他走完了充满艰辛凄楚的人生之旅。顿时,屋里哭声一片。这是怎样的一刻啊!痛苦、悲伤、离别、呼唤、撕心裂肺,痛不欲生,交织凝聚。人们常说节哀,可在生死离别的当口,又有谁能说节就节呢?

此刻,天空飘下了忧愁的雨丝,滴答的雨声如泣如诉,敲得人们更加心碎。不一会儿,响起隆隆的雷声,大雨滂沱,狂风骤起,雨幕在窗户上流下一道道醒目的泪水,和着人们的哀泪纵横,把天人同祭的悲剧演绎到了极致。

天亮后在风悲、雨泣、雷哽咽的戚戚氛围中,人们扶老携幼,或撑着雨伞,或浑身透湿,前来与于世林老人告别,气氛沉重得令人窒息。时间不长,又似乎是老天为了让于世林在离开人世的路上走得更安稳而悲情内敛,风停了、雨住了、雷沉默了,大地重又恢复了平静。

第五十八章 冤家送行

这些年,在楼村,红白喜事一般都是李家喜操办,尤其是丧事,李家喜懂得很多规矩和忌讳。宝明说:"二爷,于四爷的丧事您就多操心吧。"

李家喜说:"你放心,我还是新旧结合,能省就省。"

他跟双庆说："咱楼村过去的规矩你们都知道，老人倒头了，你们见到来吊唁的人们要磕头。"

双庆"嗯嗯"地应答着。

在李家喜的指挥下，在厅堂正中挂一幅白色帐幔，帐幔正中写一个很大的"奠"字，帐幔前空中悬吊剪有各种图案的条形白纸"吊帘"，上书"严父养育恩似海，儿孙未报终是憾"。帐幔前摆了一张桌子，桌上正中靠帐幔处供奉于世林的灵牌和遗像，桌上摆着茶饭、点心、果品等供品，桌前陈列香筒、香炉等祭器，同时点上白烛。桌子两侧铺上谷草或麦草，孝子们分男左女右守丧跪卧两侧。灵堂里呈现着白茫茫、凄惨惨的丧事气氛。

宝明来了："二爷，咱别这么复杂啦，新旧结合吧。"

说着，他就拦着人们不让把纸扎品摆上来。

李家喜说："住楼房了，老习俗就不讲究啦？这也是老传统啊，该保留的还是保留一些。"

宝明说："现在提倡新风俗新习惯，丧事也要简化新办，这是响应中央的号召。"

李家喜不高兴了："你年轻轻的不懂这些，这都是老祖宗传下来的，我们这一代人再不教给你们，以后就全丢啦。"

"那都是封建迷信，现在是现代社会，不提倡那些。"

李家喜绷起脸来："宝明，你当书记管生产，管发展，管人们吃喝，这些老例儿还管啊？以前都这么办的，我跟于世林大半辈子不对付，他死了我想认认真真地给他操办一场，不好吗？"

"二爷，现在国家号召丧事简办，这是好事。"

"那我问你，真不能按我的想法办？"

"嗯，不能。"

"好，我不干了，我给那么多人操办了后事，都是风风光光，死者不知道满意不满意,但死者的后人都满意,到了于世林这儿,我给简办,你这不是让于家人恨我吗?"

宝明说:"于家人那儿我去解释。"

李家喜声音大了许多:"宝明,你小子当个村干部就六亲不认啦?这多少辈子传下来的老规矩也都作废吗?活着无所谓,死了总得风光着走吧?"

宝明赶紧上前用手抚了抚李家喜的胸口:"二爷,您别生气,别生气。这不是我要这么说,这是上级要求啊。您也有文化,厚养薄葬,丧事简办是中央提出来的。"

李家喜把宝明往外一推:"我再说一遍,于世林这个丧事必须按老规矩办!我操持了这么多年的红白喜事,都是按老规矩办的!到他走了,我给他简办,我心里过不去!再者说了,知道的说是你的主意,不知道的呢,不得说我小肚鸡肠,活着斗,死了还斗?"

宝明皱起眉头:"二爷啊,您别着急,咱慢慢说。"

李家喜怒气未消:"不说了,就这么办!"

宝明歪歪脑袋,无奈地离开了。他找到双庆说:"我跟我二爷说不通,你以丧主的身份跟老爷子说说,这不是单单于老爷子的丧事要简办,中央有指示,这是个好事,一些老旧的传统需要改变的还是要改变,以后红白喜事都要简办。"

双庆点头答应,马上跟李家喜沟通,李家喜历来是尊重事主,但他跟双庆说:"既然你主家也要简办,我就不能乱作主张,这样吧,我提个建议,你爹在楼村是个有头有脸的人物,死了死了,不能太寒酸,咱新老结合你看行吗?"

双庆说:"行行行。"

完后,双庆赶紧告诉宝明:"你二爷答应新老结合。"

灵棚内外,烟火萦绕,熊熊的火光里映着的是一张张满是悲戚的脸,除了哭声,还是哭声,人们的泪水已经泛滥成灾。

出殡了,在亲人们的簇拥下,寿床被象征性推倒,二侉子陪伴着双庆,冷棺披着红毯被人们扛在肩上,抬上灵车,锣鼓声刺破天空,那一刻,双庆的眼泪唰唰地流。陈晓敏作为儿媳妇,也是承担着重要角色,她被两名年轻妇女架着,怀里抱着个馅食罐,下葬时要将罐子放在骨灰盒前。

锣鼓声刺破空气,人们听到后就知道要下葬了。帮忙的没有丝毫犹豫开始拆灵棚,动作迅速,似乎早已确定好一切。

罩着红色棺罩的冷棺停放在门前,亲戚们全来吊孝,村里的乡亲家家都送来纸钱。

李家喜拿着手持喇叭喊:"开始吊孝啦!"

亲戚们吊孝后是村里乡亲。梦花手捂着脸,哭着来了:"爹呀,我那没享福的爹啊……"

梦花的出现,让双庆的姐姐很气愤,瞪她一眼,就要赶梦花离开,但梦花已经跪在灵前了,只好回过脸去不看她。梦花来吊孝,让双庆感到很为难,按说梦花不该来了,可她离婚没离村,毕竟老爷子曾经是她的公爹,就在梦花哭完的时候,双庆就陪着磕了几个头。陈晓敏就在一旁看着,好像看双庆和梦花的表演似的,面无表情,既不陪哭也不还礼。

梦花哭完了,找双庆给她的儿子要顶孝帽子。双庆说:"行啦,你儿子就算了。"

旁边不知是谁说了句:"也不知哪来的野种,还要孝帽子,哼!"

梦花哭着离开了。

紧跟着徐三姑也来了,双庆皱起眉头,但还是示意陈晓敏陪着磕头。

吊孝的人渐渐稀疏了。

李家喜一脸肃穆地走向前,弯腰作揖,行礼后,抹把眼泪,走出人群。然后,拿着手持喇叭转着圈地高喊:"姓李的男人们,都过来吊孝!"

于是,这一拨大部分都是李姓男人,他们个个表情严肃,规矩行礼,这在楼村过去是不多见的,因为隔阂积怨的缘故,于家丧事李姓男人极少去吊丧,李姓丧事,于姓男人也没人去吊丧。所以,这次李家喜一带头吊丧并号召李姓男人前来行礼吊丧,也是震撼和感动了于姓家族。

然后他站在准备行礼的李姓人旁边,掐着手指头算,李家还有谁应该来还没来,就用手持喇叭在楼下喊:"二梆子、三龙、广丰、广义、玉树、宝成,你们赶紧出来!"

这几个被点名的人低着头来了,李家喜说:"都是乡里乡亲,你不去磕头告别,你忘了,你爷爷去世的时候,于四爷可是磕过头的,如今人家走了,你连告别都不去,你们是不是都还在玩麻将?你们还是人吗?"

几个人都不敢吱声,脸色凝重地上前行礼。

站在一旁的宝明看在眼里,心里一阵阵发热,喉头酸涩,泪水弥漫了他的眼眶。

出灵的时候到了,路边挤满了全楼区的男女老少。他们是特意来为于世林送行的。听着悲切的唢呐声,看着灵柩被抬出大门,装上车直奔火葬场,人们回想着于世林生前的宗宗往事,百感交集,思绪难平。

出殡的队伍前,二侉子架着双庆,夸张地咧着嘴大声哭号。

李广清牵着那匹大白兔马,在人群后面默默地跟着为于世林

268

送行。

西风渐渐弱了，唢呐声和鞭炮声也稀疏了。

悲伤的葬礼，在涟涟的泪水里，结束了。

第五十九章　怀旧伤情

操持完于世林的丧事，李家喜疲惫地回到家，脑子里闪过的都是老楼村的旧情旧景，便在心里感叹不已。当年挖土烧砖，伐木做梁，建造房屋，经历过多少日日夜夜，甚至世世代代才慢慢完善好楼村，毁灭却在一瞬间。从老楼村化作漫天烟尘随风飘散的那一刻起，老楼村就成了一种回忆或者传说。随风飘散的哪只是老楼村，还有承载着的世世代代的记忆，这些都一同化作无尽的叹息。

一早起来，他就出了楼区，直奔老楼村旧址，想再看看旧日的楼村。玉田不放心，跟在李家喜身后。

父子俩来到东牌坊旧址，李家喜站住了，放眼望去，村庄不见了，只见烟云流动，只剩了曾经环绕村庄的树丛。

李家喜就以脑海中的记忆为蓝本，跟儿子玉田讲楼村的来历，讲楼村曾经发生过的一切，因为他是其中的亲历者、参与者和见证者。是啊，楼村一辈一辈的人都是过客，每个人演完一个片段就不再出场。玉田看着眼前已被铲平的楼村旧址，听着爹不紧不慢地叙述着祖辈的辉煌与成就、跌宕与起伏，感受着楼村的兴衰荣辱，一切显得那么真实，那么厚重。

李家喜感叹，人啊，都是硬着头皮各过各的生活，各自演绎着悲喜人生，好也罢，坏也罢，最终不过都是黄土一抔。想到这儿，他心里就很痛苦，很纠结，很茫然，好像丢了魂魄，不说话了。昨夜他做了一个梦，就梦见自己独自站在已经面目全非的村街十字路口,看着这片曾经的村庄,原本充满温暖的房子已经不见了,袅袅炊烟,没有了。原来人来人往的大街只有几绺青青绿草在微风中摇曳。他不断地摇头,默默地离开了,顺着那条老村路走出村子,漫无目的地走着,走着走着就来到龙兴湖岸边,醒后,他的眼里噙着泪水。

他心说,自己已经是八十岁的人了,已经是满身风雨。

他在心里勾画着老楼村,勾画着他住过的老房子。老房子似乎已经扎根在他内心最深的角落,永远不会离开了,就像现在一样想念老房子。

原来的楼村旧址已然是晨雾缭绕,氤氲着泥土芬芳。刹那间,他好像看见晨雾里升起通红的太阳,或许那是几百年前的朝阳吧,斜斜地照着,整个楼村旧址笼罩在苍白的晨光中,他的眼前似乎幻化出一片村庄,半晦半明地勾勒出来,沧桑隽秀。虽然没有亭台楼阁,高楼大厦,只有那曾经的孤芳冷傲。对于那些久远的往事,人们只当故事听。那老楼村里住过他爷爷奶奶,爹和娘,然后是哥哥和他。老楼村见证过爹和娘的感情,见证着他们一辈一辈的生活,一代代的人烟。

他觉得时间很古怪,任人们一代代老去,时间却不老,依然还在走,一直在走,不停不息。又一代人新生,又一代人老去,时间依然不老,依然还在走。

他忽然觉得某些事情或许是有些奇妙的缘分,老楼村虽然比不上真正的历史遗址古老建筑,但对于在这个村子出生和老去的人,老楼村就是巨大的精神财富。老楼村已经不再是具象化的物体,在他心中已然抽象化为一种生命的精神。

老楼村是爹和娘最后弥留的地方。爹和娘最后的时刻,都是在老房子里熬过的,他从来不相信死亡是安详的,一生的那些爱

270

与遗恨或许只在那一刻,才知道啥叫重要。爹和娘苦了一辈子,累了一辈子,争了一辈子,也操心了一辈子,最后,结束一生,只在片刻。在老楼村里,爹娘走完了人生最后的旅程。如今老楼村已变成一片虚无,如同他此刻荒芜痛彻的心境。在老楼村,他作为儿子为爹娘操办了后事。

老楼村,一个承载年岁的村庄,记录了几代人生活的片段,铭刻了悲喜交加的记忆。而今,它已经完成它的历史使命,随同那些淹没在岁月中的笑声和泪水永远地留在记忆深处了。但老楼村的痕迹依然刻在这里,不远不近,不离不弃,永远是他所关心、想念、栖身的家。

此刻,他黯然神伤。他再次面向楼村旧址跪在地上,心里不断地祈念,怀恋,沉痛,想念。

此刻,他仰望云天,眼角的泪被寒风吹落,他想,远在天堂的爹娘再看不到他们的老楼村了。他感叹老楼村给予人们的爱、宽容与信念已经在人们心里生长,蔓延。人生不足百年,长则长,短亦短。只要记得,活着就是一种福分。

此刻,阳光斜斜地照着,那该是几百年前的阳光,似乎将那老楼村半晦半明地勾勒出来,冷暖参半的色彩,沧桑隽秀。或许庸常曲折,却是几代人的生命足迹。这一脉的传承,终于化成他生命中解不开的情结、深深的烙印。

此刻,飞鸟无痕,当年箫鼓,顾影流连,人烟依旧。

第六十章　饱暖生非

给于世林老人办完丧事,人们的生活又复归正常。只是不少人感到无所事事,就出现了一些杂音。

这天,宝明刚从镇上回来,接到三驴子电话,说是请他喝酒。宝明心里一愣:三驴子为啥要请我喝酒,是不是又有啥事?不能去。就在他犹豫的时候,三驴子已经来了:"宝明,走啊,我今儿请你吃炖牛头。"宝明说:"我还有事,不去了。"

三驴子摇晃着脑袋:"宝明啊,咱俩可是打小光屁股一起长大的,咱是一个老李家,虽然出了五服,但都是一个祖爷,老李家咱俩交情最深啊,兄弟请你喝酒,你不能驳面子啊。"一边说一边拉着宝明就走。宝明感觉还真是不好推辞了,他跟三驴子这些年还真是好哥们儿。这是全楼村人都知道的。

过去,宝明没当楼村党支部书记那会儿,他们经常凑在一起喝酒,只要哥俩往酒桌前一坐,就是每人跟前各摆一瓶酒,不喝干不算完。俩人走进陈晓敏的小酒馆,喝了一会儿,三驴子脑袋上开始冒热气了,宝明知道,三驴子喝酒只要脑袋冒热气,说明他再喝多少都没问题,可自己不行啊。镇长再三嘱咐的,不能喝烂酒,更不能喝酒误事。虽然这是哥们儿间喝酒,但还是要把握好。三驴子又拿了一瓶,宝明赶紧抢过来:"不行了,我不能再喝了,晚上还要开会研究事。"

三驴子说话嗓门高:"研究啥事啊,是不是研究给人们安排工作的事?宝明,你别忘了研究研究我啊,咱俩的关系,你还能让我坐吃山空吗?"

宝明说:"难得你有这种想法,搬迁了,有钱了,但日子还得精打细算,细水长流,不能坐吃山空。"

三驴子大手一拍:"对,没错,你是书记兼主任,你尽量给我找个清闲些,有时间打麻将的工作。"

宝明大笑:"三驴子啊三驴子,你脑子还有别的事吗?成天就是麻将,麻将,我听说你把奥迪车卖了,为啥啊?"

三驴子立马沉下脸:"别提啦,别提啦。"

别看三驴子外号不好听,但却是楼村有名的帅哥,一米八的个头,浓眉大眼,相貌堂堂,口才又好,初中毕业后去了一家企业上班,虽收入不高,但朴实厚道,日子过得也安逸。拆迁后,他家一下子补偿八十多万元,还住了楼房。三驴子立即辞去厂里的工作,过起了有钱又有闲的安逸日子,花钱大手大脚,很拉风,天天泡在歌厅酒楼里,喜欢啥买啥看上啥就买,一点儿节制都没有,整天一门心思就琢磨着怎么玩。他见二侉子买了丰田卡罗拉,于万江买了名牌奔驰200,村里好多人家都买车了。有时候,二侉子、于万江他们开着车在三驴子身边过的时候,故意把喇叭摁得哇哇乱响,对三驴子很刺激,觉得他们就是在跟自己炫耀,那喇叭声就是在跟他较劲。三驴子就跟媳妇说:"咱也买车,一定要比他们的车高档。"

媳妇说:"咱家底薄,买辆十多万元钱的就行。"

他不干,说:"老爷们儿的事老娘们儿不懂,少掺和,咱怎么也不能让他们比下去啊。"

媳妇说:"买车还比啊?各过各的日子,好赖有个车出来进去方便就完了。"

三驴子很倔,过了不几天就花三十多万元买来一辆奥迪A6。这可是楼村最豪华,价格最高的车。人们都想看个新鲜,就来围观。三驴子觉得很荣耀,肩膀宽了好多,一双眼在人们的眼神里寻找他所期待的内涵,但却没有一个眼神表达出丝毫的羡慕和赞扬。他只好在自己嘴角露出一丝得意的笑容,算是自我安慰。

安逸日子也有过腻的时候,他跟一帮子年轻人混在一起,今天你请客明天他请客,喝酒唱歌,好不惬意。

后来,三驴子也加入了牌局。每天早晨一睁眼,就直奔牌馆打麻将,一直到困得眼睛睁不开才回家。除了睡觉外,他最主要的生活场景基本都发生在牌桌周围。后来，睡眠甚至已经成为他的负担。为此媳妇跟他吵过多次，让他赶紧找个工作。

的确是，三驴子在歌厅认识了一个外地人，玩起了更刺激的东西。他还挺要面子，每当跟人们闲聊，还劝别人，要好好生活，找个工作，过日子要细水长流。

那天玩麻将玩到后半夜了，三驴子犯困了，靠在沙发上打盹儿，一哥们儿凑过来："三驴子，怎么困啦？来，给你来点儿这个提提神。"说着，递给他一个小纸包，在那人的指导下，他吸了一口，嘿，还真是立马来了精神。三驴子怀疑有问题，就说："你小子可别糊弄我害我啊。"

那人说："咱都是好哥们儿，我哪能做缺德事。你放心吧，没问题，不会上瘾。"

三驴子相信都是好哥们儿，那人不会骗他害他。他就买了几包。以后，每当他困了累了，就吸几口。

可是，慢慢地他就上瘾了，没有那东西就受不了了，他心里明白，自己上当了，但已经晚了。

他主动找宝明坦白情况，让宝明送他去戒掉，但回来后过了不久，又禁不住那东西的诱惑，死灰复燃。

没过几天，三驴子就把奥迪车贱价卖了。买车人交钱的时候，三驴子媳妇把银行卡抢过去回娘家了，家里的其他钱也都带走了。三驴子手中空空，腹内焦躁，他去找父母，父母见到他就害怕，不给他开门。他找弟弟妹妹，弟弟妹妹也不理他。三驴子这才想请宝明喝酒，为的是借钱。他哭着说说："你借给我三百元钱，这次过去后，我一定要彻底戒掉。"

宝明说："不是不借给你钱，你有正用，绝对给你，但你去弄这

274

个,绝对不给!"

三驴子带着哭腔说:"这样吧,宝明啊,你费心帮我办个低保。"

宝明说:"不可能啊,咱楼村是家家户户都分到了拆迁补贴,这一项是上级明文规定不允许享受低保的。你要下狠心、下最大的决心,管住自己,肯定能彻底戒掉。"

三驴子双拳猛打自己的脑袋,又抱着自己的脑袋往墙上撞。

宝明说:"关键靠自己,一个男人,管不了自己就是悲剧。"

三驴子突然拿出一把刀子,对宝明说:"好,我也知道我这样子让人看不起我要让你知道我的决心。"说着,把左手放在桌子上,右手举起刀来就要朝左手剁去,宝明赶紧拦住,夺下刀子:"既然你决心这么大,不必剁手,用心管住自己就行。"

三驴子低声说:"那今天酒钱只好让你花了。"说完,抹把泪离开。

宝明结完账,心想,人们过去穷,没有驾驭过多财富的能力和经验,但这是个不好的现象,必须加以制止。

这件事,让宝明痛心,也让他深思:拆迁补偿款对于楼村人来说,真的是一笔天降的巨额财富,给人富足也挑战人们对财富的管理和运筹能力。应该说,楼村多数村民都是低技能劳动者,不具有专业理财知识和资金运作能力,精神财富匮乏,他们在长期劳作中,没有机会也没条件建设丰富的精神和强大内心。在巨额现金面前,有的人就丧失了基本的判断力,偏离了正常的价值观。

他琢磨着是得想办法引导人们正确把控好生活观念。正这么想着,李广清打来电话说二傻子又弄来一车狗,放进楼里了。

第六十一章　误入歧途

宝明赶忙过去看看,见二傻子正在锁他家一楼的防盗门,屋里传出几声狗的叫声,问二侉子:"咱不是已经说好了,先不养了,以后看情况再说。小区里怎么能养狗?你真不听话啊,才搬进来几天,你就又买狗。"

二侉子嘻嘻地笑着:"不是买的,是我上次卖的那些狗。那哥们儿不是买我的狗,是替我代养的。"

"啊?你小子糊弄我啊,我信任你,拿你当好兄弟,还替你请客,闹了半天,你跟买狗的唱双簧啊,把我当猴耍啊,你真不是东西!"

"我养狗也不是邪门歪道啊,不也是多种经营吗?"

"不行,你必须把狗卖了,上次骗我,你要心眼,让人家代养,搬到楼上了你就又弄回来,你玩这小聪明,你觉得有意思吗?"

二侉子还有些得意,笑着说:"我就这点儿智商,怎么办呢?"

宝明很严肃地说:"你抓紧联系卖狗,在卖狗之前,你必须把狗管好,不许出来遛狗,不能出现伤人事件。"然后他厉声说:"你现在就赶紧联系那个买狗的,不许再糊弄我,再糊弄我,小心我把匿名信的事一块儿跟你算账。"

二侉子无奈,只好拨通了买狗人的电话:"老弟呀,我这些狗看来还真得卖给你啊。"

买狗人犹豫。宝明让二侉子叫他过来当面研究。

工夫不大,买狗人开着车来了,一见面就说:"哎呀,不好意思,你这些狗我还真是稀罕,可我最近手头紧,只能交一部分订金,余款过些日子给,你看行吗?"

二侉子皱了皱眉,犹豫地低下头。

宝明说:"都是多年的老哥们儿了,这位老弟也不会不讲信用,对吧?"

那人连声说:"对对对,我也是守信的人,都是邻村住着,论起来都是亲戚,我也跑不了。"

二傍子摇摇头,很不甘心,但也无奈,因为养狗,以前在老房子的时候人们就对他横眉冷对,住楼房肯定更反对。这是自己多年闯出来的一条进财之道啊,可一时又没有好办法,只好依着宝明,忍痛答应了:"行,但剩下那部分钱你抓紧给我。"

买狗人点头:"肯定的,肯定的,你放心,最多半个月我就把余款给你送来。"

二傍子咧着嘴说:"我是真舍不得我那些狗啊。"

宝明对买狗人说:"既然定了,你赶紧叫你家里来车,把狗拉走。"

那些狗又被装上车,拉走了。

二傍子站在小区门口,望着远去的车,嘴里还念叨:"我那九饼、二饼多听话啊;八万那是多好玩啊;幺鸡是那么惹人喜欢,还有那个发财,多机灵的狗啊。完了,都归人家了。"

第六十二章　悔恨无涯

不养狗了,本来就喜欢玩牌的二傍子,就成了几家牌馆的常客,这里的牌局都是老人妇女们玩的娱乐性小牌局,后来就被三驴子拉着去了一个大牌馆,三驴子说:"你一个大男人成天跟一帮女人玩个啥劲,刺激性太小,跟我去,保准让你或输或赢都很刺激,就凭你养狗都能赚钱的脑子,在那牌局上还不大赢一把。"

于是,二傍子就去了大牌馆,而且越玩越大,已经到了昏天黑地的地步。

他跟媳妇说是玩小牌,其实是玩大牌,赌注很大的,一场下来输赢都得一万八千的。二傍子玩牌运气很差,场场都输得很惨,把以前私藏的积蓄输光了,晚上再去牌局本钱不足了,他不敢找媳妇要钱,就跑到小区外路边,给那买狗人打电话:"兄弟啊,你看那钱是不是给我拆兑拆兑,我有急事等着用钱。"

又过了几天,半个月的期限已经过了,买狗人还没把钱送来,二侉子有些着急了,三番五次打电话,还让宝明给买狗人打电话,催那人把余款送来。

那人说:"好吧,我抓紧拆兑,尽快给你。"

二侉子媳妇发现二侉子这些天不太对头,每次从牌馆回来总是愁眉苦脸,估计就是输钱了。她就跟二侉子说:"今年不走运,不行别玩牌了,歇歇,缓缓,等有了运气再去玩。"

二侉子不吱声。

媳妇又说:"你看你天天回来的脸上像刮黑风似的,肯定没赢钱,有多少钱也禁不住天天输啊。"

二侉子不耐烦了:"行啦,谁天天输啊,闭上你那乌鸦嘴。"

媳妇说:"电视、广播里老说有人因为赌钱败家了。"

"你才败家呢!少废话,快给我来点儿钱。"

"我没钱!"

"给不给?"

"没钱!不给!"

二侉子举起手,就要打媳妇。媳妇躲也不躲:"好,你打,打吧,打死我也没钱给你!"

两人越吵越凶,二侉子突然起身把门推开,"砰"的一声,用脚把门踹着关上,又突然拉开,恶狠狠地说:"不想跟我过,就离婚!"媳妇捂着脸坐在地上痛哭。

哭了一阵,她觉得委屈,找谁说呢?谁能管管二侉子呢?她想到了宝明,对,去找宝明。

宝明给二傻子打电话："你别忘了过去为难的日子,别以为腰包里有几个钱了,就烧得慌,把握不好,还会过苦日子。"

二傻子对着手机喊："宝明,你说你不让我养狗,我闲得难受啊,总得找个事干啊。"

宝明说："那你离了牌局就活不了吗?"

"真不行,一天不玩牌,就难受得不行,百爪挠心啊。"

宝明听了没再说话,眉头拧成了疙瘩。赌钱已经成了一大害啊。

二傻子好赌,只要一上牌桌,啥家庭、责任全被抛到九霄云外。今天,当他掏空了口袋里的最后一百块钱,被人从牌桌上撵下来的时候,心里很是不甘,怎奈兜里没钱腰不硬,只好站在旁边看别人赌。突然看到一个赌友手拿一沓钞票兴冲冲地跑了进来,这家伙有几天没来牌馆了。二傻子和一些牌友一起冲他喊:"你小子抢银行了,哪儿来这么多钱?"那牌友兴奋得满脸通红,一边接过递过来的骰子,一边说:"原先打工的那个厂子给的拖欠工资三万块钱。"

"哇,三万块!"

好多牌友睁大了羡慕的眼睛。二傻子紧紧盯着牌桌上厚厚的钞票和气宇轩昂的牌友,突然一拍脑门:有了!他家里还有买狗人交的订金呢。他兴奋地说:"你们等着,我现在就回家拿钱去。"

"得了,你家那母老虎不会给你钱,给你一顿臭骂还差不多。"

人们对二傻子媳妇很了解,他两口子吵架,二傻子从没胜过。人们已经司空见惯并且把它当成嘲讽二傻子的一个笑柄。"就是抢,我也得抢回一万块来。"二傻子撂下这句话,扭头就走。

快到家门口,二傻子还没琢磨出要钱的方法。动手硬抢,身单力薄的自己不是人高马大的媳妇的对手。等她睡着了,掐脖子硬逼,恐怕得到深夜。二傻子现在就想拿到钱,怎么办?

一进门，媳妇正在那儿洗菜，见二侉子进屋了，瞪他一眼，没说话。

"媳妇，我刚刚接到电话，咱家远门的三舅……"

"行了，别编瞎话了，不会是你三舅死了吧？上回你说二舅死了，从我这里骗走了一千块钱，二舅活得好好的，今儿个让你的三舅见鬼去吧。"

二侉子舌头一伸，见媳妇识破了自己的阴谋。看来这招儿不灵，他把手插进衣服兜，在屋里转了两圈："不是，不是，媳妇你别咒三舅死啊，是三舅介绍我跟一家纯净水公司合作搞个纯净水供水站，一桶水净赚三块钱，一天可以卖一百五十桶，能赚四百五十块钱呢。不过，得先交一万块钱的设备押金。"

"一万块，你以为我是开银行的。嗷，你是不是惦记着那卖狗的三万块钱订金了？那可是留着有大用的，想打它的主意，做梦去吧。"

二侉子用猎鹰般的眼睛巡视着屋子里的每一个角落，平时媳妇藏在床底下、棉鞋里甚至缝在被子里的钱无一不被二侉子找到并偷去做了赌资。媳妇的心像个明镜，一下子看穿了二侉子的把戏，她从怀里掏出个塑料袋："看见了吗，三万块钱在这儿，我一会儿就把它存到银行，设个密码，你休想打它的主意。"

二侉子眼睁睁地看着媳妇把塑料袋放回她那鼓囊囊的胸前。

"一个大老爷们儿游手好闲，天天泡在麻将桌上，我说过你玩小牌，消磨时间，无所谓。你嫌小牌不过瘾，非要玩大牌，说是刺激，今天输，明天输，输得你到处找钱，恨不得把这个家都翻过来找钱，你有钱吗？我跟你过日子，真嫌你丢人现眼。你给我滚，滚，永远也别回来。"媳妇用力把二侉子往外推。

二侉子心想，如果我有健壮的身体，非揍扁这个女人不可。他心里恨恨地想着，脸上却是另外一种表现："媳妇，噢，我想起来了,你手上烫的泡怎么样了?快给我看看,都怪我没本事,让你跟着受罪,我这心里头很疼啊。"说着,二侉子搂过媳妇的肩,"媳妇,都是我的错,我向你道歉。"

二侉子多少年没说这样的甜言蜜语了,自己都觉得别扭,然而,媳妇偏不上他的道儿,横眉冷对:"别变着花样儿哄我,你就是给我下跪也不给你钱!"

二侉子嬉皮笑脸惯了,一边嘻嘻地笑着,一边把媳妇搂着怀里,媳妇的手紧紧抓这那个塑料包。二侉子一只手摸摸媳妇的脸,摸摸下巴,揪揪鼻子,又抓抓媳妇的胳肢窝,媳妇痒痒得尖叫起来,身子也随之乱扭。就在这时,二侉子突然用另外一只手去抓装钱的塑料袋,媳妇"啪"的给他一个嘴巴,马上变了脸:"你死了这个心吧,滚,家里没饭给你吃!"

二侉子没饭吃,就到三驴子家找了点儿吃的,还赖在三驴子家过了一夜。

第二天一早,吃完早饭,三驴子也没钱借给他。他在家门口徘徊了几圈,没敢进屋,哄骗邻居说他去看望病重的二舅,邻居借给他一千块钱,他拿了钱就又去了牌局。

没想到,买狗人这天就开车送钱来了,一进小区就给宝明打电话,说:"二侉子催得急,只好借钱先还债,你当书记的给我们做个证明。"

宝明跟二侉子媳妇说:"这笔钱你收好,千万别让二侉子知道。"

二侉子媳妇说:"他这些天,黑天白日地泡在牌局上,也是啊,住进楼房后好多人都没事干啊,不玩牌能干啥呢?"

宝明沉吟一下:"是啊,我也着急,得想办法让人们有事干,回

281

头支部和村委会还真得好好研究研究住楼房后人们应该干啥。"

第二天,宝明到镇上开会,散会后刘镇长问:"楼村现在怎样,村民情绪稳定吗?反应如何?"

宝明说:"一切都很好,就是现在人们住楼房了,不种地了,无所事事,打牌赌钱成了最突出的问题,不治理不行了。"

刘镇长说:"这样吧,你先跟大家说一下赌钱的害处与管理规定,我跟派出所打个招呼,让他们去查一下,赌资太大的,严厉地治一下,连打带吓唬,不过这只是临时措施,长远的还需要好好研究,怎样把人们的精神生活搞好搞活,让人们从牌局转移到运动健身、文化娱乐方面,越丰富越好。"

宝明从镇政府回来一进楼区就碰见二侉子,见他蔫头耷脑的,就问:"二侉子又输了吧?"

二侉子的确又输了,今天输得他龇牙咧嘴,心肝肺都疼,他没搭理宝明,迷迷瞪瞪地回到家,脸色阴沉。

媳妇起身,一口唾沫飞到二侉子脸上:"你不是想离婚吗?好,这日子也没法过了,离婚!我先回娘家!"说完怒气冲冲就走。二侉子赶紧起身堵住门口,拦腰抱住媳妇:"不行,不能离婚,你不能走。"

媳妇转身回到里屋,趴在床上大哭。

二侉子手足无措地在屋里转了几圈,见媳妇哭声小了,就推门出来,直接奔陈晓敏的小酒馆去了。现在的小酒馆可不是以前的小酒馆了,牌子还叫"小酒馆",但门店大了,装修好了,也更气派。他找个地方坐下,陈晓敏本来对二侉子没好感,但既然人家来酒馆了,也要当客人对待,就走过去热情地问:"这么早就来喝酒吗?"

"是,想喝酒。有高度酒吗?来半斤。"

"要啥菜？"

"不要菜,有酒就行,酒钱先欠着啊,给我记账。"

没有下酒菜,二侉子不一会儿就把半斤酒喝干了,但他也是晕晕乎乎,喊着:"我醉啦,我醉啦!"说着,一摇三晃地离开小酒馆。

二侉子回到家,见媳妇不在,猜测是回娘家了,就把自己摔到床上,不敢睁开眼,脑仁有些疼,整个脑袋都嗡嗡响。

其实他很困,但他睡不着。半睡半醒间就做梦了,他梦见自己抓了一手好牌,起手就听牌,认为这一把必赢无疑,心里很美,抓了几张牌之后,终于抓到了想要的那张牌,他太激动了,跳起来一放,结果把牌桌弄翻了……他一惊,醒了,原来是梦。他一摸脑门儿,出了好多的汗。

这时,有人敲门,他慢吞吞起身走到门前,闭上眼,使劲一开,宝明走了进来。他一手扶墙,一手挥舞着,嘟囔着说:"媳妇啊,你也不给我做饭吃,我都饿死啦。"

宝明转身拍拍他的肩膀:"二侉子,快醒醒酒,我找你有事说。"

二侉子一听,睁开眼:"啊,是宝明啊,你来干啥?你是共产党员,你是干部,不参与赌钱,你来干啥?"

宝明说:"你可是越来越不像话了,吃喝赌,够潇洒啊。"

"我潇洒啥呀,牌局上就是一个字,'输'。"

"那你还不收手,非得输到败家才算完吗?你见过有靠赌钱发家的吗?"

"你不让养狗,逼着我把狗卖了,我没事干了,也不会干别的营生,不玩钱,你说我还能干什么?"

宝明说："哦，不让你养狗你就赌钱啊，你输钱合着倒怨我啊？"

二傍子把身子往后一仰："完喽，没本钱啦。"

"二傍子，我已经广播好几遍了，劝大家不要参与赌博，这不是虚张声势，绝对是真格的，派出所马上就要采取行动，你赶紧收手。"

"那我输了那么多钱，我怎么办？"

"我跟你说，赌局就是陷阱，十赌九输，你不知道吗？"

"好吧，我不玩了，行了吗？放心了吗？"

宝明说："钱就是魔鬼，能让人心惊肉跳，能让人心花怒放，能让人铤而走险，能让人以泪洗面。有的人能让钱生钱，钱生子，钱生孙，可以创造无数财富；有的人有了钱就兴奋，甚至麻痹。钱这个东西人人都爱，世人都说钱财好，我觉得还不如平凡活着好。有的人一旦有机会突然有钱了，还真是容易膨胀，容易失去自我控制，因为平凡的人要以自己能力妥善享用，这样也是幸福。"

二傍子一连气地哈腰说："是是是，你说的绝对是真理。"

宝明走后，二傍子不甘心，还想把输掉的钱赢回来，就翻箱倒柜找钱，结果还真就找到一个小布包，里面有三千块钱，还有一个字条，写着"大宝的新年压岁钱"。他心下一愣，这是过年的时候亲戚朋友给儿子的压岁钱，他有些迟疑，但转念一想，我要是用这钱翻了本，再还给大宝不是不行吧？嗯，只有这么干了，不然也没机会了。于是，把三千块钱揣进怀里，直奔牌馆。

此刻，他的潜意识里就有一种奢望，边抽着烟，边摸着每一张都让他兴奋的牌，还好，开始是有输有赢，手里的钱达到了六千块，他一边暗自庆幸一边嘱咐自己，稳住，一定要稳住。但过了一会儿,形势急转直下,竟然连续好多把全是输,六千块钱很快输光了,他浑身冒汗,一咬牙,借!先是借了五千块,五千块输光又借五千块,已经借了两万五千块了,他知道他彻底完了。他在牌局上依然表现得似乎很无所谓,但只有他自己知道,那种痛与绝望,他顿时感到心脏已开始疲劳,也开始后怕和自责,但却没有因付出这么惨重的代价而感到后悔。

离开了牌桌,二侉子就像冬天里找不到食吃的野狗,在大街上缓慢地走着。街头依稀有零落的身影,在灯光摇曳间渐渐远去,暗夜总有一种莫名的不安在涌动,灰暗的街角,只有一丝丝微黄的灯光透过树叶间的罅隙慵懒地投下来,他眼睛微闭,叹息间不免有一点儿失落浮现。

头发在滴水,他知道那是汗水,朦胧了他眼角温热的泪,他感叹自己为何一次次把自己逼进死角,让自己处于如此艰难的境地,让自己无法喘息!他嘲笑自己是天天都在梦想水里捞月的人,明明知道水中无月。想到此,他不由得自语道:"我是聪明人,但是我没有真智慧,所以我才败得这么惨、这么彻底。虽然我学历不高,但我会赚钱,媳妇就因为我聪明才不嫌我丑,托人介绍要跟我搞对象,一心一意跟我过日子。尽管日子过得穷苦,但我媳妇总是笑着的。这些年,总算熬到花钱不像割肉那般疼痛那般难受了,媳妇对这个家充满了希望。可惜,我迷恋上赌钱,我真是傻蛋一个啊,放纵自己才让自己变成赌场魔鬼。"想着想着,眼泪便止不住地滚落下来。

第六十三章　戏迷上阵

楼区里赌博成风,让宝明伤透脑筋,他思量再三,决定找楼村有名的戏迷李家才李八爷。

李家才是个铁杆戏迷,从小喜欢京剧,好多经典唱段他都唱得滚瓜烂熟。他有个习惯,每天早晨到野地里吊嗓子,他尤其喜欢对着冰霜练,据说用热气使冰霜散发出水蒸气,再把含有冰霜的气体吸进口中,可使嗓音清脆响亮,唱戏能达到字正腔圆的效果。一年到头,李家才从来没有间断过。

人们对李家才的记忆力非常佩服,他学的剧本没有曲谱,只有文字。唱词前只注明"西皮原版""二黄慢三眼""反二黄"等,大剧团的琴师和演员一看就知道怎么拉,怎么唱,配合默契。过去,他曾牵头组建过楼村剧团,那时候,锣鼓家什一支,就咚咚锵,锵戚来戚,戏就开演了,唱戏的认真,看戏的开心。

过去的楼村剧团也就是个临时性的草台班子,参与者中有文化的不多,有高水平文化的人更少。但是,这些演员却很认真,很投入。再加上农村观众要求也不高,热闹就行。其实好多农村戏迷对一些戏剧非常熟悉,有时候台上唱,下面就有不少人跟着一起哼唱。正是这些有功底的戏迷,为楼村的戏唱出了名气。每年春节前夕,一些邻近的村就提前派人来邀请,有时晚上排不上,就安排在下午演,晚上村里派饭吃,演员带妆吃完饭后,急忙赶到另一村去演。当然都是"野台子",没有音响字幕,没有啥布景,但不论天怎样冷,台下总是黑压压的人群,鸦雀无声。他们唱戏,没有任何报酬,练得还是那么刻苦,那么投入,可能就是爱好的缘故吧。其实,也不完全是,用李家才的话说:"唱不好丢人!"

后来楼村剧团散摊子了,但已经老了的李家才对戏剧的痴迷却仍然继续。

李家才正吃饭,宝明来了:"八爷。"李家才大排行老八,所以宝明管他叫八爷。李家才从年轻时就有一个爱好,他特别喜欢听戏看戏,尤其是喜欢唱戏。早些年,他曾是公社剧团的台柱子,整个楼村人没有不佩服的,就连县剧团的团长都说他唱得字正腔圆,又曾得到天津京剧名家的指点和夸赞,更因为他曾在省城演出受到省委宣传部部长的接见,还握了手,拍了照片,那就成了他一辈子的荣耀。有时候他就说自己要不是因为他是村里人,早成名角了。宝明说:"八爷啊,您是老戏精,您看咱楼村人住进楼房后,人们闲暇时间多了,但心乱了,尤其是玩麻将的很多,这可不是好现象。我琢磨好几夜了,想跟您商量商量,您牵头恢复楼村剧团,接连不断地给人们唱戏,好不好?"

李家才一听要成立剧团,立马精神头来了,眼睛放光:"好啊,好啊,太好了! 你组织,我配合。"

宝明说:"费用大概需要多少?"

李家才沉吟一下:"行头、锣鼓家什、排戏,估摸着怎么也得几万块。"

"行,这点儿钱好办,村委会出一点儿,其余的我找几个干企业的凑凑。"

宝明接着说:"两委班子专门开会研究了, 咱还要成立舞蹈队、象棋队、篮球队、乒乓球队,把那些成天泡在麻将桌上的演职员拉出来。"

宝明的想法让李家才很振奋,宝明离开后,他就坐在椅子上,脑海里浮现出一幕幕楼村剧团的过去。

可以说,他是楼村剧团的顶门杠。这个草台班子的剧目几乎都是包公戏,而他就因为演包公得到人们的赞扬。

有件事让他终生难忘。有一年过春节,他曾经在一个村子连演七场包公戏。演出一般都是晚上,看戏的人很多,听完秦香莲大段唱腔后大家昏昏欲睡了，等到他出场时，用两嗓子就把看戏的喊醒了，人们连声叫好，等唱到审陈世美的时候台下气氛就很活跃了，人们边看戏边议论，当唱到"把状纸压到爷的大堂上"的时候，突然有个女人冲上戏台，跪到他面前，泪流满面，说她家离这个村十几里地，她丈夫有了外遇，在外面养了小三，把家扔了，让包公替她申冤。人们听了这些，哭笑不得，但演戏演到这份儿上，也是很难得了，由此更加佩服李家才。

李家才为此也感叹包公铁面无私、刚正不阿、清正廉明、浩然正气。

人们评价李家才，把包公演活了，送他外号"活包公"。

楼村剧团成立了，决定排演。半个月后，楼区里贴出告示，今晚楼村剧团在楼区中央小空地演出。眼看就要开场了，一名扮演衙役的人家中有事，缺场了。眼看戏要开场，李家才急得够呛，一个劲儿地歪脑袋。突然他发现二侉子站在观众群里，他眼前一亮，过去把二侉子拉过来："二侉子，你来演戏。"

二侉子急急地后退："我可不会演戏，不会不会。"

李家才说："马上开演了，救场如救火，你来试试吧。"二侉子连连摆手说："我真不会，不行不行。"

李家才说："没事儿，你就站那儿，我扮演县官，到我一喊'衙役们'，你就拉长音喊'有'，就行了。"

二侉子把嘴都咧到腮帮子了："我哪演过戏，我好紧张，演不了，到时候忘了怎么办？"

"这好办。"李家才随手揪一绺狗尾巴草，让他拿着，到时候一看见狗尾巴草，就想起来了。

二侉子无奈，打扮停当，扭扭捏捏上了戏台。

眼睛斜瞅着台下黑压压的人群，紧张地听李家才哼哼唧唧唱了半天,生怕出错。忽然李家才一拍惊堂木,大喊:"衙役们!"二侉子一看手中的狗尾巴草,急忙拖着长音高喊:"草!"众人一听哗然大笑,连其他衙役们都笑得前仰后合。关键时候还是李家才有经验,压得住阵脚,只听他继续唱道:"叫你说'有'你说'草',都把那戏来唱坏了。"

二侉子紧跟着说了一句:"有!"

本来没有这句,他这多出一句台词,李家才心里那个恨啊,真后悔把他弄到台上来。他迈着方步走到二侉子跟前低声说:"你小子真不地道。"

二侉子咧咧嘴:"我说我不行,你非说我行,演砸了也不能怪我。"

第六十四章 声名再起

不久,听说楼村剧团又恢复了,就有附近村庄前来邀请演出的。

这天,东方刚蒙蒙亮,院门就"嘭嘭嘭"被人敲响了。睡梦中的李家才被惊醒,披上衣服睡眼惺忪地去开门,见是个乡下汉子,直戳戳铁塔似的站在门口。那人一见李家才,似乎早就认识,上前就抬手划脚,嘴里咿咿呀呀,不知说些啥。李家才从他的表述中,分辨出用手捋胡须,又把双手交叉起来放到后脑勺上当枕头,还又把眼睛睁开又合上的动作。大概明白他家或者说是他村里有一位年长,似乎是生病的老人,要看他们演的戏。

那汉子见李家才明白了,就把手伸进衣兜掏摸了好一阵子,拿出了一沓子钱,有一百五十多块的样子,都是些十块、一块的,双手递到李家才手上。李家才不知这钱是作为请戏的订金,还是

289

请戏的所有家当。从他拿出的钱来看,知道这人的日子并不宽裕,就把钱推回去,然后用手指一指房子道:"钱,你先拿上,你到我家稍等,待我通知其他演员,带上道具就马上跟你走。"

那人不会说话,但似乎耳朵好使,朝李家才嘿嘿几声,憨憨地点点头。

有的演员被李家才叫出来,问李家才今日到何处演出?当看见那个哑巴时,立时变得有些不愉快。演员中,有不少人都认识他,这人是赵家沟村的,尽管哑,但是个戏迷。人们不愉快的原因是这个村子很远,足有二十多公里的路程,且交通极为不便,况且今日老天不作美,好像要下雨。于是,有演员就想打退堂鼓:"到那里去演戏,还不够受罪的,一场戏演下来,还不知挣多少钱。"

李家才听到这里,很是气愤,就说:"大家都别吵吵啦,家有千口主事一人。现如今不是都讲诚信吗?人家大老远来请咱,是觉得咱们的戏演得还好。咱要是不去,就是失信于人家,这对日后咱们戏班子的发展不利。今天这场戏就是上刀山下火海也要演。不能光把眼睛盯在钱上,也得发扬一下风格,尽管路途远。具体问题具体对待,我看这样,这场戏演完之后,每人发八十块钱的劳务费,如果请戏的人家付不起,短了大家的钱,我来垫上。"

大家认为这哑巴跟李家才有啥亲戚,也弄不明白其中有啥瓜葛,但听了李家才的话也就不好再说啥,就悻悻地带上道具随那人走。哑巴听了李家才的话,有些感激涕零,跑前忙后帮着拿道具以及一些杂七杂八的东西。

一路无话,到了赵家沟,演员们草草地扒拉了几口主家备好的饭菜,就马不停蹄地搭起戏台。为了让哑巴满意,也根据哑巴的意图,戏台就搭在了他家房前的场院里。三通锣鼓敲过,戏已开演。演员们尽管累,但演出都十分卖力。

此刻,《铡美案》正进入了高潮,突然,哑巴闯上台来,鸣里哇啦哭泣着,双手抹着眼泪,十分悲痛。这一搅和,戏不得不暂缓演出。饰演包公的李家才,睁眼一瞅,见是哑巴,正要说些啥,哑巴却扑通一下双膝跪在了他的脚下。因为戏班子来到村里时间已晚,只是赶时间搭台唱戏,也没有腾出过多的时间与哑巴家人交流,李家才见哑巴此刻的举动感到必有蹊跷,就双手扶他起身,想弄个明白,而哑巴也想跟李家才解释,可他鸣鸣哇哇,抢胳膊比画,尽管费了九牛二虎之力也没有说清事情的来龙去脉。这时,上来了一个十五六岁的孩子,替哑巴解说起来:"这是我二叔,我二叔的爹,我爷爷,今年八十多岁了,自小好听戏看戏……"孩子说到这里,已是泪眼婆娑,讲不下去了。他控制了一下情绪,说:"爷爷病了不少日子啦,他有个愿望,就是在他临终的时候,能够看一场或者是听一场戏!"孩子在述说,那哑巴哇哇啦啦地直朝李家才点头。孩子继续说:"刚才,躺在病床上的爷爷正在用心听戏,突然闭上了双眼。爷爷是微笑着走的,看样子,他是心满意足,死而无憾了!"

此时,台上台下,一片唏嘘之声。这一个小插曲,似乎是戏中一个必不可少的情节,把这场戏推上了更趋完美的程度。

戏继续进行。李家才和演员们没有想到竟有如此的铁杆戏迷,都被老人感动和鼓舞了。李家才说:"尽管老人已经走了,戏还得演,而且要演好,就算我们用戏来送他老人家一程吧!"于是,这些演员拿出了所有的看家本领,把戏演得更加到位,简直到了专业水平,甚至到了出神入化的地步。

"她母子三人泪不干。香莲下堂把我怨,她道我官官相护有牵连。本当铡了陈世美,国太一旁来阻拦。有心不铡陈世美,倒叫我包拯两为难。拼着官儿我不做,塌天大祸我承担。将陈世美搭在铜铡案,铡了这负义贼再见龙颜……"

李家才的唱腔粗犷,摄人心魄。台上台下又是一浪高过一浪的声声啼哭。

楼村剧团的名声又一次震撼了四里八乡,给楼村挣来了新的荣誉和光彩。

好多喜欢戏剧的楼村人加入了剧团。

第六十五章　重立牌坊

剧团还真吸引了不少人,楼区里时不时就有人哼唱几句。宝明很高兴,晚上睡不着觉,算算有多少人干起了楼区卫生、绿化、门卫工作,推荐了多少人在土地流转后的农业开发项目找到了工作,还有多少人自己在企业找到工作,还有多少人没有工作,有多少人安于享乐不愿意找工作,有多少人还在找工作,村委会还能帮哪些人就业……他琢磨,除了继续创造机会拓宽联系面帮人们就业外,还要开超市、理发馆、家电维修、幼儿园等等,还得成立象棋队,把一些喜欢象棋的人拢在一起,还有歌咏队、舞蹈队,梦花、柳云芳都是不错的唱歌和跳舞爱好者,由她们操持,队伍可大可小,也能凝聚不少人,力争让更多的人离开牌局。这么想着,宝明进入了梦乡。

第二天一早,他想把这想法跟二爷念叨念叨。走进李家喜的家,却见李家喜正摆弄几块老青砖和被截成筷子长短的老木头,宝明问:"二爷这是干啥呢?"

李家喜笑了笑:"没干完,你先猜着,等我干完了你就知道了。"

宝明嘻嘻一笑,站在一旁瞧。

李家喜放下活儿:"好吧,先不干了,歇歇。"

宝明说："二爷,您这是干啥,就告诉我呗。"

李家喜慢吞吞地拿过烟袋,装上烟,点着,吐出一口烟雾:"本来不想提前让人知道的,既然你想问,还是告诉你吧。"说着就咳嗽起来。

宝明赶紧给二爷端水。

李家喜喝口水,润了润嗓子:"嗯,我是心里放不下我住过的那处老房子,从搬到楼上以后,夜里做梦老是在老房子里,从来没梦见过在楼房如何如何,我就想,闲着没事干,找来几块老青砖,锯成小砖头,把我那老房子做成个模型,就天天可以看到了。"

听着二爷的话,宝明心里咯噔咯噔地乱跳,心说,老人们怀恋故土的情结太深了,我得把这个事拿到村两委班子会上讨论讨论,如果大家同意,就做个老楼村微缩景观。

他沉默了许久,没有回应二爷,心里在谋划那个微缩景观的事情。

李家喜问:"宝明啊,你来找我不会没有事,闲串门吧?"

宝明点头:"是啊是啊,的确是有事。二爷啊,您看咱成立了剧团效果很不错,我还想成立象棋队、舞蹈队,让更多的人参与进来。省得二侉子、三驴子他们不干正经事,还显得很热闹。"

李家喜说:"好,宝明啊,这个想法好,但我还有个想法,就是那牌坊不能老在仓库里放着,大门外石狮子周围都长了半人高的杂草,是不是考虑一下,把牌坊立起来,把石狮子归了位?另外,我还想建议把进大门口处的花坛改成一个大影壁,上面写一个'和'字,我觉得有意义。"

宝明站起来:"嗯,好,只是牌坊已经拆解,再立起来需要不少钱,建影壁也需要钱,我得开会研究一下。"

晚上,宝明召开了两委班子会议,把建造老楼村微缩景观和重新立牌坊的事说给大家,让人们发表看法。两个议题大家都同意,但两个牌坊不可能都立起来,只能二选一。在这个问题上,班子成员中的两姓代表出了分歧。于姓的人坚持要把西牌坊立起来,李姓代表提出要把东牌坊立起来,也有人提出把两个牌坊都立起来,并在一起。还有人提出,大门里一个,大门外一个。两大姓的人各不相让,一时间争论不休。这时候,李家喜老爷子来了,推门进屋:"我说个意见,你们听听。"

宝明赶紧给老爷子让座。

李家喜说:"我不坐,说完就走,不耽误你们开会。我有个折中的想法,就是把西牌坊立起来,与东边的石狮子相配套,怎么样?"

大家一听,对呀,这样就可以啦,李姓家族代表首先不争论了。

就这样,牌坊和影壁的事基本确定,微缩景观的事也得到大家一致同意。

说干就干,找来工匠,没几天,牌坊就立起来了,又重新刷了油彩。新牌坊落成后,李家喜亲自撰写了一副对联:永固鸿基龙兴地,承贤继圣新楼村。横批是:和谐幸福。一对儿石狮子被安放在牌坊两侧,脖子上系了红绸布,显得很喜庆,也更气派了。

迎门修建高大的青砖白墙影壁,影壁中心位置是宝明请一位书法家写的巨大的"和"字。

在宝明的主持下,举行了简单的落成典礼,人们都来观看,与牌坊合影,站在影壁前合影,有的是单人拍照,还有的拍了全家福。

李家喜想说几句,宝明把老爷子扶到前面,结果拿着话筒站了一会儿,张了好几次嘴,这位能说会道的老人竟然不知怎么说了,只好摆摆手:"不说了,不说了……"

第六十六章　微缩留史

牌坊立起来,远远就可看见,成了这一带的标志性建筑物。

李家喜最关心的还有老楼村微缩景观。

宝明问:"二爷,老楼村的地形,各家各户的位置,包括电线杆,树木,胡同,您还都记得清吗?"

李家喜说:"现在还行,谁家门口冲哪儿,锅台在哪儿,我基本都知道。"

"那您就多费心画个草图。"

于是,画图便占据了老爷子的大部分时间,夜里睡不着也起来画,哪条胡同在哪里拐弯,谁家门口有啥树木,多少个路灯,多少个公用厕所,都一一标了出来。画完了,就一条胡同一条胡同地检查,看是否有遗漏和错误,还把几个老头儿请到家中,让他们帮忙回忆。于世海说:"应该把东西俩牌坊画上,配上石狮子,还应该把已经没有了的东西小楼的位置标上,不然等咱们这些老家伙没了,就没人说得清了。"

李家喜说:"那你们都认可了,我就交给宝明啦。"

宝明拿着草图去镇上,跟刘镇长说:"根据村里老人们的要求,我们两委班子研究讨论后决定请人做一个老楼村微缩景观,您给把把关。"

刘镇长说:"看见这张图,我还真有个想法。你这样吧,在楼区里搞一个村史馆,不见得占多大面积,找人帮你们把楼村过去的土地方位、沟渠、道路都画成图,把楼村的历史变迁、文化传承、经济发展、生产生活等写成文字,再发动人们把自家的各种农具、生活用具和有关物品捐出来,微缩景观放在重要位置,估计效果更好。"

宝明一听："哎呀,刘镇长,您的建议太好了。好,我回去就跟两委班子把情况说一下,赶快投入制作。"

李家喜着急,恨不得马上就见到微缩景观,只要见到宝明,就询问何时能建成。宝明几次都说:"快了,快了。"

不久,一辆大卡车开进楼区,卸下一个个大箱子,几个年轻工匠便忙碌起来。

没几天,房屋、街道、胡同、树木、水井、电线杆、牌坊等各种模型按图形位置摆好,陈晓敏的小酒馆前还标注了小空地。老楼村就像原封不动地被缩小了,宝明请李家喜等老人前来检查确认,这些老人不住地点头。

李家喜指着十字街口的一处房子说:"看,那就是我家。"又指着街口西侧的一处房子,"那是于世林的房子。"

老人们纷纷在景观里找自家的房子,找儿子的房子,一边指指点点,一边感叹。

然后,宝明在广播里跟大家讲,各家各户把存着的生产生活用具捐到村史馆,村史馆将逐一登记,并永久收藏。

玉田第一个把他爹那些农具扛来了,宝明问:"二爷可是拿这些物件当宝贝啊,他同意捐吗?"

"同意。"李家喜在后面跟着进来了,"这些物件存放在这里最好,想看了就过来看看,还可以让孩子们看看老一辈过去怎样在土里刨食吃的。"

人们捐赠热情很高,有捐木盆、海碗、小石磨的,有捐小推车、木锨、铁锨、辘轳架的,有捐耪子、耧、犁、耙的,有捐背筐、锄头、挠钩的,有捐渔叉、渔网、水桶的,有捐钟表、录音机、收音机的,等等。半天工夫,就收到将近一千件物品。

二侉子捐了一根狗链子和几张狗的照片。

三驴子捐了一个他娘结婚时从娘家带来的梳头匣子和两个老辈传下来的写着堂号的木箱子。

李广清捐了一个马鞍和一套马脖子上的纯铜串铃。

这些物品都写上捐赠者的名字，一一摆放在村史馆里。几块图文并茂的展牌挂在墙上，上面记录了楼村几百年的沧桑变化，记录了楼村人无尽的情怀。

尾　声

微缩景观落成后，李家喜把玉田喊过来，他站在村史馆里："来，给我拍几张照片。"然后要过手机看了看，"不行，重拍，老楼村微缩那张要照个完整的。"然后又兴奋地戴上草帽，拿着那把锄头拍照。然后他感叹地说："于世林啊，你死得早，这好日子好光景你没赶上啊，你看不见牌坊又立起来了，你看不见两大姓融合了。"

从那天开始，李家喜几乎每天早晨和傍晚都到牌坊下端详牌坊上新描绘的图案，看那上面龙啊，凤啊，想象如果真能骑龙跨凤飞到那空旷的高处会是啥感觉？然后站在大门口端详那个"和"字，一边看一边点头，心里默默念着："和，和啊，和……"有时候就像小孩子一样，坐在石狮子底座上，用手抚摸石狮子，直到摸得锃亮。

循环往复，天天如此。久而久之，有他在的楼区大门口的早晨黄昏就成了人们司空见惯的风景；他不在，就好像缺了啥，人们会感到诧异。

那天，李家喜是真高兴，嘱咐玉田："晚上把宝明喊过来，喝两杯。"

酒,很助兴。李家喜喝得头上冒了汗。

宝明说:"二爷啊,知道您高兴,但您还是少喝点儿。"

李家喜很兴奋:"哎,难得我这么高兴,来,再干一个。"

老爷子越喝越兴奋,又说起了老楼村的过去,其实这些话玉田和宝明都已经听过无数次了,但为了让老爷子高兴,还是很认真地听着。

宝明告辞后,李家喜站在楼门口,不断地念叨着:"老楼村,新楼村,老楼村,新楼村……"然后回身进屋,迈腿进门的时候,脚下一个跟跄,不慎摔倒,所幸不太严重,人们商量着送他去医院,他说啥也不去,就说啥事没有。哪知道夜里突然发烧,就和于世林病重的时候一样,一时明白一时糊涂,明白时要人们拍牌坊照片给他看,昏迷时还不断念叨牌坊、石狮子。

天快亮时,李家喜进入了昏迷状态,玉田把宝明喊来了:"赶紧送医院吧。"

宝明俯身,把嘴紧贴李家喜的耳朵,喊:"二爷!二爷!"

李家喜没有丝毫反应。

送到医院后,经过抢救,李家喜醒了过来。他有气无力地说:"人死如灯灭,一把骨头啦,我死后,你们不要穿白戴孝,不要吹拉弹唱,不要汽车队伍,简简单单,死了死了,一了百了。"

人们劝他不要过于担忧,很快就会好的。

他又是摇头又是摆手:"我的命,我知道,该走啦。"

睡了一会儿,他睁开眼:"刚才做了一个梦,梦见了于世林,他在那边很寂寞,等着我去跟他逗闷……"没说完,眼角滑出两滴泪水。

晚上七点,玉田知道爹每天都看中央电视台的《新闻联播》,

赶紧把电视打开,《新闻联播》已经开始了。他转头说:"爹啊,爹！看电视……"

可是李家喜已经没了反应,他再无力睁开那双老眼,嘴角挂着笑意……